DAS BUCH

Sie sehnen sich nach etwas Aufregung in der Adventszeit? Sie brauchen noch eine Inspiration für das diesjährige Weihnachtsessen? Perfekt! Dieses Buch bietet festliche Spannung, die Ihnen nicht nur den Atem stocken, sondern auch das Wasser im Mund zusammenlaufen lässt. Zwölf renommierte Krimi-Autor*innen nehmen Sie mit auf eine spannungsgeladene Reise an die schönsten Tatorte Europas. Und zu jedem Krimi gibt es das passende Rezept. Freuen Sie sich auf mitreißende weihnachtliche Kurzgeschichten von der Nordseeküste bis zum Atlantik: ob blutig oder heiter, ob gruselig oder voller Witz.

DIE AUTOR*INNEN

Für Spannung mit weihnachtlichem Genuss sorgen:
Gisa Pauly, Fynn Jacob, Susanne Mischke, Horst Eckert, Beate Maxian, Jan Beck, Petra Ivanov, Sabine Thiesler, Carine Bernard, Lilly Alonso, Marcel Häußler und Luis Sellano.

TATORT
WEIHNACHTEN

WEIHNACHTSKRIMIS
MIT REZEPTEN

WILHELM HEYNE VERLAG
MÜNCHEN

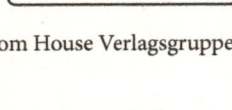

Penguin Random House Verlagsgruppe FSC® N001967

3. Auflage

Originalausgabe 09/2023
Copyright © 2023 dieser Ausgabe
by Wilhelm Heyne Verlag, München,
in der Penguin Random House Verlagsgruppe GmbH,
Neumarkter Str. 28, 81673 München
Redaktion: Michelle Stöger
Umschlaggestaltung: t.mutzenbach design
unter Verwendung von Shutterstock.com
(Natalia Hubbert, Viktor Il'yin, Valery Rybakow)
Satz: Leingärtner, Nabburg
Druck und Bindung: GGP Media GmbH, Pößneck
Printed in Germany
ISBN: 978-3-453-44197-2

www.heyne.de

INHALT

GISA PAULY

HEILIGE FAMILIE

TATORT: SYLT

DIE AUTORIN

Gisa Pauly hat zwanzig Jahre lang als Berufsschullehrerin gearbeitet, ehe sie das Unterrichten an den Nagel hängte und sich ganz dem Schreiben widmete. 1994 erschien ihr erstes Buch *Mir langt's – eine Lehrerin steigt aus!*, darauf folgten zahlreiche Drehbücher und Romane. Mit den Sylt-Krimis rund um Mamma Carlotta erobert sie Jahr um Jahr die Bestsellerlisten und die Herzen der Leser*innen. Gisa Pauly zählt heute zu den erfolgreichsten Autorinnen im deutschsprachigen Raum.

Himmel, geht's mir gut! So gut, dass ich meine Zufriedenheit unbedingt mit Ihnen teilen muss! Was hat man von dem ganzen Glück, wenn man nicht darüber reden kann? Wenn Sie mir nun noch den Gefallen tun könnten, ein wenig neidisch zu sein, wäre mein Glück vollkommen. Es ist einfach herrlich! Vor mir das Meer, über mir die Möwen, in den Haaren der Wind, in der Nase der Geruch, den es nur hier gibt. An der Nordsee, auf Sylt. Und hinter mir, auf der anderen Seite der geschlossenen Balkontür mein Mann, der hier viel leichter zu handeln ist als zu Hause. Natürlich ist er nicht wirklich zufrieden oder gar glücklich – das ist er eigentlich nie, es sei denn, Schalke hat gewonnen –, aber ihm ist natürlich bewusst, dass ich ihn heute eigentlich zu Bauer Harmsen geschickt hätte, um die Weihnachtsgans abzuholen. Dass er dieser lästigen Pflicht entronnen ist, gefällt ihm außerordentlich. Er mag Bauer Harmsen nicht, und vor allem mag er den Stress nicht, der mit dem Einzug der Weihnachtsgans in unsere Wohnung beginnt. Jahr für Jahr!

Aber in diesem Jahr nicht! Denn diesmal haben wir alles anders gemacht. Sie sollten sich das auch mal überlegen. Wir haben uns in den Strom der Weihnachtsflüchtlinge eingefügt. Keine Weihnachtsgans, keine Geschenke, kein Tannenbaum, kein Ärger mit der elektrischen Beleuchtung, keine Gäste, die bis zum zweiten Weihnachtsfeiertag bleiben. Weihnachtsboykott! Herrlich! Haben Sie sich schon mal zu diesem Wagnis durchgerungen? Denn … ein Wagnis ist es natürlich, wenn man mit einer uralten Tradition bricht. Das muss man sich vorher gut überlegen.

Allmählich wird es kalt auf dem Balkon. Besser, ich gehe wieder rein. Und dann … na, dann genieße ich, dass ich in diesem Jahr keine Arbeit haben werde, obwohl Weihnachten ist. Ich könnte einen Spaziergang machen, könnte sogar shoppen gehen. Nein, nicht einkaufen fürs Weihnachtsessen, fürs Kuchenbacken, für den Mitternachtssnack in der Heiligen Nacht, sondern durch die Geschäfte schlendern und mir all das Hübsche ansehen, was dort ausliegt. Früher war vor Weihnachten ja keine Zeit für so was. Ich muss mich nicht einmal um Weihnachtsgeschenke kümmern. Eckart und ich haben es sogar so weit getrieben, dass wir uns in diesem Jahr nichts schenken werden.

Eckart hat gesagt: »Wenn schon, denn schon!«

Und er hat recht. Wir machen alles anders, wir feiern Weihnachten nicht zu Hause, sondern auf Sylt, und dazu gehört eben auch, dass wir bei dem Geschenkemarathon nicht mitmachen. Sollten Sie schon seit November versuchen, die richtigen Geschenke für Ihre Angehörigen zu finden, dann tun Sie mir leid. Es geht nämlich auch anders. Nehmen Sie sich ein Beispiel an mir! Während Sie sich um den Christstollen kümmern müssen, mache ich einen Strandspaziergang.

Ich wende mich ab von dem herrlichen Blick aufs Meer, um wieder hineinzugehen, da höre ich eine Stimme vom Nachbarbalkon. Eine männliche Stimme, und sie spricht ganz leise. Sie werden doch verstehen, dass ich mich da umdrehen und noch einmal ans Balkongeländer stellen muss?

Neugier macht warm, plötzlich friere ich gar nicht mehr so sehr. Kennen Sie das?

»Fünfzigtausend mindestens«, flüstert die Stimme auf dem Balkon, eine lispelnde Stimme, die Schwierigkeiten mit den Zischlauten hat. »Vielleicht auch hunderttausend. Im Urlaub sind die Leute risikofreudiger. Deswegen ziehen wir das Ding ja hier auf Sylt durch.«

Leider kann ich den Mann nicht sehen, denn der Vermieter der Ferienwohnungen hat versucht, den Bewohnern durch Trennscheiben das Gefühl zu geben, sie säßen ganz allein auf ihrem Balkon. Ich würde ja gerne mal einen langen Hals machen und um die Trennscheibe herumschauen, aber das traue ich mich nicht. Wenn er mich dann sieht! Dann könnte er ja glatt meinen, ich wäre neugierig. Und kurz darauf ist es sowieso zu spät. Ich höre, dass er aufsteht und sich die Balkontür schließt. Fünfzigtausend! Wovon der wohl geredet hat?

Wie erwartet winkt Eckart nur ab, als ich ihm den Vorschlag mit dem Spaziergang mache. »Ich denke, in diesem Jahr wird alles anders? Jeder macht, was er will.« Er legt die Zeitung beiseite und greift nach der Fernbedienung. »Ich gucke jetzt ›Weihnachten bei Hoppenstedts‹.« Und dann sagt er, während ich meinen Schal hervorkrame, den verhängnisvollen Satz: »Bring mir aber keine neue Weinkaraffe mit. Und auch kein Mokkaservice. So viel Platz haben wir nicht im Kofferraum.«

Mir rutscht der Schal aus der Hand. »Was redest du da?«

Eckart grinst. »Meinst du, ich wüsste nichts von der Auktion auf der Friedrichstraße? Stand doch im Schaufenster des Auktionshauses. Ein riesiges Plakat. Das hast du auch gesehen, gib's zu. Du willst nicht spazieren gehen, sondern irgendeinen Nippes ersteigern.«

Nein, ich hatte es nicht gesehen. Aber gut, dass ich nun Bescheid weiß. Ich liebe Auktionen! Sie auch? Was ich bei solchen Gelegenheiten schon alles ergattert habe! Eine Büste von Kaiserin Sissi, Spitzenvorhänge, kristallene Kerzenleuchter – alles spottbillig. Aber kurz vor Weihnachten? Für so was hat man dann ja keine Zeit. Es sei denn … ja, Sie wissen schon.

Dass ich jetzt, ohne den geringsten Stress und ohne mir Gedanken über die Weihnachtsgans und den Rotkohl machen zu müssen, am Schaufenster eines Sylter Auktionshauses vorbeispazieren und sogar hineingehen kann, versetzt mich in Euphorie. Man sieht Eckart an, dass er bereut, was er gesagt hat. Aber seine Reue kommt eindeutig zu spät. Nun weiß ich von der Weihnachtsauktion, nun werde ich auch hingehen.

»Aber nicht schon wieder Porzellan oder Glas«, ruft Eckart mir nach. »Das geht unterwegs zu Bruch.«

Der Laden ist gerammelt voll, denn draußen hat es zu regnen begonnen. Viele sind gar nicht daran interessiert, etwas zu ersteigern, die meisten wollen bestimmt nur im Warmen sitzen oder mal gucken, wie viel andere Leute für ein Gemälde, für Kristallvasen oder feines Geschirr auszugeben bereit sind.

Als ich komme, gehen gerade Porzellanfigürchen über die Theke. »Zum Ersten … zum Zweiten …« Hübsch, wirklich hübsch. Vermutlich aus Meißen. Danach kommen goldene Füllfederhalter zur Auktion, die niemand haben will, und dann diverses elektronisches Spielzeug. Da bieten plötzlich auch die Leute mit, die eigentlich nur zugucken wollten, wie andere ihr Geld ausgeben. Jedenfalls kommt es mir so vor. Und dann Gemälde! Eine Lithografie von Margot Laffon geht für läppische dreihundert weg, ein Adrian Ghenie beginnt dagegen mit dreizehntausend Euro Startpreis. Kennen Sie das? Wenn sich vor Ihren Augen etwas abspielt, was Sie haben könnten? Womöglich unter Wert? Ein Kunst-Schnäppchen, von dem Sie mit einem Mal wollen, dass es kein anderer bekommt? In unseren vier Wänden tummeln sich viele dieser Schnäppchen, es gibt wahrlich keinen Grund, sich um ein weiteres zu bemühen. Trotzdem vibriere ich vor Spannung, als ein Gemälde nach dem anderen weggeht. Noch nie habe ich ein Bild gekauft, da kenne ich mich nicht aus. Bei uns hängen nur gerahmte Familienfotos, die »Betenden Hände« von Albrecht Dürer und im Schlafzimmer ein großes Kreuz über dem Bett, weil wir ja schließlich fromme Menschen sind. Es gibt also echt keinen Grund, sich bei jeder Kleckserei Gedanken über den Preis zu machen.

Dann macht der Auktionator es spannend. Neben ihm steht auf einer Staffelei ein verhülltes Bild in einer Größe von etwa 50 mal 50 Zentimeter. Der Maler sei unbekannt, sagt er, womöglich handele es sich um einen Schüler von Tizian oder von Jacopo Palma il Vecchio, vielleicht sogar von Letzterem selbst. Vermutlich stamme es aus dem 17., vielleicht auch 18. Jahrhundert. »Dieses Bild ist wie ein Blind Date«, sagte der Auktionator. »Es kann alles werden, nur wenig oder auch unbedeutend bleiben. Der bisherige Besitzer hat jedoch eine entsprechende Expertise eingeholt und ist davon überzeugt, dass das Bild einen großen Wert besitzt.

Deswegen geht das Gemälde in die Auktion für einen Eröffnungspreis von zwanzigtausend.«

Erstauntes Gemurmel ringsum und lange Hälse, als der Auktionator den Vorhang hebt. Ein Gemälde, im Stil der venezianischen Meister, kommt zum Vorschein. Ich weiß sogar, wie es heißt. Das fällt mir ein, obwohl ich vollkommen fassungslos bin: »Die Heilige Familie in Ägypten«. Woher ich das weiß? Es hat mir mal gehört. Nur ganz kurz, eigentlich war es jahrzehntelang im Besitz meiner Großmutter gewesen. Und die hatte es mir vererbt, als sie starb. Ehrlich gesagt, ich war ein bisschen sauer, dass sie mir dieses blöde Bild hinterließ, wo ich doch so viel für sie getan hatte, als sie krank wurde. Meine Geschwister hatten Bargeld bekommen und ich dieses Bild. Anfang zwanzig war ich damals, hatte mir meine ersten IKEA-Möbel gekauft, zu denen wahrlich kein Gemälde dieser Art passte. Aber Horst, mein damaliger Freund, fand es toll. Er hatte ein Faible für so was. Und so habe ich es ihm geschenkt.

Mir wird schlecht, so richtig speiübel. Wie ein Sturm fährt mir die Einsicht entgegen, dass es besser gewesen wäre, das Bild zurückzuverlangen, als er sich von mir trennte. Eiskalt wird der Sturm, als mir klar wird, dass meine Oma sich vielleicht sogar eine Menge dabei gedacht hatte, mir gerade dieses Bild zu vermachen. Zwanzigtausend? Wenn es noch mir gehörte, könnte ich endlich die Wohnlandschaft aus rotem Leder kaufen, auf die ich schon lange scharf bin. Horst, dieser Mistkerl! Ob der damals schon gewusst hat, dass das Bild so viel wert ist?

»Fünfundzwanzigtausend! Dreißigtausend!«

Ich glaube, ich werde ohnmächtig.

»Vierzigtausend!« Eine männliche Stimme, eine lispelnde Stimme. Das Z und das S zischen aus seinem Mund.

Ich drehe mich zu ihm um. Ein Mann um die fünfzig, mit dunklen Haaren und einem ebenso dunklen Kinnbart. Ein unauffälliger Typ, schlicht gekleidet, weder teuer noch bescheiden, sein Trench könnte sowohl von Karl Lagerfeld als auch von H & M sein. Jetzt ärgere ich mich, dass ich nicht um den Sichtschutz zwischen den Balkons herumgeschaut habe.

»Fünfundvierzigtausend!«

»Fünfzigtausend!«

Er hatte zu jemandem am Telefon diese Zahl genannt. Ich erkenne seine Stimme wieder. Und das Lispeln.

»Fünfzigtausend!«, wiederholt der Auktionator. »Wer bietet mehr?«

Himmel! Stellen Sie sich mal vor, wie das ist, wenn Ihnen jemand mit einem Batzen Geld vor der Nase herumwedelt, und Sie brauchten nur zuzugreifen …

»Zum Ersten, zum Zweiten, zum Dritten!«

Der Typ hat das Bild gekauft. Der Unauffällige mit dem Kinnbart. Und Horst? Irgendwie blicke ich nicht durch. Wie hängt Horst da mit drin? Und mit wem hatte der unauffällige Kinnbartträger telefoniert?

Ich bleibe noch eine Weile in dem Auktionsraum, so lange, bis der Mann, der mein Bild gekauft hat, aus einem Nebenraum herauskommt, in dem man ihm das Gemälde eingepackt und ausgehändigt hat. Dass der keine Angst hat, man könnte es ihm auf dem Heimweg klauen! Ein Bild im Wert von fünfzigtausend Euro! So was lässt man sich doch schicken!

Ich folge ihm unauffällig. Mittlerweile ist es dunkel geworden, die Friedrichstraße ist zwar hell erleuchtet, alle Geschäfte sind noch geöffnet, aber auch auf Sylt gibt es dunkle Seitenstraßen, in die ich kein Vermögen tragen würde. Ob er nicht befürchtet, dass ihm jemand eins über den Schädel ziehen und mit seinem Gemälde das Weite suchen könnte? Zum Beispiel eine Frau, die sich betrogen fühlt? Aber das ahnt er natürlich nicht. Trotzdem sollte er vorsichtiger sein. Denn während ich ihm nachgehe, fällt mir durchaus die eine oder andere Möglichkeit ein, ihn außer Gefecht zu setzen und mit dem Bild meiner Oma abzuhauen. Ich hätte nicht mal ein schlechtes Gewissen. Wie sehen Sie das? Finden Sie nicht auch, dass ich ein Recht auf dieses Bild habe? Es gehört mir! Okay, okay, ich habe als Kind auch gesungen »Geschenkt, genommen, in die Hölle gekommen«, aber trotzdem finde ich, dass das Bild auf keinen Fall Horst gehört. Und diesem Typen schon gar nicht! Oma hatte es mir vererbt! Mir!

Der Kerl schlägt wirklich dieselbe Richtung ein wie ich. Ziemlich langsam, ganz behäbig, als mache er einen Abendspaziergang. Das Gemälde trägt er unter dem rechten Arm, es ist gut verpackt. Wer keine Ahnung hat, woher der Mann kommt, wird nicht auf die Idee kommen, er hätte auf einer Auktion ein kostbares Gemälde erworben. Außerdem sieht der Trench, den er trägt, nun doch eher wie einer aus, der bei H & M gekauft wurde. Ein bisschen fadenscheinig und ziemlich zerknittert.

Da! Nun biegt er tatsächlich links ab. Es wird immer offensichtlicher, dass er dasselbe Haus betreten wird wie ich, dass er in dieselbe Etage hochfahren und die Apartmenttür

neben unserer aufschließen wird. Er geht auf den Strand-
übergang Sunsetbeach zu, wandert aber nicht zum Strand,
sondern – wie ich es erwartet hatte – zur Haustür des Apart-
menthauses, zu dem auch ich den Schlüssel in der Tasche
habe. Seinen muss er umständlich aus der Tasche ziehen,
denn natürlich will er das Gemälde nicht absetzen, so gut
eingepackt es auch ist. Das kann ich verstehen, das würde
ich auch nicht machen.

Ich trete hinter ihn, mit dem Schlüssel in der Hand. »Warten Sie, ich öffne Ihnen.«

Hocherfreut bedankt er sich und lässt mir den Vortritt.
Ich drücke auf die Taste, die den Aufzug ins Erdgeschoss
holt und hätte gerne eine kleine Plauderei begonnen, aber
leider fällt mir nichts ein, was man in so einer Situation sagen kann. Dass der Kerl fünfzigtausend Euro unter dem Arm
trägt, verursacht mir echte Hemmungen. Und wenn ich daran denke, dass dieses Vermögen eigentlich mir zusteht, muss
ich mich schon ganz schön zusammenreißen.

Ich trete vor ihm in den Aufzug und frage, nachdem ich
den Knopf für die zweite Etage gedrückt habe: »In welchen
Stock müssen Sie?«

Er lächelt. »Auch in den zweiten.«

Wir verabschieden uns freundlich, während jeder von
uns die Wohnungstür aufschließt. Kurz darauf lasse ich sie
ins Schloss fallen und lehne mich aufatmend dagegen.
Omas Bild! Fünfzigtausend! Ich bin noch immer fix und
fertig.

Aus dem Wohnzimmer dringt der Lärm des Fernsehers,
sein Licht flackert durch den Türspalt. Eckart liegt im Sessel
und schnarcht. Sieht so aus, als läge er dort schon länger.

Nun gut, wir hatten ja gesagt, jeder darf machen, was er will. Weihnachten ohne Zwänge, nicht zu Hause, sondern auf Sylt, so war es abgemacht. Wenn Eckart darunter versteht, dass er vor der Glotze einschlafen will – meinetwegen.

Ich trete auf den Balkon, weil ich unbedingt frische Luft brauche. Die Nähe zu diesem Mann und zu dem Gemälde, das mir gehört, setzt mir ganz schön zu. Können Sie das verstehen? Ja, ich bin sicher, das können Sie. Momentan wäre es mir beinahe lieber, mich um die Weihnachtsgans zu kümmern als um meine Wut auf Horst. Ich hatte diesem Kerl ein Vermögen geschenkt! Und wofür? Für ein paar Liebesschwüre, feuchte Küsse und einfallslosen Sex. Was Männer sich so einbilden! Wahrscheinlich hat der noch geglaubt, er wäre es wert.

In diesem Augenblick höre ich nebenan die Balkontür gehen. Der lispelnde Kinnbartträger betritt also auch den Balkon. Natürlich sehe ich ihn nicht, aber diesmal kann ich mir sicher sein. Mucksmäuschenstill ziehe ich mich zurück, lehne mich so dicht wie möglich an die Trennwand. Es könnte ja sein, dass er wieder telefoniert.

Und richtig! Da höre ich schon seine leise Stimme. »Ich bin's! Frido.«

Jetzt kenne ich auch seinen Namen. Eigentlich nicht wichtig, aber trotzdem ist mir so, als wäre ich ihm dadurch nähergekommen. Frido. Ein schöner Name, schöner jedenfalls als Horst.

»Ich habe das Bild. Für fünfzigtausend. Danach hat keiner mehr mitgeboten.«

Ein Stuhl rückt, als hätte Frido sich niedergelassen. »Alles Weitere wie geplant? Okay, ich verdrücke mich gleich. Matjes mit Bratkartoffeln bei Gosch und zwei oder drei Bierchen. Die Zeit muss reichen. Danach rufe ich die Polizei.«

Während er spricht, tritt er mit der Fußspitze gegen die Balkonbrüstung, immer wieder. Dann höre ich den Stuhl scharren, er scheint aufgestanden zu sein. »Morgen früh um elf. In der Braderuper Heide. Weiß Alex Bescheid?« Er grunzt zustimmend, während er der Antwort lauscht. »Also gut. Wir treffen uns auf dem Parkplatz Üp di Hiir.«

Als seine Balkontür zufällt, wage ich es doch, um die Trennwand herumzublicken. Er knipst das Licht an, und ich kann sehen, wie er das Bild nimmt, als wollte er es auspacken und betrachten. Aber er wirft es achtlos aufs Sofa und holt ein Schnapsglas aus dem Schrank. Damit geht er zum Kühlschrank, in dem er wohl Hochprozentiges untergebracht hat. Ich erkenne das Etikett auf der Flasche. Küstennebel. Er kippt ihn und dann gleich noch einen zweiten. Kann man verstehen, oder? Ein Gemälde für fünfzigtausend ersteigern, so was zerrt an den Nerven.

Kennen Sie sich aus auf dem Kunstmarkt? Vermutlich nicht. Einen guten Ratschlag kann ich von Ihnen also wohl nicht erwarten. Trotzdem können Sie mir vielleicht sagen, was Sie an meiner Stelle tun würden. Momentan neige ich dazu, Horst zu finden und ihn zur Rede zu stellen. Was meinen Sie? Der soll mir erklären, wie ein Fremder an mein Bild kommt, an das Bild meiner Oma! Fatalerweise lässt sich nicht beweisen, dass Oma mir dieses Bild vermacht hat und dass ich dumme Pute es Horst geschenkt habe. Trotzdem … versuchen muss ich es. Schon wegen Oma. Vorausgesetzt, Eckart meint es mit unserem Entschluss, Weihnachten ganz anders zu verbringen, ernst. Aber da bin ich zuversichtlich. Dass Eckart mich auf anstrengenden Spaziergängen oder Radtouren begleiten will, ist ziemlich unwahrscheinlich. »Jeder macht, was er will« – das bedeutet für Eckart, dass er vor der Glotze rumhängt und nur aktiv wird, wenn er was zu essen haben will. Eine Radtour in die Braderuper Heide gehört garantiert nicht dazu.

In dem Apartment nebenan geht das Licht aus. Mein Kopf fährt um die Trennscheibe herum, und ich sehe gerade noch, wie der Mann, der Frido heißt, sich seinen Trench schnappt und die Wohnungstür öffnet. Das Licht im Treppenhaus geht an, so kann ich sicher sein, dass er sein Apartment verlässt. Und das Bild? Liegt das etwa noch auf dem Sofa?

Ich blicke über das Balkongeländer nach unten. Zweite Etage! Höher, als man so denkt. Darunter die erste und noch eine weitere Etage mit Garagen. Wie viele Meter? Das will ich gar nicht wissen. Jedenfalls zu viele, um einen Sturz unversehrt zu überstehen. Andererseits … der Fußhocker, der auf dem Balkon steht, könnte mir helfen, über die Balkonbrüstung zu klettern. Und hinter dem unteren Querbrett ist genug Platz für meine Füße. Selbst wenn es auf dem Nachbarbalkon keinen Fußhocker gibt, müsste ich mich nur über das Geländer schwingen und auf der anderen Seite einfach fallen lassen. Schwingen? Na ja, vielleicht eher wälzen. Aber egal. Sollte ich dort auf der Nase landen, muss ich wenigstens nicht mit schweren Verletzungen rechnen.

Ich schaue ins Wohnzimmer, sehe Eckart im Sessel liegen und schnarchen und entschließe mich, mutig zu sein. Auf den Hocker, das Bein über das Geländer, gut festhalten und dann Halt auf der anderen Seite suchen. Das klappt. Sogar ziemlich gut. Nun die Fußspitzen zur Seite bewegen, ganz langsam, schön vorsichtig. Schon bin ich auf der Außenseite des Balkons der Nachbarwohnung angekommen. Bloß nicht nach unten gucken! Das könnte tödlich enden. Aber so ein Wagnis gehe ich natürlich nicht ein. Ich wälze mich bäuchlings auf das Balkongeländer, ziehe mich hoch, werfe mich auf die andere Seite ... und lande schmerzhaft auf dem Fußhocker, den ich dort nicht erwartet hatte.

Mühsam rapple ich mich hoch. Gott sei Dank, ich scheine mich nicht verletzt zu haben. Arme, Beine, Kopf ... alles funktioniert noch. Aber jetzt die Balkontür. Das hätte ich mir vielleicht vorher überlegen sollen. Frido hat die Tür natürlich geschlossen. Verdammt! Aber jetzt bin ich so weit gekommen, da lasse ich mich nicht mehr zurückhalten. Ich nehme den Fußhocker und versuche mein Glück. Rums! Die Verglasung ist stärker, als ich dachte. Noch einmal! Wieder rums! Erst beim dritten Mal bekomme ich ein Klirren zur Antwort. Die gläserne Tür ist kaputt. Halleluja!

Kurz lausche ich. Hat jemand was gehört? Ruft eine Stimme nach der Polizei? Nein. Ich greife gerade durch das Loch in der Nähe der Türklinke, da höre ich nebenan die Tür aufgehen, Schritte auf unserem Balkon und dann Eckarts Stimme. »Ist da jemand?«

Himmel, mein Mann wird doch jetzt nicht die Polizei verständigen! Oder sich gar selbst auf Verbrecherjagd begeben. Aber das ist unwahrscheinlich. Dazu ist er viel zu feige. »Hallo?«

Er geht zurück in die Wohnung, ohne die Balkontür zu schließen. Was mag er jetzt tun? Sich einreden, dass er nichts gehört hat oder dass es ihn nichts angeht, was er gehört hat?

Vermutlich wird er erst mal nach mir rufen, damit ich erledige, was getan werden muss. »Marion?«

Wusste ich es doch! Jetzt also schnell zurück. Ich schnappe mir das Bild und hoffe, dass Frido nicht die Wohnungstür von außen abgeschlossen hat. Das wäre fatal. Hat er aber nicht. Ich kann ohne Schwierigkeiten raus, lasse sie hinter mir zufallen und habe schon den Schlüssel in der Hand, um in unser Apartment zu gelangen. »Da bin ich wieder.« Mit einer schnellen Bewegung schiebe ich das Bild hinter den Vorhang, der die Garderobennische verdeckt. »Was war das für ein herrlicher Spaziergang!«

Eckart ist total aufgeregt. »Ich glaube, nebenan ist eingebrochen worden. Hast du was gesehen?«

»Nein!« Ich gebe mich verwundert. »Das glaube ich nicht.«

Zum Glück ist Eckart schnell zu beruhigen. Die Polizei rufen, eine Aussage machen, das ist ihm alles viel zu aufwendig. Und am Ende müsste er sich womöglich noch anhören, dass er sich geirrt und den sowieso schon überlasteten Ordnungshütern ihre Zeit gestohlen hat? Nein, das sind Konfusionen, denen Eckart gern aus dem Weg geht.

»Ich habe aber Glas klirren hören«, macht er einen letzten Versuch.

»Da wird jemandem ein Sektkorken in die Lampe geflogen sein.« Ich zeige auf das gläserne Ungetüm über dem Esstisch.

Ich sehe Eckart an, dass er nicht daran glaubt, aber ich sehe auch, dass er zufrieden ist, weil er sich um diese Angelegenheit nicht weiter kümmern muss. Und ich erst! Soll Frido das doch erledigen. Besser, Eckart und ich werden da nicht mit reingezogen. Ich stutze, weil mir gerade einfällt, was Frido am Telefon gesagt hat. Er wolle jetzt zu Gosch und später die Polizei anrufen. Wie konnte er wissen, dass ich ihm in der Zwischenzeit das Bild klaue? Seltsam …

Ich schlage Eckart vor, am Abend Schollenfilets mit Kartoffelsalat zu essen. Wie erwartet stimmt er freudig zu. »Ich gehe zu Gosch und hole welche.«

Da stimmt er noch freudiger zu. Vermutlich hat er damit gerechnet, dass ich ihn danach schicke. So wie nach der Weihnachtsgans. Aber in diesem Jahr ist ja alles anders. Ich glaube, wenn es nach Eckart geht, werden wir es auch in den nächsten Jahren anders machen …

Bei Gosch sticht mir Frido sofort ins Auge. Er lässt es sich schmecken. Während ich auf meine Bestellung warte, blickt er kurz auf, erkennt mich und nickt mir lächelnd zu. Ein netter Typ! Aber irgendwie auch rätselhaft. Wie kann er wissen, dass ich die Absicht hatte, das Gemälde an mich zu nehmen? So sympathisch er einerseits rüberkommt, so unheimlich ist er mir auch.

Eckart und ich sind gerade mit dem Kartoffelsalat und den Schollenfilets fertig, da wird es lebhaft nebenan. Keine Frage, die Polizei ist da.

»Also doch ein Einbruch«, flüstert Eckart. »Ich hab's doch gewusst.«

Das Loch in der Balkontür ist jetzt echt praktisch. Auf unserem Balkon ist jedes Wort zu verstehen, was in Fridos Apartment gesprochen wird. Sogar Eckart holt sich seine dicke Jacke, stellt sich zu mir ans Balkongeländer und tut so, als wolle er die kalte Abendluft genießen. Die Polizisten bemerken uns natürlich, als sie rekonstruieren, wie der Dieb auf den Balkon und in Fridos Apartment gekommen sein muss. Mir wird heiß und kalt, als sie erst Eckart und dann mich mit sehr nachdenklichen Blicken betrachten. Aber nur kurz, dann ist für sie klar, dass wir als Verdächtige ausscheiden. Manchmal wäre ich ja gerne schlanker, schicker und würde für mein Leben gern so aussehen wie eine Frau, der alles zuzutrauen ist. Aber jetzt bin ich ganz froh, dass niemand etwas Verrücktes von mir erwartet.

Irgendwann ziehen die Beamten wieder ab, nicht ohne Frido zu versichern, dass sie jemanden schicken werden, der die zerschlagene Balkontür repariert. »Wenigstens notdürftig, damit Sie heute Nacht nicht frieren.«

Ich bleibe noch eine Weile ans Balkongeländer gelehnt stehen und mache weiter damit, versonnen in die Dunkelheit zu schauen und hingerissen dem Rauschen der Brandung zu lauschen.

Nebenan ertönt Fridos Stimme: »Alles klar! Die Polizei war da, Montag rufe ich die Versicherung an. Alex bringt dir das Bild morgen in die Braderuper Heide.«

Wer ist dieser Alex? Was hat er mit dem Bild zu tun? Ich versteh's nicht. Aber ich will es wissen, soviel ist klar. Finden Sie mich neugierig? Nein, ich bin sicher, das würden Sie jetzt auch wissen wollen.

Also verkünde ich am nächsten Morgen schon beim Frühstück, dass ich eine Radtour in die Braderuper Heide machen möchte. Wozu habe ich mir ein Fahrrad geliehen? Eckart hat sich nicht mal von der Aussicht auf ein E-Bike verführen lassen. Nein, im Winter will er nicht Fahrrad fahren, das bringt nur klamme Finger und eiskalte Ohren.

Haben Sie auch einen Mann, bei dem Sie genau vorhersagen können, wie er regieren wird? Ziemlich langweilig, oder? In diesem Fall bin ich jedoch ganz froh. Dass Eckart niemals zustimmen würde, mit dem Fahrrad in die Heide zu fahren, ist wirklich nicht schlecht. Alles andere wäre fatal gewesen.

Der Parkplatz ist ausgeschildert, ich finde ihn schnell. Ich stelle mein Fahrrad ab und verhalte mich so wie eine Spaziergängerin, die sich an der Ruhe in der Heide erfreuen möchte. Einen herrlichen Blick aufs Watt hat man hier. Sollten Sie mal die Gelegenheit haben, durch die Braderuper Heide zu spazieren, ich kann es Ihnen empfehlen. Blöde allerdings, dass man sich hier nicht verstecken kann. Nur weite Heideflächen und gelegentlich mal niedriges Gehölz, in der Nähe des Parkplatzes gibt es keine Bäume oder dichte Büsche. Es bleibt mir nichts anderes übrig, als mich hinter eins der geparkten Autos zu ducken, natürlich erst, nachdem ich mich vergewissert habe, dass in keinem Wagen jemand sitzt, der mich beobachten könnte. Hoffentlich kommt der Besitzer des Volvos, hinter dem ich hocke, nicht ausgerechnet in der nächsten halben Stunde von seinem Spaziergang zurück. Und hoffentlich halten meine Kniegelenke durch!

Zum Glück muss ich nicht lange warten. Ein Wagen fährt langsam auf den Parkplatz, ein unauffälliger Golf, der in meiner Nähe parkt. Mein Herz beginnt zu rasen. Wenn der Fahrer gleich aussteigt, wird er nur wenige Meter von mir entfernt sein.

Und er tut es. Langsam hievt er sich von dem Fahrersitz und bleibt neben der offenen Tür stehen. Horst! Ich bin ganz sicher. Zwar habe ich ihn jahrzehntelang nicht gesehen, aber der flache Hinterkopf, der nun unbehaart ist, kommt mir bekannt vor, von dem flachen Hintern ganz zu schweigen. Warum war mir damals nicht aufgefallen, dass an Horst alles flach war? Sogar seine Witze, wenn ich mich recht erinnere.

Er lässt die Fahrertür offen, scheint sicher zu sein, dass er nicht lange wird warten müssen. Und er hat recht. Schon ein paar Augenblicke später biegt ein weiterer Wagen auf den Parkplatz ein. Pünktlich auf die Minute. Der Fahrer bleibt mitten auf dem Platz stehen und springt aus dem Auto. Wütend, das sieht man gleich.

Mit wenigen Schritten ist er bei Horst. »Was soll der Mist?«

Horsts Stimme hat sich nicht verändert, sie klingt noch so lahm wie früher. »Wo ist das Bild?«, fragt er zurück, als ginge ihn die Wut seines Gegenübers nichts an.

Dieser andere muss Alex sein. Er ist drauf und dran, Horst am Schlafittchen zu packen. »Das Bild? Das war weg! Balkontür eingeschlagen! Bild nicht mehr da! Wer hat mir da die Show gestohlen? Und was soll das überhaupt?«

Horst guckt so entgeistert wie damals, als ich glaubte, von ihm schwanger zu sein. Noch heute bin ich froh, dass das blinder Alarm war. »Willst du damit sagen …?«

Und ob Alex das will! »Ihr habt mich verarscht!«

Horst bleibt die Ruhe selbst. Das hat mich früher schon regelmäßig in Rage gebracht. Als ich mich für Eckart entschied, bin ich wohl meinem Typ treu geblieben. »Oder du«, meint Horst. »Hast du das Bild kassiert, statt es zurückzubringen? Du weißt, wie mein Plan war. Du klaust es und gibst es mir.« Horst klopft auf die linke Seite seiner

Jacke. »Hier stecken die zweitausend Euro für dich. Wie abgemacht.«

»Als wüsste ich nicht, was geplant war!«, ereifert sich Alex. »Ihr wollt es gestohlen melden, und die Versicherung soll euch die fünfzigtausend erstatten.«

»Richtig«, entgegnet Horst. »Der Wert des Bildes war ja völlig unklar. Nun wissen wir, wie hoch er ist. Die Versicherung wird keine Zicken machen.« Seine Augen werden zu Schlitzen. »Dass du allerdings Zicken machen würdest, habe ich nicht erwartet.«

»Ich?« Alex geht auf Horst los.

Aber der bekommt unerwartet Hilfe. »Stopp!«

Mein lispelnder Nachbar! Er wirft sich zwischen die beiden. »Was soll das, Alex?«, fragte er, als die beiden endlich Ruhe geben. »Wieso die zerschlagene Scheibe? Wir hatten verabredet, dass du mit einem Dietrich reinkommst.«

Alex wird schon wieder handgreiflich. Er packt sich Frido, weil der ihn angeblich verarscht hat, dann stürzt er sich auf Horst, weil der ihn angeblich auch verarscht hat, schließlich muss er feststellen, dass zwei Männer, die Gewalt nicht gewöhnt sind, immer noch stärker sind als einer allein. Die drei wälzen sich auf dem Boden, ich sehe Metall blitzen, fürchte, dass einer der drei ein Messer gezückt hat, höre einen Schrei, ohne zu wissen, von wem er kommt, einen weiteren Schrei von einer anderen Stimme ... und beschließe, schleunigst abzuhauen. Das wird mir hier zu heiß.

Die drei sind derart ineinander verkeilt, dass sie mich nicht bemerken. Ich setze mich auf mein Fahrrad, bin so aufgeregt, dass ich mehrmals von den Pedalen abrutsche, schaffe es aber schließlich, mich vom Acker zu machen. So schnell wie möglich. Am Ende wäre ich da noch reingezogen worden.

Als ich zurückkomme, bin ich fix und fertig. Hoffentlich liegt Eckart wieder im Sessel und schläft oder starrt in den Fernseher und nimmt mich nur am Rande zur Kenntnis. Aber ausgerechnet diesmal ist er hellwach. Und nicht nur das, er ist sogar erstaunlich aufgekratzt. So was kommt selten vor. Eckart ist so, wie auch Horst gewesen ist: phlegmatisch und bequem. Dass er aus dem Haus geht, wenn es nicht unbedingt nötig ist, kommt nur sehr selten vor. Aber nun steht er tatsächlich mitten im Raum und zeigt mir ein Weihnachtsbäumchen, das ihm bis zur Brust reicht. Er muss zu Feinkost Meyer gegangen sein, wo vor dem Eingang ein Stand aufgebaut ist, an dem Weihnachtsbäume verkauft werden.

Ich bin baff. »Wir wollten in diesem Jahr keinen Baum.«

Nun wird Eckart sogar neckisch. Er zwinkert mir zu. »Wenn du mich überraschen willst, tu' ich es eben auch.«

Ich verstehe nur Bahnhof. Überraschen? Was meint er? Von Überraschungen habe ich zurzeit echt die Nase voll, mehr brauche ich nicht. Ich habe in den letzten Tagen so viele Überraschungen gehabt wie sonst in einem ganzen Jahr nicht.

»Endlich mal ein Bild!«, sagt Eckart jetzt. »Nicht immer Mokka- und Teetassen, Spitzenvorhänge und Porzellanfiguren. Das Gemälde ist wirklich schön. Es war gut versteckt, aber nicht gut genug. Dabei wollten wir uns doch in diesem Jahr nichts schenken.«

Nun fällt mir das große Quadrat auf, das neben dem Sofa steht. Nicht mehr besonders sorgfältig eingepackt, man sieht, dass das Papier schon einmal entfernt worden ist.

Eckart wehrt meine Erklärungen ab. »Ich habe mich an unsere Abmachung gehalten. Aber wenn du mir was schenkst, will ich dich wenigstens mit einem kleinen Weihnachtsbaum überraschen.« Er zeigt auf eine große Einkaufstüte. »An Schmuck habe ich auch gedacht. Ein paar bunte Kugeln, Kerzen und Lametta. Morgen ist Heiligabend, wir können schon heute damit beginnen, den Baum zu schmücken.«

Können Sie sich vorstellen, wie ich mich jetzt fühle? Eckart ist total hingerissen von dem Bild, endlich hätte ich mal seinen Geschmack getroffen. Es kommt mir so vor, als ahnte er, wie teuer das Bild ist, und findet es vor allem deswegen schön. Aber das ist ja nicht möglich, das kann er nicht ahnen. Ein Bild für fünfzigtausend! Das übersteigt Eckarts Vorstellung.

Er will es in seinen Hobbykeller hängen, damit es nur für ihn ist. Lieber Himmel, fünfzigtausend im Hobbykeller! So was muss natürlich im Wohnzimmer präsentiert werden, damit jeder es sieht. Aber noch besser, man behält es gar nicht und verkauft das Ding. Vielleicht auf einer Auktion. So hatte ich mir das gedacht. Möglich, dass es dann sechzigtausend bringt. Aber wie soll ich das jetzt noch bewerkstelligen? Alex engagieren, damit er es klaut? Wer weiß schon, ob der auf dem Parkplatz in der Braderuper Heide berufsunfähig geprügelt wird? Und Frido? Ich trete auf den Balkon und stelle fest, dass es in dem Nachbarapartment ruhig ist. Ein Blick um die Trennscheibe zeigt mir, dass er noch nicht zurück ist. Ich denke an Horst. Der war immer unsportlich, aber vorhin hat er sich mit einer Verve ins Getümmel geworfen, dass es mich wundert. Bei der Aussicht auf viel Geld wird wohl jeder stark und mutig.

Himmel, geht's mir mies! Mein alternatives Weihnachtsfest läuft total aus dem Ruder. Omas Bild, das Wiedersehen mit Horst, die Prügelei der drei Männer … und nun muss ich den Traum von der roten Ledergarnitur auch noch begraben. Ich war dicht dran. Wenn Eckart das Bild nicht gefunden hätte …

Den Gedanken kann ich nicht zu Ende denken. Es klingelt, und Eckart geht öffnen. Ein Polizist und sein Kollege stehen vor der Tür. Dieselben, die von Frido gerufen worden waren, als er den Diebstahl des Bildes angezeigt hat.

Eckart lässt sie herein, aber sie haben nur Augen für mich. Nun kommen sie sogar zu mir auf den Balkon und drängen mich ins Wohnzimmer zurück, als hätten sie Angst, ich könnte mich aus der zweiten Etage stürzen. Was soll das?

Der ältere der beiden wirft einen langen Blick zu dem nachlässig verpackten Bild. Dann macht er ein, zwei Schritte darauf zu und reißt das Papier ab. Er wirft seinem Kollegen einen vielsagenden Blick zu. »Aha!« Dann scheinen ihm die Spuren am Balkon wieder einzufallen, er geht zurück, betrachtet sie und sagt noch einmal: »Aha.«

Nun spielt er mit den Handschellen, die an seinem Gürtel baumeln, richtet seinen Oberkörper auf und wartet, bis sein Kollege sich an seine Seite stellt, mit dem gleichen wichtigen Gesichtsausdruck. »Es hat eine Auseinandersetzung gegeben«, berichtet er knapp. »Auf dem Parkplatz in der Braderuper Heide. Drei Männer. Zwei sind tot, der dritte wurde in die Nordseeklinik eingeliefert. Eine Messerstecherei.« Er legt eine bedeutungsvolle Pause ein, ehe er fortfährt: »Sie sind gesehen worden. Eine Frau hat Sie erkannt. Kellnerin bei Gosch. Sie sagt, Sie hätten gestern bei ihr Schollenfilets und Kartoffelsalat geholt. Angeblich sind Sie gefahren wie der Teufel ...« Er wirft einen langen Blick zu der »Heiligen Familie«. »Sie kommen jetzt mit. Auf der Wache klären wir den Rest.«

Ich wehre mich, sträube mich, als einer nach meinem Arm greift, beschimpfe die Polizeigewalt, versuche es mit Erklärungen ... aber es hilft nichts. Ich werde abgeführt. Und das, nachdem ich Ihnen so viel von unseren alternativen Weihnachtsplänen erzählt habe. Wenn ich also noch mal auf den Anfang zurückkommen dürfte ... das mit dem Weihnachtsboykott nehme ich zurück. Vielleicht bleiben Sie doch besser zu Hause und feiern Weihnachten wie immer. Traditionen sind womöglich dafür da, dass man an ihnen festhält. Ich jedenfalls werde mir nächstes Jahr die Sache mit Weihnachten sehr gut überlegen. Vorausgesetzt, ich kriege Bewährung.

❦ FRIESISCHE WEIHNACHTSTORTE ❦

ZUTATEN

Für den Teig:

* 250 g Mehl
* 1 Messerspitze Backpulver
* 2 Tüten Vanillezucker
* 150 g Crème fraîche
* 175 g Margarine

Für die Streusel:

* 150 g Mehl
* 75 g Zucker
* 1 Tüte Vanillezucker
* 1 Messerspitze Zimt
* 100 g Margarine

Für die Füllung:

* 600 ml Schlagsahne
* 25 g Zucker
* 2 Tüten Sahnesteif
* 1 Tüte Vanillezucker
* 450 g Pflaumenmus
* etwas Puderzucker

ZUBEREITUNG

Teig: Mehl, Backpulver, Vanillezucker, Crème fraîche und Margarine verrühren und den Teig in vier gleich große Teile aufteilen.

Streusel: Aus Mehl, Zucker, Vanillezucker, Zimt und Margarine Streusel herstellen und ebenfalls in vier gleich große Anteile aufteilen.

Den Boden einer Springform einfetten und den ersten Teil der vier Teigteile darauf ausrollen. Den ersten Teil der vier Streuselteile gleichmäßig darauf verteilen. Den Boden bei 180 Grad ca. 12–15 Minuten backen. Die übrigen Böden ebenso backen, den letzten sofort nach dem Backen in 12 gleich große Stücke schneiden.

Alles gut auskühlen lassen.

Füllung: Sahne mit dem Sahnesteif steif schlagen und nach und nach Zucker und Vanillezucker einrieseln lassen. In einen Spritzbeutel füllen und kurz kühl stellen.

Die drei Böden mit Pflaumenmus, anschließend mit der Sahne bestreichen. Die einzelnen Böden aufeinandersetzen, zum Schluss den bereits in Stücke geschnittenen Boden auflegen. Die Torte mit etwas Puderzucker bestäuben.

FYNN JACOB

PAKJESAVOND

TATORT: AMSTERDAM

DER AUTOR

Fynn Jacob heißt im richtigen Leben Christian Kuhn und lebt in Langenfeld in der Nähe seiner Geburtsstadt Köln. Schon als Kind fuhr er gemeinsam mit seiner Familie den Rhein hinab, um mit dem Segelboot der Eltern die Nordsee und ihre Inseln zu erkunden. Bisher erschienen unter seinem Realnamen bei Heyne die Kriminalromane *Nordsee-dämmerung* und *Nordseedunkel* um BKA-Hauptkommissar Tobias Velten. Der neueste Roman *Die Toten von Friesland* unter dem Pseudonym Fynn Jacob ist der Auftakt einer neuen Krimireihe, die an unterschiedlichen Orten der deutsch-niederländischen Nordseeküste spielt.

Vor mir steht Lisanne, mit ausgestrecktem Arm legt sie auf mich an. In ihrem Rücken schwappen dunkle Wellen an den Strand, weiter hinten sehe ich umherfahrende weiße, rote und grüne Positionslichter kleiner Schiffe. In der Ferne leuchtet das Dämmerlicht der Innenstadt. Ein schöner letzter Anblick. Ich will noch etwas sagen, aber ich sehe Lisanne an, dass sie nicht mehr zurückziehen wird.

Ihr Finger krümmt sich um den Abzug. Ich erkenne ein minimales Zittern, er überwindet den letzten mechanischen Widerstand der Waffe. Ein Licht blitzt grell auf, helles Weiß überstrahlt die Stelle, wo eben noch der Lauf der Pistole war. Ich weiß, dass Lisanne treffen wird. Sie hat direkt auf meine Stirn gezielt.

Stille.

Das also ist der Moment, an dem es endet. Jeder Muskel ist gespannt bis zum Zerreißen, mein Körper geflutet von Adrenalin. Die Urinstinkte suchen verzweifelt, aber viel zu spät, nach einer Möglichkeit zu überleben. Einen letzten, aktiven Moment lang. Dann kommen die Erinnerungen. Habe ich einen Fehler begangen?

***

Es war genau ein Jahr her, dass ich mit Sarah und Floris unterwegs nach Hause war, als der Unfall geschehen ist: Am 5. Dezember, pakjesavond. Die beiden glaubten längst nicht mehr an Sinterklaas, Sarah war als ältere Schwester schon vor sieben Jahren von ihren Mitschülern »aufgeklärt« worden, in der zweiten Klasse muss das gewesen sein. Dann hatte sie auch an Floris weitergegeben, dass der heilige Nikolaus nicht wirklich im ganzen Land Geschenke verteilt. Dass alles, was sie bislang kannten, seine Fahrt aus Spanien mit seinem Dampfschiff, seine bejubelte Ankunft, sogar seine Begleiter, die geliebten Zwarte Pieten, dass das alles nicht echt sei. Dass auch die ganzen Abenteuer, von denen in der Nachrichtensendung *Het Sinterklaasjournaal* im Kinderkanal berichtet wird, allesamt nur erfunden waren. Die beiden waren aber nicht sonderlich schockiert gewesen: Entscheidend war für sie die Tradition, dass es an pakjesavond Geschenke gab.

Ich hatte zusammen mit den Kindern das Wochenende an der Nordsee verbracht, in einem Mobilheim auf dem Campingplatz. Drachen steigen lassen, lange Strandspaziergänge, gemütliche Spieleabende bei Kerzenlicht. Marina hatte an dem Freitagabend noch eine Weihnachtsfeier mit der Firma gehabt und den Samstag dazu nutzen wollen, das Haus in Ordnung zu bringen. »Dann kommt ihr am pakjesavond zurück, und wir warten gemeinsam auf Sinterklaas«, hatte sie vorgeschlagen. Eine Nachbarin würde wie immer den Geschenkesack vor die Tür stellen, dreimal laut klopfen und dann schnell verschwinden.

Wir hatten die Autobahn schon verlassen und auch die Schnellstraße, die in den Vorort von Amsterdam führte. Drei Ampeln trennten uns nur noch von zu Hause, Sarah schwärmte gerade von dem Smartphone, das sie sich so sehr gewünscht hatte, als Floris wegen irgendetwas anfing zu schreien. Ich blickte kurz zurück, eigentlich schien alles in Ordnung zu sein, drehte mich wieder um, als die Lichter des entgegenkommenden Autos heranrasten. Ich sah noch die junge Frau hinter dem Steuer, wie sie gerade von ihrem Handy aufblickte. Ich versuchte auszuweichen ... Ein Schrei von Sarah, dann der brutale Aufprall des Autos, das Schleudern, der Airbag, der ausgelöst wurde.

Zum Glück kamen Rettungsdienst und Polizei sehr schnell. Wir alle wurden ins nahe gelegene Universitätskrankenhaus gebracht. Die Notoperationen dauerten den ganzen Abend. Ich hatte nur ein paar Prellungen und ein Schleudertrauma, der andere Wagen hatte unseren erst hinter mir, an der linken Seite getroffen. Sarah hatte es besonders schwer erwischt, aber auch Floris schwebte in Lebensgefahr. Marina und ich fielen uns in die Arme, als die Ärzte endlich den OP-Saal verließen und den Daumen nach oben hielten. Die Verletzungen wären zwar schwerwiegend, aber die beiden seien noch jung, es gebe eine gute Chance auf vollständige Genesung.

»Es ist pakjesavond«, kommentierte Marina. »Es wird noch alles gut werden.«

***

Alles ist mit Licht erfüllt, als würde die Welt von innen leuchten, und still, kein falscher Ton stört den Moment. Ich habe mal gelesen, dass man bei einem Kopfschuss nichts mehr spürt oder wahrnimmt, so schnell tritt der Tod ein. Das Bild vor mir weitet sich, friert danach ein: Lisanne, unscharf, seltsam verzerrt. Ein Todesengel. Genau das ist sie.

***

Die Fahrerin des anderen Wagens war wie ich nahezu unverletzt geblieben. Lisanne Bakker, so stellte sie sich uns vor, als sie uns am nächsten Morgen im Krankenhaus besuchte. Mit sorgfältig gewählten Worten sprach sie uns gegenüber ihr größtes Bedauern aus. Gerne würde sie die Sekunden wieder rückgängig machen. Sie war zusammen mit ihrem Anwalt erschienen. Lisanne wies kategorisch jede Schuld von sich.

Der Heilungsverlauf war schwankend, mal konnten die Kinder für ein paar Wochen zu Hause sein, mal mussten sie wieder zurück ins Krankenhaus. Bei jedem Rückschlag wurde die Stimmung zwischen Marina und mir angespannter. »Gibt es irgendetwas, das ich wissen sollte?«, fragte sie mich eines Tages. »Bitte, sag mir, warum hast du nicht schneller reagiert?«

»Das alles ist so wahnsinnig schnell gegangen«, sagte ich wahrheitsgemäß. »Ich hab alles getan, was ich konnte.«

»Ganz ehrlich, ich frage mich, ob du den Unfall hättest verhindern können?« Ihr Blick war dunkel, eine Mischung aus Traurigkeit und Wut. Mir war, als ob ich ohnmächtig werden würde. Sie vertraute mir nicht mehr. Meine Antwort schluckte ich herunter.

Auch vor Gericht wurde die Schuldfrage nicht geklärt. Die Spuren an den Autos und auf der Fahrbahn waren nicht eindeutig. Als Sarah unter Eid aussagte, ich hätte mich zu ihnen nach hinten umgedreht, als Floris geschrien hätte, konstruierte Lisannes Anwalt daraus, dass ich das Lenkrad verrissen hätte. Lisanne bestritt, abgelenkt gewesen zu sein, es stand Aussage gegen Aussage. Die bisherigen Erkenntnisse ließen keine Verurteilung zu, erklärte mir die Richterin. Ich konnte ihr keinen Vorwurf machen.

»Ich weiß, was ich gesehen habe. Du hast auf dein Handy geschaut«, sagte ich nach der Verhandlung zu Lisanne. Wie durch ein Wunder schaffte ich es, ruhig zu bleiben. »Warum tust du mir das an?«

Lisanne sah geknickt zu Boden. »Ja. Ich würde es so gerne wiedergutmachen«, gestand sie ihre Schuld. Energisch reckte sie das Kinn nach oben. »Aber dafür werde ich nicht in den Knast gehen. Damit wäre ihnen auch nicht geholfen. Ich muss auch an mich denken.«

»Bitte, sag es wenigstens Marina.« Ich deutete zu meiner Frau, die mit bitterer Verachtung zu uns herübersah.

Einen Moment schien Lisanne zu überlegen. »Nein, keine Chance.« Und damit ließ sie mich stehen.

Seit diesem Tag sprach Marina so gut wie nicht mehr mit mir. Manchmal blieb ich länger auf der Arbeit, nur weil ich nicht zu früh zu Hause sein wollte, zurück in die Eiseskälte, die dort auf mich wartete. Sarah und Floris bekamen davon nichts mit, mit ihnen war es wie immer. Zumindest, wenn sie keine Schmerzen hatten. Ständig war da die Angst vor dem nächsten Rückfall.

Im Oktober mussten beide Kinder beinahe zeitgleich wieder stationär ins Krankenhaus. An einem Montag Floris, am darauffolgenden Donnerstag Sarah. Bei Floris waren Entzündungen im Dünndarm aufgetreten. Schlimmer hatte es Sarah erwischt. Winzige Knochensplitter waren in die Lungen eingedrungen und zerstörten dort nach und nach das Gewebe. Eine unvorhergesehene Spätfolge des Unfalls.

»Ich kann Dir nicht vergeben, was du ihnen angetan hast«, sagte Marina zu mir. »Sei doch wenigstens ehrlich, und gib es zu.«

Eine Woche später standen im Hausflur meine gepackten Koffer. Kleidung für eine Woche, auch ansonsten nur das Nötigste. Das war mir jetzt auch egal.

***

Das Licht lässt nach, die Schatten übernehmen. Mir fällt es schwer, die Grenzen zwischen Gut und Böse, zwischen Schuld und Unschuld zu ziehen. Das Grau gerechter Rache verwischt die Konturen. Ich habe nie von mir behauptet, ein guter Mensch zu sein.

***

Ich beobachtete Sarah und Floris, wie sie an ihren Schläuchen hingen und schliefen, Kraft sammelten für die nächsten Behandlungen. Sie kämpften. Sarahs Körper zitterte, wenn sie aus Versehen zu tief einatmete. Der behandelnde Oberarzt öffnete die Zimmertür, sah mich und kam langsam auf mich zu. Ein lieber Kerl, ich mochte ihn. Sein sonst so akkurat gestutzter Bart franste an den Seiten etwas aus.

»Wir tun, was wir können. Die beiden brauchen jetzt ihren Schlaf. Vielleicht ist es besser, wenn Sie auch nach Hause fahren?«

»Wie sind ihre Chancen?«

»Man weiß es nie. Beide haben eine sehr stabile Physis. Etwas Zeit bleibt ihnen sicher noch.«

»Etwas Zeit?«

Langsam führte er mich aus dem Raum. In der leeren Kantine setzten wir uns an einen Tisch, vor uns stilles Wasser in Pappbechern, und er sah mir in die Augen. Aus eigener Kraft würden beide es nicht schaffen. Dieses Weihnachten würde ihr letztes werden. Er war offen und ehrlich, beantwortete alle meine Fragen. Tränen liefen über mein Gesicht, ich ließ es zu. Er blieb noch fünf Minuten, dann stand er auf und entfernte sich.

Diese Ungerechtigkeit, das hatten die beiden nicht verdient. Und es gab niemanden, der dafür büßen würde. Wieder fiel mir Lisannes Satz ein. *Damit wäre ihnen auch nicht geholfen.* Lisanne drückte sich vor der Verantwortung. Aber damit durfte ich sie nicht davonkommen lassen.

Als ich in meiner neuen miefigen Einzimmerwohnung ankam, war dieser Gedanke noch immer da. Ich angelte mir ein Bier aus dem Kühlschrank. Es schmeckte nicht. Ich öffnete die Keksdose, in der ich das Gras aufbewahrte, und schloss sie wieder, ohne mir etwas herauszunehmen. Eine Flasche Rum stand auf dem Wohnzimmertisch, ich setzte an und trank drei, vier, fünf Schlucke, bis die Kehle brannte. Keine Lust auf Fernsehen, keine Lust auf Musik, keine Lust auf Ablenkung wie all die anderen Tage. Ich musste etwas tun, und schleuderte die halb volle Rumflasche mit voller Wucht auf den Fliesenboden. Scherben splitterten in alle Richtungen. Wie sinnlos. Ich ließ mich in den Ledersessel fallen, den ich vom Vermieter übernommen hatte, und starrte auf die Flecken an der Zimmerdecke, ohne sie wahrzunehmen. Mein Puls beruhigte sich.

Ich durfte Lisanne damit nicht durchkommen lassen. Vielleicht nicht für Sarah und Floris, aber für mich.

Die Wut war der Antrieb, der Hass formte den Plan. Lisanne würde bezahlen müssen für das, was sie getan hatte.

Wofür sie verantwortlich war. Ja, plane mit kaltem Herzen. Gedanke reihte sich an Gedanken. Nach und nach, Stück für Stück, wurde mir klar, was zu tun war. Es müssen Stunden gewesen sein, die ich dort verbracht habe.

Zuallererst benötigte ich eine Waffe. Es war überraschend einfach, eine scharfe Pistole zu besorgen. Ich ließ sie mir als Bausatz zu einer Packstation liefern. Natürlich nicht unter meinem echten Namen, ich musste schmunzeln, als ich Lisannes stattdessen dafür nutzte. Dazu einhundert Schuss Munition. Wenn alles gut lief, würde ich nur einen einzigen benötigen.

Ich hatte mich für eine Glock 17 entschieden, die Standardpistole bei der Koninklijke Landmacht. Das Zusammensetzen war ein Kinderspiel, aus meiner Zeit als Berufssoldat war mir das in Fleisch und Blut übergegangen. In den einsamen Dünen Zeelands, nur eine Stunde Autofahrt von mir entfernt, probierte ich die Waffe aus. Im November war die Gegend im Gegensatz zu den Ferienzeiten menschenleer, nur selten verirrten sich Wanderer in das Gebiet des Nationalparks. Falls doch jemand das Abfeuern der Pistole hören sollte, würde er sie den Jägern zuschreiben, die den Wildbestand regulierten. Falls die Schüsse überhaupt jemand wahrnehmen sollte.

Patronen einlegen, Magazin einrasten lassen, Hahn spannen, zielen. Langsam den Abzug drücken. Der Schuss löste sich, vertraut federten die Muskeln den Rückstoß ab. Wie früher. Ich spürte die Macht, die diese Waffe in sich trug.

Hass glomm in mir auf. Hass, dessen Wärme guttat. Ich zielte auf eine Möwe, die gerade in sanftem Schwung auf einer Düne gelandet war, keine zehn Meter entfernt von mir. Neugierig tapste sie näher. Es war ganz einfach, Skrupel hatte ich keine. Der Schuss traf, fegte sie von der kleinen Anhöhe hinweg. Ich trat näher, um mir das Tier anzusehen. Der Bauch war zerfetzt, Federn und Blutreste klebten an dem Dünengras der Umgebung. Mit der Schuhspitze schob ich den toten Körper in ein Kaninchenloch. Ich blickte mich um, außer mir war weit und breit niemand zu sehen. Ich sammelte die Patronenhülsen ein und verstaute die noch warme Waffe sorgfältig in meinem Rucksack. Nachdenklich fühlte ich in mich hinein. Keine Reue, nur Klarheit. Was ich getan hatte, fühlte sich gut an.

Zufrieden fuhr ich zurück, der Abend war angebrochen, im Radio lief bereits Weihnachtsmusik. »Driving Home For Christmas«, sang Chris Rea. Der Song endete, es folgten die Nachrichten. Zuletzt kam eine Sondermeldung an alle Kinder, dass Ozosnel, Sinterklaas' treues Pferd, einen schlimmen Schnupfen habe, und deswegen dieses Jahr keine Geschenke ausgeliefert werden könnten. Doch in der neuen Folge heute Abend um 18:00 würden die Zwarten Pieten nach einem Wundermedikament suchen. Ich dachte an Floris, ich dachte an Sarah. Wir hatten uns die angeblichen Reportagen von Sinterklaas immer gemeinsam angesehen, es war unsere kleine Tradition gewesen, ich hatte besonders darauf geachtet, pünktlich von der Arbeit wegzukommen. Müde drehte ich den Lautsprecherregler nach links und ließ das Radio ausgeschaltet, bis ich endlich zu Hause ankam.

Am nächsten Tag begann ich damit, einen geeigneten Tatort zu suchen. Gerne hätte ich einen Vorwand konstruiert, um Lisanne zu mir nach Hause zu locken. Aber das hätte ihr Misstrauen erregt, und außerdem hatte ich keine

Ahnung, wie ich das anstellen sollte. Also musste ich mich nach einem geeigneten Platz in ihrer Umgebung umschauen. Ihre Adresse und Kontaktdaten hatte ich ja, sie wohnte in Haveneiland, dem Zentrum des neuesten, auf mehreren künstlichen Inseln angelegten Stadtteils von Amsterdam.

Mit der Linie 26 konnte ich bequem vom Hauptbahnhof anreisen, ich stieg an der Station Amsterdam IJburg aus. Lisanne wohnte in der dritten Etage eines modernen Wohnblocks, dessen Fassade mit viel Glas und hellen Backsteinen verkleidet war. Die Balkone öffneten sich nach Westen, sodass man in der Abendsonne den neu angelegten Jachthafen überblicken konnte. Hinter einigen Geländern lugten die Blätter immergrüner Pflanzen hervor und bildeten schöne Farbkleckse im dunklen Novembergrau. Mehr als zwanzig Klingelschilder befanden sich neben der Eingangstür, über der eine Videokamera schwebte. Ungesehen würde ich nicht ohne Weiteres hineinkommen.

Ich schlenderte weiter, die Straße entlang. Die Bäume auf der rechten Seite, am Kai des Jachthafens, waren mit Lichterketten geschmückt. Auf der linken Seite lockten kleine Galerien und Cafés, die in den Läden im Erdgeschoss untergebracht waren. Die Bänke und Tische im Außenbereich waren zwar verwaist, aber hinter den Fensterscheiben konnte ich viele Gesichter erkennen. Ich ließ mich durch das Viertel treiben, beobachtete die Menschen, die ihre neuen Wintermäntel und -mützen ausführten, die kleinen Sportboote, die in den Kanälen auf den niedrigen Wellen hüpften, die friedliche Atmosphäre. Ja, das war Lisannes Achillesferse. *Dafür gehe ich nicht in den Knast.* Es ging ihr gut, und dessen war sie sich bewusst. Sie wollte weiterhin, oder vielleicht auch wieder, ein sorgenfreies Leben führen. Darüber würde ich sie kriegen.

Hinter der letzten Häuserreihe überquerte ich eine Straße und einen kleinen Grünstreifen, der direkt an das Ufer des IJmeers grenzte. Nur ein befestigter Hang, keine Deiche versperrten die Aussicht, das IJmeer war seit dem Bau des Abschlussdeiches nicht mit der Nordsee verbunden. Der Wasserstand wurde reguliert, Ebbe und Flut und die Notwendigkeit besonderer Schutzmaßnahmen gab es hier nicht mehr. Schräg gegenüber der Hafeneinfahrt, auf der Centrumseiland, dem nächsten Bauabschnitt des Stadtteils, erkannte ich den neuen Stadtstrand. Im Sommer tummelten sich dort die Menschen zu jeder Tageszeit. Jetzt war fast niemand zu sehen. Ja, der Strand war gut geeignet. Bereits auf der Rückfahrt arbeitete ich im Kopf die Details meines Plans aus.

Die erste Schwierigkeit war es, überhaupt an Lisanne heranzukommen, sie hatte seit der Gerichtsverhandlung sämtliche Kommunikation an ihren Anwalt übergeben. Ich entschied mich dafür, ihr einen Brief zu schreiben. Handschriftlich, das wirkte ehrlich und authentisch, und dabei am wenigsten aufdringlich. Bereits zwei Tage später rief sie mich an. Wir sprachen beinahe eine Stunde miteinander, bis ich sie um ein persönliches Treffen bat. Ich erzählte offen von Sarah und Floris, machte aber deutlich, dass es mir nicht darum ging, ihr Vorwürfe zu machen. »Es ist vielmehr so, dass es mir so leichter fällt, mit der ganzen Situation umzugehen. Vielleicht geht es dir genauso.«

»Ja. Vielleicht ist es eine gute Idee.« Ich hörte, wie sie schlucken musste. »Wann und wo?«

»So, wie es dir passt.« So, dass dir nicht kurzfristig eine Ausrede einfällt, das Treffen doch noch abzusagen. »Wie wäre es am 5. Dezember? Genau ein Jahr ... danach?« Ich schlug eines der Cafés in Haveneiland, an denen ich vorbeigegangen war, als Treffpunkt vor. Ein neutraler Ort in einer Umgebung, die ihr vertraut war, in der sie sich sicher fühlte.

Sie bat um etwas Bedenkzeit. Ein paar Tage später telefonierten wir erneut, und sie willigte ein. Wir verabredeten uns für drei Uhr nachmittags, genau die Uhrzeit unseres Unfalls. Das bedeutete, ich musste ungefähr eine Stunde überbrücken, bevor es dunkel wurde. Das sollte kein Problem werden.

Am 3. Dezember schrieb ich eine Nachricht an Marina, dass mir ein Video zu dem Unfall zugespielt worden wäre. Ich könnte jetzt zweifelsfrei beweisen, dass mich keinerlei Schuld träfe. Sie antwortete nicht.

Am 4. Dezember besuchte ich zum letzten Mal Sarah und Floris, Sarah tat sich erkennbar schwer mit dem Atmen, war aber gut gelaunt. Hinter der Zimmertür hatten die beiden ihre Schuhe aufgestellt, in Sarahs Stiefeln steckten je eine Karotte für das Ozosnel, in Floris' Sneakern selbstgemalte Zeichnungen für Sinterklaas. Ich wusste, dass Marina die Sachen jeden Tag gegen Süßigkeiten austauschte. Wir schalteten die kleinste LED-Kerze auf dem Adventskranz an, der auf dem Tisch unter dem an der Decke hängenden Fernseher stand, und ich holte unsere alte Keksdose hervor.

»Kruidnoten? Hast Du die etwa selbstgemacht?« Skeptisch betrachtete Floris die Gewürznuss.

»Ich stand gestern den ganzen Abend in der Küche.«

»Seit wann machst du denn so was?« Sarah biss zaghaft in ihr Exemplar hinein. Überrascht hob sie eine Augenbraue, ich liebe es, wenn sie das macht. Sie hatte sich diese Geste schon als Kleinkind von ihrer betagten Kindergärtnerin abgeschaut. »Die sind richtig gut, Papa.«

»Fast so gut wie die gekauften«, ergänzte Floris. Sarah prustete los, und auch ich musste lachen, verschluckte mich beinahe. Sarah offenbar auch, sie hörte fast nicht mehr auf zu lachen, sie keuchte schon, beugte sich nach vorne. Ein Schmerz zuckte über ihr Gesicht.

»Alles gut?«

Sie presste die Lippen zusammen, dann nickte sie. »Nur verschluckt.«

Ich bemühte mich um ein verlegenes Grinsen. »Bin halt ein wenig nervös zur Zeit.«

Floris stellte Weihnachtsmusik an. Wir saßen noch eine halbe Stunde zusammen, knabberten Kekse und tranken Tee. Dann verabschiedete ich mich. »Wir sehen uns morgen. Dann mit Geschenken.«

»Wir verlassen uns darauf, Papa.« Die beiden winkten mir fröhlich zu, als ich die Tür schloss.

***

Der Plan war gut, ich kann auch jetzt keine Fehler erkennen. Es wird immer dunkler. Und eigentlich ist doch auch alles so abgelaufen, wie ich es mir vorgestellt hatte.

***

Um 14 Uhr schrieb ich Lisanne, dass ich mich auf den Weg machen und pünktlich im Café ankommen würde. Tatsächlich war ich schon längst in Haveneiland. Ich hatte vermeiden wollen, dass ich es im letzten Moment wegen eines Verkehrsstaus oder anderer unvorhersehbarer Zufälle nicht pünktlich zum Treffen schaffte. Pakjesavond war dieses Jahr ein ganz normaler Arbeitstag, aber es war auf den Straßen doch weniger als sonst los gewesen, bestimmt hatten sich einige den Tag frei genommen. Auch hier war deutlich weniger los als bei meinem letzten Besuch. Nur die Hälfte der Cafés hatte auf. Unseres zum Glück auch, aber es würde schon um halb fünf schließen. Ich machte einen kleinen Spaziergang, um meine Nerven zu beruhigen, und kam fünf Minuten vor der vereinbarten Zeit an. Ein Tisch am Fenster war noch frei. Ich bestellte einen Cappuccino, der im gleichen Moment gebracht wurde, als auch Lisanne ankam. Ich hob die Hand, um sie auf mich aufmerksam zu machen.

Mit ernstem Gesicht kam sie auf mich zu. Dezentes Make-up, unter dem schwarzen Wintermantel, den sie über einen freien Stuhl legte, kam ein schwarzes Kleid zum Vorschein. Beinahe Trauerkleidung, als ob sie eine Beerdigung besuchte. »Hallo.«

»Hi. Schön, dass du gekommen bist. Das bedeutet mir viel.«

Sie bestellte lediglich ein kleines Wasser. Wir hielten uns nicht lange mit Small Talk auf, sie erkundigte sich aufrichtig, wie es Sarah und Floris gehe, und ich berichtete ihr, ohne es dramatischer zu machen, als es war, oder ohne etwas zu beschönigen. Sie fragte ein weiteres Mal nach, und ich zeigte ihr ein Video, das ich heimlich von den beiden aufgenommen hatte, an dem Tag, als mir der Arzt die Prognose verraten hatte. Wir beide mussten mit den Tränen kämpfen.

»Ich würde ihnen so gerne ein neues Leben ermöglichen«, sagte ich.

»Ich auch«, antwortete sie. »Mich belastet sehr, was letzten Sinterklaas passiert ist.«

»Ich empfinde keine Wut«, log ich, »und es geht mir auch nicht um Schuldzuweisung. Es geht mir darum, wie wir beide damit umgehen.«

»Das ist eine schöne Idee«, antwortete sie aufrichtig.

»Wir müssen nach vorne schauen. An uns selbst denken. Und es uns so einfach wie möglich machen. Darum habe ich um das Treffen gebeten. Kannst du das verstehen?«

»Danke«, antwortete sie nur.

Ich denke, das war der Punkt, an dem ich sie am Haken hatte. Ich orderte mir, um weiter Vertrauen aufzubauen, ebenfalls ein stilles Wasser, es musste das erste Mal in meinem Leben gewesen sein. Noch war es zu hell. Um unauffällig Zeit zu schinden, wechselte ich das Thema, erzählte von mir, wie ich nach Amsterdam gezogen war, mich in diese Stadt verliebte, in Marina und später in meine Kinder. Wie erhofft nahm Lisanne den Ball auf. Vertrauen gegen Vertrauen, so war das nun einmal unter uns Menschen. Sie berichtete von ihrer Wohnung, ihrem Freund, und ihren großen Plänen. Ein eigenes Label zu gründen, groß aufzuziehen, New York und London zu erobern. Pläne, die sie ja gerne haben konnte, die sie aber Sarah und Floris durch ihre Tat verwehrt hatte. Wofür sie bisher keine Verantwortung übernommen hatte. Egoistisch, egozentrisch bis aufs

Blut. Und sie bemerkte noch nicht einmal, wie meine Wut wieder aufstieg. Hoffte ich jedenfalls.

Die Dämmerung hatte schon längst eingesetzt, als der Kellner kam, um uns die Rechnung zu bringen. Wir zahlten, und ich sagte, dass ich ihr noch etwas beichten müsse.

»Was denn?«

»Draußen. Es geht um ... heute vor einem Jahr.«

Wir schlugen den Weg nach Norden ein. Es war ruhig um uns herum, nur das leise Plätschern der Wellen, die gegen die Hafenmauern schlugen, war zu hören. Die Weihnachtsbeleuchtung über uns strahlte zwischen den grünen Tannenzweigen gelbliches Licht aus.

»Ich hab es noch niemandem gegenüber zugegeben. Aber es kann sein, dass du recht hattest. Kurz vor dem Unfall stieß Floris einen Schrei aus, so, wie es Sarah vor Gericht ausgesagt hat. Ich weiß nicht genau, was passiert ist. Ich weiß aber auch nicht genau, was nicht passiert ist.« Natürlich konnte ich es mir zusammenreimen. Floris hatte geschrien, weil er gesehen hatte, dass das entgegenkommende Auto von der Fahrspur abgekommen war. Lisannes Wagen, mit ihr am Steuer.

»Was willst du damit sagen?«

»Vielleicht habe ich dir die Schuld geben wollen, weil ich nicht wahrhaben wollte, dass ich auch Schuld haben könnte. Vielleicht habe ich das Lenkrad ein wenig verrissen.« Ich wusste, dass in diesem Moment tausend Steine von ihrer Seele purzelten. Ich öffnete ihr eine Tür, die Verantwortung für den nahenden Tod zweier Kinder bequem loszuwerden. »Vielleicht macht es das für dich ein wenig einfacher. Es kann sein, dass auch ich Schuld an dem Unfall habe, dass ich ihn hätte verhindern können. Vielleicht hilft dir der Gedanke. Er macht weniger allein.«

»Danke.« Mehr schaffte sie nicht zu sagen. Schweigend gingen wir weiter, überquerten die Uferstraße. Gemeinsame Schuld, gemeinsame Verbundenheit. Ein kalter Wind zog auf. Wir sahen auf das Meer, beobachteten einen Tanker, der, vom Markermeer kommend, den Hafen von Amsterdam ansteuerte. »Ich muss gestehen, für einen Moment war ich wütend, dass du mir das nicht schon früher gesagt hast. Aber das wäre unfair gewesen. Ich will nicht durchleben müssen, was du letztes Jahr durchgemacht hast.«

»Danke.« Ich sah zu ihr, sie zu mir. »Ich weiß, wie die Lösung für mich aussieht, um damit klarzukommen.« Jetzt durfte es keine Zweifel mehr geben. Ich griff in die Jackentasche und holte die geladene Glock hervor.

»Nein … lass mich …« In ihrer Stimme gingen Schrecken, Hilflosigkeit und Angst ineinander über. »Das hast du nicht wirklich vor?«

»Du musst mir aber dabei helfen.«

»Was?« Sie war irritiert.

Ich reichte ihr die Pistole. »Du hast gesagt, dass du Sarah und Floris ein neues Leben ermöglichen willst. Es gibt eine Möglichkeit dazu. Aber es gibt niemanden außer dir, den ich das fragen kann.«

Ich sagte Lisanne, dass ich sie brauchte, denn wenn ich es selbst versuchte, hätte ich Angst, nicht genau genug zu treffen. Aber das, was damals passiert sei, könne wiedergutgemacht werden. Damit, und nur damit könne sie mir ehrlich helfen. Niemandem sonst würde ich diese Frage zumuten, und niemandem sonst würde ich trotzdem vertrauen. Ironischerweise appellierte ich an ein Gefühl von Reue. »Es geht darum, wie wir damit umgehen, was wir getan haben.«

Sie schüttelte den Kopf, natürlich.

»Lass uns zusammen zum Strand gehen.« Dort würde die Nacht ihr Schutz geben, um ungesehen zu verschwinden.

Ich erklärte ihr, dass ich keine Angst vor dem Tod hatte. Dass er vielmehr ein Geschenk wäre, dass er für Sarah und Floris das Leben bedeuten würde. Der Arzt hatte mir bestätigt, dass ich als Spender geeignet sei. Ich als Vater von Sarah und Floris hatte nicht nur die richtige Blutgruppe, sondern vor allem auch kompatible Gewebemerkmale. Meine Organe würden die beschädigten Organe meiner Kinder ersetzen können, die beiden waren alt genug, dass eine Anpassung an ihre Körper möglich war. Vor allem Sarahs Leben könnten wir retten, und Floris' Leben entscheidend verbessern. Sie beide hatten eine glorreiche, echte Zukunft vor sich. Eine reale Chance.

Unter unseren Schuhen knirschten die Sandkörner. Unsere Schritte hinterließen eine gemeinsame Spur auf dem Strand. Dann blieb ich stehen.

»Bitte, erschieß mich! Ich kann es nicht verlangen. Aber ich bitte dich, Lisanne.«

In ihrem Blick konnte ich erkennen, dass ich sie überzeugt hatte. Heimlich aktivierte ich in meiner Jackentasche den Notruf, Feuerwehr und Polizei würden in wenigen Minuten hier sein. Dann nickte ich Lisanne zu.

Sie war nur zwei Meter von mir entfernt, ich konnte jede ihrer Bewegungen, jedes Detail erkennen. Ihre Finger schlossen sich langsam, aber bestimmt um den Griff der Waffe, mit ausgestrecktem Arm legte sie auf mich an. In ihrem Rücken schwappten dunkle Wellen an den Strand.

***

Das letzte Licht erlischt, es wird schwarz, ich falle, es gibt keinen Boden mehr. Nein, ich habe keinen Fehler gemacht, alles ist so gelaufen, wie ich es geplant habe. Bessere Geschenke für meine Kinder und auch für mich kann ich mir nicht vorstellen.

Sarah und Floris haben nicht umsonst gekämpft. Sie werden eine Zukunft haben. Für sie geht es weiter.

Und ich bekomme meine Gerechtigkeit. Dieses Mal, Lisanne, wirst Du zur Verantwortung gezogen werden. Auch wenn du der Polizei noch entkommen solltest: Die Waffe wurde auf deinen Namen erworben. Meine letzte Nachricht ging an dich. Mindestens eine Bedienung und die Leute im Café sind Zeuge, du warst die Letzte, die mit mir zusammen gesehen wurde. Marina wird angeben, dass ich neue Erkenntnisse hatte, dass du Schuld an dem Unfall hattest. Dass du ein Motiv hattest, mich zu töten.

Du hast meinen Tod auf dem Gewissen. Du wirst bezahlen, nicht für das, was du damals getan hast, aber für das, was man dir stattdessen heute nachweisen wird.

Der Hass verschwindet. Ich tauche ins Nichts hinab. Alles ist gut.

∞ KRUIDNOTEN ∞

Kruidnoten sind kleine knusprige Kekse, die in den Niederlanden sehr beliebt sind. Sie gehören traditionell zum strooigoed und werden zu Sinterklaas, gemischt mit anderen Süßigkeiten, von den Zwarten Pieten an Kinder verteilt.

ZUTATEN
* 250 g Mehl, gesiebt
* 1 Pck. Backpulver
* 125 g Butter
* 125 g brauner Zucker
* 4 EL Milch
* 1/2 TL Salz
* 2 EL Spekulatiusgewürz

Die wichtigste Zutat ist das Spekulatiusgewürz, das man einfach im Supermarkt kaufen oder aus den typischen Weihnachtsgewürzen selbst herstellen kann. Ich nehme gerne folgende Mischung:
* 1 TL Nelkenpulver
* 1 TL Muskatnuss, frisch gerieben
* 1 TL Anispulver
* 1/2 TL Ingwerpulver
* 2 TL Zimtpulver
* 1/4 TL Kardamom

ZUBEREITUNG

Ofen auf 165 Grad Ober- und Unterhitze (160 Grad Um-luft) vorheizen. Ein Backblech mit Backpapier auslegen.

Mehl, Backpulver, Salz und Spekulatiusgewürz in einer Schüssel vermischen. Dann die restlichen Zutaten hinein-geben, verkneten und zu einer glatten Kugel formen (je nach Beschaffenheit des Teiges kann man etwas Milch beziehungs-weise eine Prise Mehl hinzufügen). Den Teig in Plastikfolie wickeln und eine halbe Stunde im Kühlschrank ruhen lassen.

Danach aus dem Teig kleine Kugeln etwa in Größe einer Murmel formen und mit etwas Abstand auf das Blech legen (die kruidnoten gehen etwas auf).

12–15 Minuten backen, bis die Kekse goldbraun sind.

Guten Appetit und schönen pakjesavond!

SUSANNE MISCHKE

BLACKOUT CHRISTMAS

TATORT: HANNOVER

DIE AUTORIN

Susanne Mischke wurde 1960 in Kempten geboren und lebt heute in Wertach. Sie war mehrere Jahre Präsidentin der »Sisters in Crime« und erschrieb sich mit ihren fesselnden Kriminalromanen eine große Fangemeinde. Für das Buch *Wer nicht hören will, muß fühlen* erhielt sie die »Agathe«, den Frauenkrimipreis der Stadt Wiesbaden. Ihre Hannover-Krimis haben über die Grenzen Niedersachsens hinaus großen Erfolg.

Der erste Heiligabend ihrer noch jungen Ehe! Nur Oliver und sie und natürlich Gustav, der Labrador. Vorbei die Zeiten, als Leonie die Weihnachtstage Cocktails süffelnd und allein an exotischen Stränden verbrachte, sich selbst vorgaukelnd, Weihnachten ohnehin nicht zu mögen. Nach fünf Jahren On-off-Beziehung mit Oliver glaubte Leonie schon nicht mehr daran, dass er sich jemals scheiden lassen würde. Genau genommen war es am Ende auch Franziska gewesen, die die Scheidung eingereicht hatte, nachdem sie hinter Olivers Affäre mit ihr, Leonie, gekommen war. Doch derlei Feinheiten sind nicht mehr relevant, das alles ist Vergangenheit. Oliver ist nun ihr Ehemann, nur das zählt. Dieses Jahr sind die Vorzeichen umgekehrt, und der Heiligabend muss alle Heiligabende, die Oliver jemals mit Franziska erlebt hat, in den Schatten stellen. Seit Wochen laufen die Vorbereitungen. Schon im Advent dekorierte Leonie das Haus im nordischen Hygge-Stil, sie erwarb exquisiten Christbaumschmuck und jede Menge Raumduftessenzen und Räucherstäbchen. Die eigene Duftmarke zu setzen, ist das Mindeste, was man tun kann, um den Geist der Vorgängerin auszutreiben – neben neuen Tapeten, Anstrichen und Gardinen. Zu einem Umzug in ein Haus ohne Erinnerungen war der sparsame Oliver leider nicht zu bewegen, er maulte schon wegen der Renovierungskosten.

Nun also Weihnachten. Eine mannshohe Tanne mit Kerzen aus Honigwachs wird das Prunkstück dieses Hochamtes romantischer Zweisamkeit werden. Abgesehen von ihr selbst natürlich. Die Strähnchen sind erneuert, die Stirn ist frisch gebotoxt, und es liegen neue, aufregende Dessous für diesen speziellen Abend bereit.

Am Morgen des Vierundzwanzigsten sucht Oliver vergeblich nach dem Christbaumständer. Vermutlich hat Franziska ihn beim Auszug mitgenommen, versehentlich bestimmt, wie Oliver beteuert, aber ohne Bescheid zu sagen.

Franziska borgt sich gerne Dinge aus, allerdings scheint sie die Bedeutung des Wortes *borgen* nicht so recht begriffen zu haben, dies hat Leonie schon öfter bemängelt. Da man erwachsen und zivilisiert ist und sich außerdem im Guten getrennt hat, scheut sich Franziska auch sonst nicht, die Hilfe ihres Ex-Gatten in Anspruch zu nehmen. Ob ein Regal aufgestellt, ein neuer Videorekorder angeschlossen oder ein Fahrradreifen geflickt werden muss, Franziska ruft an und Oliver ist zur Stelle. Im Frühjahr zog er die Sommerreifen auf ihren Peugeot auf und vor einem Monat die Winterreifen. Die Verhandlungen für den Kauf ihrer Eigentumswohnung in Hannover-Linden führte selbstverständlich Oliver. Er half auch beim Umzug. Danach lebten Oliver und Leonie zwei Monate in Keuschheit, bis sein Bandscheibenschaden auskuriert war.

Leonie nahm das alles lange Zeit klaglos hin. Erwachsen eben, zivilisiert. Sie ist die Siegerin, sie übt sich in Großmut, und Eifersucht ist ohnehin nur ein Zeichen mangelnden Selbstbewusstseins. Das ist ihr Mantra, wenn ihr der Kragen zu platzen droht. Doch als Oliver seiner Ex für einen Wanderurlaub im Allgäu Gustav ausleihen wollte – *das tut dem Hund gut, und Franzi ist nicht so allein* –, war das Maß voll. Als ginge es um Leben und Tod raste Leonie durch Hannover, zum Hauptbahnhof, und entriss Franziska den Hund auf dem Bahnsteig mit den Worten: »Du kannst meinetwegen unseren Hausstand plündern, aber Gustav kriegst du nicht! Das ist mein Hund, und Oliver ist jetzt mein Mann, kapier das endlich!«

Wie konnte Oliver ihn verleihen, als wäre er nichts anderes als die Bohrmaschine, die Fritteuse, die große Trittleiter oder das Gerät zum Einschäumen von Teppichen – lauter Dinge, die nach und nach auf Nimmerwiedersehen in Franziskas Haushalt verschwanden. Den anschließenden Krach mit Oliver genoss Leonie sogar auf eine gewisse Weise. Sie fühlte sich im Recht, und es war ohnehin höchste Zeit für ein paar deutliche Worte.

Heute, an diesem heiligen Tag, möchte Leonie aber Streit unbedingt vermeiden. Mit sanfter Stimme bittet sie Oliver, zum Baumarkt zu fahren und einen neuen Ständer zu besorgen.

»Wozu Geld ausgeben?«, erwidert er. »Ich kann doch schnell bei Franzi vorbeifahren und ihn holen.«

Oliver ist, genau wie seine Ex-Gattin, stets auf Sparsamkeit bedacht, in dieser Hinsicht ergänzten sie sich hervorragend. Aber Leonie kennt diese Schlange inzwischen nur zu gut und ist überzeugt davon, dass Franziska längst nicht so hilflos und handwerklich ungeschickt ist, wie sie vorgibt. All das sind nur Vorwände, um Oliver zu sehen und ihn zurückzuerobern. Franziska ist fünfzig, genau so alt wie

Oliver, und bekanntlich werden Frauen dieses Alters eher von einem Tiger gefressen …

»Bestimmt hat Franziska ihren Baum schon aufgestellt und geschmückt«, argumentiert Leonie.

»Ich glaube nicht, dass sie einen Baum aufstellt«, entgegnete Oliver. »Für wen denn auch?«

Täuscht sich Leonie, oder schwingt in seinen Worten nicht nur Mitgefühl für die an Heiligabend Einsame mit, sondern auch ein leiser, wenn auch irrationaler Vorwurf an Leonie, die nun alles hat: Mann, Haus, Hund und Baum.

Eines steht fest: Bekommt Franziska Oliver an diesem denkwürdigen Tag erst einmal in ihre Fänge, wird sie ihn so lange mit angeblich dringenden Aufgaben beschäftigen, bis er es nicht mehr rechtzeitig zur Bescherung schafft. Das Essen und der ganze Abend wären verdorben. Das ist es, was sie will.

»Oliver, ich möchte nicht, dass du bei Franziska vorbeifährst. Nicht heute. Versprich es mir!«, sagte Leonie leise, aber mit Nachdruck.

»Gut, wenn es dir so wichtig ist.«

»Ist es.«

Klare Grenzen setzen und konsequent bleiben. Das hat sie von Johann, dem Hundetrainer, gelernt. Es ist erstaunlich: Vieles, was bei ihrem Labrador funktioniert, klappt auch bei Oliver. Johann hat viel mehr bewirkt, als nur ihren Hund zu erziehen.

Kurz nachdem Oliver und sie zusammenzogen, holten sie Gustav als halbjährigen Rüpel aus dem Tierheim Langenhagen. Er ist ihr »Baby«, ein Symbol ihrer Liebe. Richtige Babys will Oliver nicht mehr. Er und Franziska haben einen

Sohn, er ist zweiundzwanzig und lebt zurzeit in Barcelona, wo er ein Auslandssemester absolviert. Manchmal beklagt Oliver im Scherz, dass Leonie den Hund mehr liebe als ihn. »Sei nicht kindisch«, sagt Leonie dann zu ihm, aber seine Eifersucht ist nicht ganz unbegründet, das muss Leonie zugeben.

Anfangs kam sie mit dem Hund nicht gut zurecht. Gustav war kräftig und wild, er zog an der Leine wie ein Verrückter, und sein Jagdtrieb brachte ihn immer wieder in gefährliche Situationen und Leonie an den Rand der Verzweiflung. Eine Hundeschule, bei der man die meiste Zeit im Kreis umherlief, brachte wenig. Über ihre Facebook-Hundegruppe bekam Leonie Kontakt zu einem Trainer, der sich mit Jagdhunden auskennt. Der Jäger und Aussteiger ist Mitte vierzig, grauhaarig, stets nachlässig rasiert, und ein Geruch nach Wald, Wild und Blut haftet ihm an. Er wohnt in der Wedemark, weitab vom nächsten Dorf, zusammen mit drei Weimaranerhündinnen. Von der ersten Sekunde an war Gustav in Gegenwart von Johann wie verwandelt. Begierig wartet er auf dessen Befehle, um sie dann mit Eifer auszuführen, und wenn Leonie ihn am Ende der Übungsstunde in ihr Auto verfrachtet, sinkt er müde in die Polster und seufzt so zufrieden wie einer, der sein Tagwerk zu Ende gebracht hat.

Unter der Anleitung des Hundeflüsterers wurden Frau und Hund mit der Zeit zu einem gut funktionierenden Team. Zweimal begleitete Oliver sie zum Training, aber da waren atmosphärische Störungen zwischen Johann und Oliver, die Leonie deutlich wahrnahm. Jedenfalls geht sie lieber alleine mit Gustav zum Training, und manchmal ertappt sie sich dabei, wie sie den Übungsnachmittagen entgegenfiebert.

Kaum ist Oliver losgefahren, geht Leonie in die Küche und wendet das Perlhuhn in der Marinade. Mehr ist im Moment nicht zu tun. Ob sie Johann anrufen und ihm frohe Weihnachten wünschen soll? Oder könnte er das falsch verstehen? Weihnachten scheint ihm nicht allzu viel zu bedeuten. Er verbringe die Tage allein, er wolle jagen gehen und lesen, antwortete er letzte Woche, als Leonie sich danach erkundigte. Dabei wirkte er sehr gelassen, auf keinen Fall traurig, und Leonie bereute ihre indiskrete Frage. Bestimmt, überlegt sie, während sie einen selbst gebackenen Weihnachtshundekeks in Gustavs Schlund verschwinden lässt, hält Johann sie für spießig und saturiert. Und wenn schon! Kann ihr doch egal sein. Er hilft ihr, ihren Hund in den Griff zu bekommen, und das klappt immer besser. Nur das zählt. Er macht seinen Job, sonst nichts. Trotzdem geistert Leonie schon den ganzen Tag lang das Bild eines einsamen Mannes, draußen in der Wildnis, im Kopf herum. Vielleicht freut er sich sogar, wenn jemand an ihn denkt? Sie sehnt sich plötzlich danach, seine Stimme zu hören, und sei es nur kurz. Aber sie traut sich dann doch nicht. Johann ist nicht der Typ, der auf derlei Förmlichkeiten Wert legt, im Gegenteil, er würde sie durchschauen und aufdringlich finden. Du bist albern, sagt sie sich. Was ist nur los mir dir?

Schon zwei Stunden! In Leonie regt sich bereits ein böser Verdacht, sie ist kurz davor, ihn anzurufen, doch da kommt Oliver mit einem originalverpackten Weihnachtsbaumständer zurück.

»Ich war in drei Baumärkten, die günstigen Modelle waren überall ausverkauft«, klagt er und verbringt die nächste

Stunde im Kampf mit dem Baum. Dann steht das Prachtstück im Wohnzimmer. Es ist allerdings nur noch halb so hoch. Der untere Teil des Stammes sei zu dick gewesen für den Baumarkt-Ständer, erklärt Oliver. »Und zu Franzi fahren und den ordentlichen Ständer zurückholen, durfte ich ja nicht«, schickt er süßsäuerlich hinterher.

Leonie, ganz auf Harmonie bedacht, beschwert sich nicht über den fehlenden Meter Baum. Sie schmückt das verbliebene Grün mit Kugeln, kleinen mexikanischen Holzfiguren aus dem Eine-Welt-Laden und echten Strohsternen. Als sie die Kerzen aus Honigwachs anbringen möchte, plädiert Oliver plötzlich für LED-Lichter am Baum. Aus Gründen der Sicherheit, und wozu hätte er sonst vor drei Jahren die Lichterkette gekauft?

»Und wozu habe ich die Kerzen gekauft?«, erwidert Leonie.

»Außerdem sparen Kerzen Strom, und das ist doch das Gebot der Stunde.«

»Auf das bisschen Strom von der Lichterkette kommt es nun wirklich nicht an«, meint Oliver, was Leonie wundert, denn aufgrund der geopolitischen Lage ist bei ihm Energiesparen längst zur fixen Idee geworden.

Um den perfekten Abend nicht zu gefährden, gibt Leonie nach. Oliver verkabelt den Baum mit der Lichterkette, während Gustav in der Küche das verspeist, was eigentlich ein Soufflé zum Nachtisch werden sollte.

»Gustav! Du verfressener Hund! Das sagen wir aber nicht dem Herrchen, hörst du?«, flüstert Leonie und lässt die Schüssel in der Spülmaschine verschwinden.

Um achtzehn Uhr kann der perfekte Abend wie geplant beginnen. Die Geschenke für Leonie, Oliver und Gustav liegen unterm Baum, Leonie spielt die von ihr sorgfältig zusammengestellte Weihnachtsplaylist ab – ein bisschen Jazz, ein bisschen Loungemusik, und ein paar alte Songs im Stil von »White Christmas«, denn ein wenig kitschig darf es beim Fest der Liebe ja sein. Das Perlhuhn schmurgelt im Backofen, Leonie trägt ihre neuen Dessous unter dem kleinen Schwarzen, im Kamin brennt ein dezentes Feuer, nur der Stimmung wegen, denn das Wetter ist das Einzige, was nicht perfekt ist: wieder einmal keine Spur von weißer Weihnacht, sondern zehn Grad Plus und Nieselregen, das typische niedersächsische Weihnachtswetter.

Oliver entkorkt den Champagner. Sie werfen einen andächtigen Blick auf den Baum, dessen LEDs ein kaltweißes Licht verströmen, sie heben die Gläser – und dann wird es dunkel. Nur das Kaminfeuer spendet noch einen Lichtschimmer.

»Kurzschluss. Kommt sicher von deiner hässlichen Lichterkette«, lästert Leonie. Sie tastet nach den Streichhölzern und zündet die Tischkerzen an.

»Das haben wir gleich, Mäusespatz.« Oliver nimmt eine der Kerzen und geht langsam, die Flamme gegen den Luftzug abschirmend, zum Sicherungskasten im Flur. Man hört es poltern und jaulen und dann Olivers Stimme: »Verdammter Köter, was liegst du auch mitten im Flur herum?«

»Das ist kein Kurzschluss, das ist … etwas Größeres.« Leonie steht am Fenster. Die Straßenlaternen sind aus, in keinem der benachbarten Häuser brennt Licht.

Inzwischen hat Oliver eine Taschenlampe gefunden und geht damit die Treppe hinauf. Vom Dachgeschoss aus hat man einen guten Blick über weite Teile der Stadt.

»Ganz Hannover ist dunkel«, bestätigt er wenig später, als er wieder herunterkommt, und fügt mit grimmiger Befriedigung hinzu: »Das haben sie jetzt von ihrer Energiewende.«

»Wahrscheinlich haben nur zu viele Leute zur selben Zeit ihre Lichterketten angeschaltet«, scherzt Leonie.

»Nein, das ist die Katastrophe, die vorauszusehen war.«

»Meinst du die berühmte Dunkelflaute, vor der du mich immer warnst, wenn ich mal aus Versehen das Licht anlasse, oder die russischen Hacker?«

»Das, oder die Folge der verfehlten Energiepolitik von deinem Habeck!«

Leonie überhört die letzten Worte. »Machen wir das Beste daraus«, versucht sie den Abend zu retten. »Betrachten wir die Situation doch von der romantischen Seite: Kaminfeuer, Kerzenschein …«

»… und ein halbgares Huhn im Ofen.«

»O nein!« An das Essen hat Leonie noch gar nicht gedacht. So viel Arbeit steckt darin, wochenlang hat sie im Internet nach Rezepten gesucht, und jetzt das!

»Du hast mich ausgelacht und einen Prepper genannt, als ich einen Campingkocher kaufen wollte«, erinnerte Oliver seine Frau.

»Ja, und jetzt bereue ich es«, gibt Leonie zu, auch wenn sie sich nicht vorstellen kann, wie man ein Perlhuhn auf einem Campingkocher zubereitet. »Vielleicht ist es ja bald vorbei.«

»Wir könnten in der Zwischenzeit die Geschenke auspacken«, schlägt Oliver vor.

»Gute Idee«, jubelt Leonie eine Spur zu euphorisch. Smaragdohrringe für Leonie, eine neue Aktentasche für Oliver.

Für Gustav gibt es einen Knochen vom Parmaschinken, ein mit Hasenfell überzogenes Apportl und ein Hundesofa aus veganem Leder. Der Hund stürzt sich mit Begeisterung auf den Knochen und schleppt ihn rasch davon, den Rest ignoriert er. Auch bei den Menschen hält sich die Euphorie in Grenzen.

Nach der Bescherung wäre laut Leonies Küchenplan eigentlich das Kresseschaumsüppchen an der Reihe, aber das kann man unter diesen Umständen vergessen. »Ich könnte uns ein paar belegte Brote machen«, meint sie und ärgert sich, weil sie so kleinlaut klingt, als wäre diese Misere ihre Schuld.

Das Blaulicht eines vorbeifahrenden Krankenwagens taucht das Wohnzimmer in ein gespenstisches Licht, dazu erklingt eine laute Sirene. Gustav lässt seinen Knochen kurz außer Acht und heult mit.

»Schon geht's los«, konstatiert Oliver grimmig. »Was geht los?«

»Das Chaos: Leute, die in Aufzügen stecken, medizinische Geräte, die nicht mehr funktionieren, ausgefallene Ampeln, wahrscheinlich plündern sie schon die ersten Geschäfte.«

»Wer *sie*?«

»Na, der Mob.« Er erhebt sich vom Sofa »Wo ist denn mein Handy, ich ruf mal Mutti an.«

Hoffentlich holt er sie nicht her, durchzuckt es Leonie, die realisieren muss, dass ihr Projekt *perfekter Heiliger Abend* in ernster Gefahr schwebt. Mutti ist morgen Mittag dran, das wurde in zähen Verhandlungen festgelegt, und dabei soll es gefälligst bleiben.

»Scheiße!«, stößt Oliver hervor.

»Was ist?«

»Das Handy funktioniert nicht.«

»Aber es hat doch einen Akku«, wundert sich Leonie.

»Ich bekomme kein Netz. Wahrscheinlich ist es überlastet, weil nun alle wild drauflos telefonieren.«

»Oder die Sendemasten brauchen Strom, um zu arbeiten.«

Als Übersetzerin und Versicherungsagent verstehen beide nicht allzu viel von Technik, was nun aber auch keinen Unterschied macht.

Oliver richtet die Taschenlampe auf seine Armbanduhr. »Das geht jetzt schon fast eine Stunde. Würde es dir was ausmachen, wenn ich mal nach Mutti sehe?«

»Du willst jetzt dahin fahren?«, fragt Leonie entsetzt.

»Was bleibt mir denn anderes übrig?«

»Hierbleiben, bei mir, deiner Frau! Deine Mutter wohnt in einem Mehrfamilienhaus mit netten, hilfsbereiten Nachbarn. Ihr passiert schon nichts.«

»Nachbarn. Ich bin ihr Sohn! Ich muss mich im Notfall um sie kümmern, und das ist ein Notfall.«

»Wieso? Hat sie keine Kerzen?«

»Leonie, was soll das?«

Leonie weiß selbst nicht, warum sie sein Vorhaben so wütend macht. Was ist schon dabei, wenn er kurz zu seiner Mutter fährt und sich vergewissert, dass es ihr gut geht? Der Abend ist doch noch lang. Allerdings steht tatsächlich zu befürchten, dass er Mutti mitbringen wird und damit dem perfekten Heiligen Abend den endgültigen Garaus macht. Oder ist der Grund ihres Zorns der Tatsache geschuldet, dass Olivers Mutter in Limmer wohnt, und Linden, wo sich

Franziskas Wohnung befindet, praktisch auf dem Weg dorthin liegt?

Schon ist Oliver an der Garderobe. Sie hört seinen Schlüsselbund klappern.

»Du lässt mich jetzt also allein, ja?«, ruft sie anklagend.

»Wo, wie du eben festgestellt hast, bald plündernde Horden hier einfallen werden.« Es sollte wie ein ironischer Scherz klingen, aber der Versuch misslingt.

»Du kannst doch mitkommen.«

Ja, das könnte sie. Aber ihre Schwiegermutter fürchtet sich vor dem Hund, und Leonie lässt Gustav an Heiligabend und bei Stromausfall nicht alleine, auf keinen Fall. Auch nicht im Auto, und schon gar nicht unter diesen Umständen. Außerdem will sie Mutti nicht sehen. Nicht heute!

»Nein, danke«, entgegnet Leonie trotzig.

»Ich bleibe hier. Jemand muss ja das Anwesen verteidigen.«

»Okay, dann bleib«, willigt Oliver verdächtig schnell ein.

»Ach ja: Mach ein paar Eimer mit Wasser voll. Bei Stromausfall können die Pumpen der Trinkwasseraufbereitung ausfallen. Hab ich neulich gelesen.«

»Was brauche ich Wasser, ich kann doch Champagner trinken!«

»Leonie, ich befürchte, du verkennst den Ernst der Lage.«

»Die Lage ist also ernst, ja? Und mein Mann fährt zu Mutti!«

»Ich bin gleich wieder da. Du bist ja nicht allein, du hast doch Gustav!«

»Ach, daher weht der Wind. Deine lächerliche Eifersucht auf den Hund!«

Ohne ihr zu antworten, schlüpft er in seine Jacke und öffnet die Tür.

»Schönen Gruß an Franziska!«, schreit ihm Leonie wütend hinterher und pfeffert die kleine ausgepolsterte Schachtel mit den Ohrringen gegen die sich schließende Haustür. Smaragde! Steine für ältere Damen. Die passen überhaupt nicht zu ihren blauen Augen.

Peng. Die Tür fällt ins Schloss. Leonie stellt sich ans Fenster und schaut den Rücklichtern von Olivers Wagen nach. Wie finster es ist. Keine Sterne, kein Mond, keine Straßenlaternen, alle Fenster dunkel. Nur Autoscheinwerfer irrlichtern herum, und ab und zu sieht man Menschen mit Taschenlampen in den Händen die Straße entlanggehen. Es ist gespenstisch, und Leonie ist es wirklich nicht ganz geheuer bei dem Gedanken, allein im Haus zu sein, auch nicht mit Gustav.

Wie lange das wohl dauern wird? Wenn man wenigstens wüsste, warum der Strom ausgefallen ist. Vielleicht ist der dritte Weltkrieg schon im Gange. Aber dann würden doch Sirenen heulen. Oder? Ganz sicher ist das nicht, so miserabel, wie die Infrastruktur dieses Landes aufgestellt ist. Sie überlegt, ob sie ein Radio besitzen, das mit Batterien läuft. Nur das im Auto. Das Auto … Wer sagt eigentlich, dass sie und Gustav allein hierbleiben müssen? Wenn Oliver seine Pflichten als Ehemann vernachlässigt, dann kann sie ja wohl auch tun und lassen, was sie will. Sie geht mit der Taschenlampe ins Schlafzimmer und zieht sich um. Der romantische Abend ist definitiv vorbei, soviel ist klar, denn sie verzeiht Oliver seinen Ausflug nicht, zumindest heute nicht mehr. In Jeans und Pullover fühlte sie sich eher gewappnet für den Weltuntergang.

»Los, Dicker, steh auf. Wir fahren aufs Land!« Gustav, als habe er nicht nur jedes Wort verstanden, sondern könne auch Gedanken lesen, lässt seinen Knochen liegen und springt freudig bellend zur Tür.

Die Fahrt kostet sie Nerven. Alle Ampeln sind ausgefallen, genau wie Oliver es beschrieben hat. Auffallend viele Streifenwagen, Feuerwehrfahrzeuge und Sankas sind unterwegs. Leonie kann sich nicht erinnern, jemals durch eine völlig dunkle Stadt gefahren zu sein. Gibt es denn keine Notbeleuchtung für solche Fälle? In einem zivilisierten Land sollte man doch gerüstet sein für einen derartigen Ausnahmezustand.

Das Radio funktioniert, immerhin, und es tut Leonie gut, die professionell klingende menschliche Stimme des Nachrichtensprechers zu hören. Er verkündet, dass der Stromausfall weite Teile von Niedersachsen betrifft. Man solle, nach Möglichkeit, zu Hause bleiben. Keine Angaben über den Grund. Das ist doch verdächtig, oder? Kennt man die Ursache tatsächlich nicht, oder wollen sie nur nichts sagen? Wer sind *sie*?, fragt sich Leonie verärgert. Fängt sie etwa schon an zu denken wie Mutti, die seit der Corona-Pandemie an Verschwörungstheorien glaubt, sie können gar nicht absonderlich und fragwürdig genug sein.

Hin und wieder tauchen Schatten mit menschlichen Umrissen im Lichtkegel der Scheinwerfer auf. Wer geht jetzt auf die Straße? Sicher nur Leute, die nichts Gutes im Sinn haben. Was, wenn in der Zwischenzeit Leute in ihr Haus einbrechen? Na und? Dann sollen sie eben alles klauen und verwüsten. Vielleicht wäre dann endgültig Franziskas Geist daraus gebannt, wenn erst all die Möbel, die sie und Oliver gemeinsam angeschafft haben, in Trümmern liegen. Etwas Abgründiges, Hässliches in Leonie wünscht sich geradezu, dass es so kommen möge.

Sie wagt jetzt kaum noch vor Kreuzungen anzuhalten. Wo ist noch gleich dieser Schalter, mit dem man die Türen verschließen kann? Auch Gustav scheint ihre Furcht zu spüren, er winselt unruhig im Heck des Kombis herum. Nachdem sie die Stadt hinter sich gelassen hat, legt sich ihre Angst, denn hier, auf dem Land, sieht es so aus wie immer. Auf den Landstraßen gibt es auch sonst keine Beleuchtung, dafür reflektierende Markierungen am Straßenrand. Sie passiert ein paar im Dunkeln liegende Dörfer. Der Stromausfall hat offenbar wirklich größere Ausmaße angenommen.

Sie braucht fast eine Stunde, und als sie schließlich vor seinem Haus anhält und den Motor abstellt, fragt sie sich, was sie hier eigentlich macht. Ist sie verrückt geworden? Hatte ihr Hirn vorhin ebenfalls einen Blackout? Sie will schon wieder umkehren, da leuchtet ihr ein greller Lichtstrahl ins Gesicht, sodass sie überhaupt nichts mehr erkennen kann. Sie hört Hundegebell und eine Stimme, scharf und bedrohlich: »Wer ist da?«

»Äh … ich …«

Johann lässt die Lampe sinken.

»Du? Was machst du hier?«

»Die Stadt ist dunkel. Ich habe Angst, ich will nicht alleine sein.«

»Wo ist dein Mann?«

»Bei seiner Mutter!«

Er leuchtet auf die Treppe. »Komm rein. Zieh den Mantel aus.« Befehl und Gehorsam. Er versteht nicht nur etwas von Hunden.

Es hätte ein ganz besonderer, nie dagewesener Heiligabend werden sollen. Endlich nicht mehr diese dröge Veranstaltung wie in den letzten Jahren mit Oliver. Das traditionelle Weihnachtsfest, überlegt Franziska, ist eigentlich nur mit kleinen Kindern schön. Und in den Weihnachtskomödien. Die Realität kann da meistens nicht mithalten. Mit einem Schaudern erinnert sie sich an die opulenten Essen, den verkabelten Baum, die geheuchelte Freude über die unpassenden Geschenke … Dieses Szenario wird sie heuer mit Freuden der lieben Leonie gönnen. So wie sie überhaupt Leonie ihren Ex-Mann Oliver mit Freuden gönnt. Franziskas Leben ist so viel interessanter und bunter geworden, seit es diesen Mann nicht mehr darin gibt. Gut, ab und zu taucht er noch auf, wenn etwas zu tun ist, wozu Franziska selbst keine Lust hat oder das unnötige Kosten verursachen würde. Es ist zu drollig: Früher musste sie Oliver zigmal ermahnen, ehe er etwas im Haus reparierte oder Behördenkram erledigte. Heute muss sie nur eine Andeutung fallen lassen, und Oliver drängt sich als Helfer förmlich auf. Ist es seine Art, mit seinem schlechten Gewissen umzugehen? Wie dem auch sei, es ist auf jeden Fall ausgesprochen nützlich. Hätte er mal früher so gespurt …

Ihr Programm für den Heiligen Abend sieht vor, allein und in Ruhe ihr Lieblingsessen, Spaghetti Carbonara, zu genießen, und dazu ein Glas vom Primitivo, aber nur eines.

Denn sie hat noch Pläne. Nach dem Essen gilt es, sich auf-
zubrezeln, und dann ... tanzen gehen! Im Kulturzentrum
gibt es ab 22.00 Uhr eine Weihnachtsparty, sie hat sich dort
mit ihrer alten Freundin Melanie verabredet. Beinahe wäre
diese Freundschaft im Lauf ihrer Ehe eingeschlafen, denn
Oliver kann Melanie nicht leiden und sie ihn auch nicht.
Aber nun ist der Kontakt wiederhergestellt, Melanie ist geschieden, so wie sie, und seit Wochen freut Franziska sich
auf den Tanzabend. Sie spricht gerade via Skype mit ihrem
Sohn in Barcelona darüber, dass Muttern heute noch
schwofen geht, als die Deckenlampe erlischt. In der ganzen
Wohnung ist kein Licht mehr.

»Die Russen haben zugeschlagen!«, lästert er. »Oder hast
du deine Stromrechnung nicht bezahlt, Mama?«

Sie lacht in die Laptop-Kamera und beendet das Gespräch. Sie will nach dem Rechten sehen und sich später
wieder melden. Nach einem Blick aus dem Fenster stellt sie
fest, dass es nicht nur ihre Wohnung betrifft. Die ganze
Straße ist stockdunkel, der Lichtschein, der sonst über der
Stadt liegt, ist verblasst. Unwillkürlich muss sie an verdun-
kelte Städte in Kriegsgebieten denken, obwohl sie so etwas
nur aus dem Fernsehen kennt. Dort sah man dieses Szenario allerdings reichlich im vergangenen Jahr. Sie zündet ein
paar Kerzen an und versucht zu lesen, aber es strengt die
Augen zu sehr an, trotz der Lesebrille. Hoffentlich dauert
das nicht allzu lange. Kein Strom, keine Party. Gott, was
für Luxussorgen das sind, sie sollte sich schämen! Seuf-
zend legt sie das Buch weg, geht in die Küche und öffnet
die Tür zur Terrasse, um draußen eine zu rauchen. Ihr
neues Laster, das Rauchen, das sie mit Maß, aber umso

lustvoller zelebriert. Vorn an der Kreuzung blinkt einsam die gelbe Lampe einer Baustellenmarkierung. Eine Sirene heult, und irgendwo bellt ein Hund. Sonst ist es ruhig. Ruhiger als sonst. Und dunkler. Geradezu unheimlich, verdächtig. Sie blickt an der Fassade hinauf. Alle Fenster sind schwarze Rechtecke. Drei Familien sind über Weihnachten verreist. Und die anderen? Was tun die? Gerade würde Franziska sich in einer der Wohnungen im ersten oder zweiten Stockwerk sicherer fühlen. Aber der Garten gab beim Wohnungskauf den Ausschlag, und den hat man halt nur im Erdgeschoss. Ein Garten in der Stadt, das ist Gold wert, und sie hat schließlich immer gerne in der Erde gebuddelt. Den Garten in ihrem alten Haus lässt nun wahrscheinlich diese kleine Schlampe verlottern. Jedenfalls deutete Oliver neulich so etwas an, natürlich nicht mit diesen Worten. Manchmal kommt es Franziska so vor, als bereue er, was geschehen ist und zu der heutigen Situation geführt hat. Geschieht ihm recht, wenn es sich so verhält, denkt Franziska, die sich in ihrem neuen Leben recht gut eingerichtet hat.

Normalerweise springt die Lampe des Bewegungsmelders an, sobald man auf die Terrasse tritt. Oliver hat dort einen kräftigen Scheinwerfer angebracht, der das ganze Grundstück ausleuchtet, wenn auch nur eine Katze vorbeihuscht. Das soll jene kriminellen Energien abhalten, von denen es in diesem Multikulti-Stadtteil sicherlich nur so wimmele, so lautete Olivers Befürchtung. Doch jetzt bleiben Terrasse und Garten in völliger Dunkelheit. Wie schnell sich das Pittoreske doch ins Bedrohliche verwandelt.

Man hatte sie gewarnt, nach Linden zu ziehen. Nein,

nicht *man* hatte sie gewarnt, Oliver war es gewesen, eigentlich nur er. Alle anderen hatten sie dazu ermuntert, manche sogar beneidet.

Zurück ins Leben, weg aus der faden Vorstadt.

Während sie im Dunkeln steht und raucht, erinnert sie sich an Schilderungen von Stromausfällen in Großstädten. New York. Neun Monate nach dem großen Blackout war die Geburtenrate in die Höhe geschnellt. Nun, darum muss sie sich keine Sorgen mehr machen ... Sie kichert und tritt die Zigarette aus. Da! Da ist ein Geräusch. Schritte, die über den Garagenhof kommen und sich der Gartenpforte nähern. Sie hört das leise Quietschen der Angeln. Langsam bewegt sich Franziska zurück in die Küche. Was jetzt? Soll sie sich bemerkbar machen? Oder besser nicht, denn vielleicht ist dies die Stunde der Vandalen und Plünderer, der Vergewaltiger und Triebtäter.

Franziska hat nicht vor, klein beizugeben. Sie wird sich und der Welt beweisen, dass sie in jeder Situation ohne Kerl klarkommt. In jeder! Verdammt, sie wollte sich schon seit Langem Pfefferspray anschaffen, warum hat sie es immer wieder aufgeschoben? Fieberhaft denkt sie nach. Eine Waffe, sie braucht etwas, womit sie sich wehren kann. Der Schürhaken! Nein, Unsinn, sie hat keinen Kamin mehr, also auch keinen Schürhaken. Einen Golfschläger besitzt sie ebenfalls nicht. Die Bratpfanne? Das Ding ist von Ikea und aus Aluminium, viel zu leicht. Der Christbaumständer! Sie hat ihn heute Morgen bereitgestellt, weil sie damit rechnete, dass Oliver sein Fehlen bemerken und womöglich vorbeikommen würde, um ihn zu holen. Bei der Gelegenheit könnte er dann gleich noch die Heizkörper entlüften. Aber er kam nicht, was ihr auch recht war, und nun ist der Ständer vielleicht ihre Rettung. Sie braucht beide Hände, um das schwere Trumm in die Höhe zu wuchten. Bereit, ihren Besitz, ihre Tugend, ihre Gesundheit oder was auch immer zu verteidigen, verharrt sie neben der Tür zur Terrasse. Tatsächlich, die Schritte kommen näher. Der Kerl macht sich nicht einmal die Mühe, leise zu sein. Jetzt heißt es, sich zu konzentrieren, denn der erste Schlag muss sitzen, sonst ist sie verloren. Das blinkende Baustellenlicht spendet im Sekundentakt gerade so viel Licht, dass sie seinen Schatten ausmachen kann. Ihr Herz schlägt so laut, dass sie glaubt, er müsse es hören. Aber er hört es nicht. Als er sich vorbeugt, um in die Küche zu spähen, schlägt Franziska zu.

Plötzlich wird es hell. Ein paar Lampen gehen an. Leonie schreckt hoch, blinzelt. Sie schaut sich um, für ein, zwei Sekunden ist sie desorientiert. Ihre Jeans liegen neben dem Bett auf dem schäbigen Teppich. Auf einer alten Matratze haben sich die vier Hunde ineinander verknäuelt. Von irgendwoher kommt Musik. Ist das Abba? Krass! Es riecht nach ungewaschenen Kleidern, nach Hunden und dem Linseneintopf, den er auf einem Karbidkocher für sie beide erwärmte. Klar, einer wie er ist natürlich für so einen Fall gerüstet: Kocher, Petroleumlampe, Wasser aus dem eigenen Brunnen. Der Weltuntergang kann kommen. Sie betrachtet die dunkle Holzdecke, die vergilbte Tapete, die verblichenen Gardinen, die schweren Eichenmöbel und den schäbigen Bettbezug der Decke, die über ihren nackten Körpern liegt. Im Licht des Kronleuchters werfen Hirschgeweihe und Rehgeweihe bizarre Schatten an die Wand.

Ein ausgestopfter Fuchs starrt sie aus seinen Glasaugen anklagend an. Der Kühlschrank erbebt und fängt an zu schnurren.

Es ist fünf Uhr morgens. Johann schläft, schnarcht leise. Sie erinnert sich an den dumpfen Geruch seines Haars, als es ihr ins Gesicht fiel. Es hat sie nicht gestört, aber jetzt macht sich schon beim Gedanken daran ein ungutes Gefühl in ihr breit. Ihr ist kalt, sie sehnt sich nach einer warmen Dusche, und sie wünscht sich, sie wäre nicht hier. Vorsichtig schlüpft sie aus dem Bett. Sie hat die Rechnung ohne die Hunde gemacht. Kaum streckt sie einen Fuß aus dem Bett, werden Gustav und seine drei Freundinnen putzmunter, springen auf, rennen zur Tür und winseln und jaulen.

Er setzt sich auf, gähnt.

»Ah, Strom ist wieder da.« Leonie schlüpft hastig in ihren Pullover und schließt den Reißverschluss ihrer Jeans.

»Du gehst?«

»Ja. Bleib liegen.« Er lässt sich wieder in die Kissen sinken und pfeift seine Hunde zurück.

Leonie startet den Wagen und prescht aus der Einfahrt. Weg, nichts wie weg, zurück in ihr sauberes, schönes Heim. Zu Perlhuhn, Champagner und Smaragdohrringen. Der Ausnahmezustand ist vorüber. Sie wird sich für Oliver irgendetwas ausdenken.

Franziska bemerkt ihren Irrtum erst, als der Körper vor ihre Füße fällt. Sie versucht, die Blutung am Hinterkopf zu stillen, während sie verzweifelt den Notruf wählt. Sie bekommt kein Netz mit dem Handy, und als es dann endlich mit dem

Festnetz klappt, dauert es noch einmal eine halbe Stunde, bis der Rettungswagen eintrifft. Sie fragt den Notarzt, wie es um Oliver steht, aber der zuckt nur mit den Achseln. »Nichts mehr zu machen«, sagt er, und dass er leider die Polizei rufen müsse.

WEIHNACHTSKEKSE, WIE GUSTAV SIE LIEBT
APFEL-HAFER-KEKSE FÜR HUNDE

ZUTATEN

* 250 g Dinkelmehl
* 50 g Haferflocken, zart
* 75 g gemahlene Mandeln oder Haselnüsse
* 1 Apfel (geraspelt, gerne mit Schale)
* 2 Eier
* 2 EL Öl (Leinöl, Oliven, Sonnenblumen)

ZUBEREITUNG

Den Apfel entkernen und mit der Schale fein raspeln, die Eier aufschlagen. Die restlichen Zutaten dazugeben und alles zu einem homogenen Teig verkneten, entweder per Hand oder mit der Küchenmaschine. Wenn der Teig noch zu klebrig ist, etwas Dinkelmehl dazugeben.

Den Teig glatt ausrollen und mit beliebigen Formen Kekse ausstechen. Sie sollten gleich dick sein, damit sie im Ofen gleichmäßig gebacken werden.

Backzeit: 10–15 Minuten bei 180 Grad.

Vorsicht, die Kekse während des Backens im Auge behalten, sie sind schnell durch und verbrennen leicht.

Die Kekse auch beim Abkühlen im Auge behalten – sonst werden sie vorzeitig gefressen!

HORST ECKERT

SCHNEE IN ÜBERSEE

TATORT: CHIEMGAU

DER AUTOR

Horst Eckert, 1959 in Weiden/Oberpfalz geboren, lebt seit vielen Jahren in Düsseldorf. Er arbeitete fünfzehn Jahre als Fernsehjournalist, u. a. für die *Tagesschau*. 1995 erschien sein Debüt *Annas Erbe*. Seine Romane gelten als »im besten Sinne komplexe Polizeithriller, die man nicht nur als spannenden Kriminalstoff lesen kann, sondern auch als einen Kommentar zur Zeit« (Deutschlandfunk). Sie wurden unter anderem mit dem Marlowe-Preis und dem Friedrich-Glauser-Preis ausgezeichnet und ins Französische, Niederländische und Tschechische übersetzt.

1. BETTINA

Sie hatte schon viele kalte Adventstage im Chiemgau erlebt, aber auf dem Friedhof von Übersee erschien es ihr an diesem Morgen kälter denn je. Sie stellte sich die Arbeit des Totengräbers vor. War sicher nicht leicht, im gefrorenen Boden eine Grube auszuheben.

Bettina May beobachtete die Beisetzung ihrer einstigen Schulfreundin aus der Distanz. Ingrid, Flüchtlingskind und evangelisch. Sie waren gemeinsam nach Rosenheim aufs Gymnasium gegangen. Dann hatte Ingrid ihr den Freund ausgespannt und seitdem jeden Kontakt zu Bettina vermieden. Vermutlich aus schlechtem Gewissen.

Oder weil sie fürchtete, Harald wieder zu verlieren.

Jetzt hat sie in der harten Erde ihren Frieden gefunden, dachte Bettina.

Nach langer, schwerer Krankheit, wie es in der Anzeige geheißen hatte. Aber in Wirklichkeit war es Suizid gewesen, weil sie die Schmerzen nicht mehr aushielt. Das hatte Bettina von Harald erfahren.

Er nahm die Beileidsbekundungen entgegen. Bettina wusste, wie er sich fühlte. Sie hatte ihren Mann vor drei Jahren verloren. Ebenfalls kurz vor den Feiertagen. Trotz ihrer beiden Söhne das einsamste Weihnachtsfest ihres Lebens.

Mit großem Getöse raste ein Zug vorbei. Der Eurocity von München nach Salzburg, der nicht in Übersee hielt. Die

Bahnstrecke lag gerade mal einhundert Meter von den Bäumen entfernt, die den Friedhof einrahmten.

Die Trauergemeinde löste sich auf. Bettina passte Harald ab. Er blickte sie mit ernsten, großen Augen an. Einmal mehr musste sie daran denken, wie verliebt sie als Teenager in ihn gewesen war.

»Sie hat es überstanden«, sagte Bettina. »Der Tod kann eine Erlösung sein.«

Harald nickte.

»Ich werde es ihr noch heute nachtun.«

»Bettina!«

Sie legte ihre Hand auf seinen Arm.

»Und ich möchte, dass du mir dabei hilfst.«

2. SVEN

Kreuz Düsseldorf-Süd, noch siebenhundert Kilometer bis zu seinem Heimatort am Chiemsee. Sven May tastete mit klopfendem Herzen nach der halb vollen Sporttasche auf dem Beifahrersitz. Hundertachtzigtausend Euro.

Er stellte sich den Krach vor, mit dem der Schwindel auffliegen würde, wenn er die Löcher in den Konten, von denen er das Geld abgezweigt hatte, nicht bis zum Jahreswechsel wieder stopfen konnte.

Dichter Reiseverkehr, und auf der Strecke nach Bayern würde er noch zunehmen. Die Leute waren unterwegs in den Winterurlaub. Sven hoffte, rechtzeitig anzukommen.

Sein Bruder hatte ihm am Telefon Angst eingejagt.

Sven sagte sich, dass die Zeit bis zu den Feiertagen reichen würde, Mutters Rechnungen zu begleichen, das neue

Bauprojekt ins Laufen zu bringen und die Kreditwürdigkeit der Firma wiederherzustellen.

Und wenn nicht? Seine Bank würde ihn vermutlich nicht anzeigen, um keinen Skandal zu riskieren. Aber man würde ihn feuern und dafür sorgen, dass er in seinem Beruf nie wieder einen Fuß auf den Boden bekäme.

Seine Mutter war ihm das wert.

Als er ein Martinshorn vernahm und auf der Standspur von hinten ein Blaulicht heranraste, glaubte er für einen Moment, es gelte bereits ihm. Die vorausfahrenden Autos wirbelten Schmutzwasser hoch, und die Scheibenwischer verschmierten es nur. Sven drückte den Hebel der Sprühanlage, doch die Düsen waren zugefroren.

Er steuerte die nächste Raststätte an, parkte hinter der Tankstelle und betrat den Shop.

Vergeblich – Frostschutzmittel war ausverkauft.

Vor den Toiletten gab ein Angestellter heißes Wasser aus. Bibbernde Autofahrer griffen nach dampfenden Eimern und gossen den Inhalt über die Düsen ihrer Scheibenwaschanlagen.

Sven reihte sich in die Schlange ein. Immer wieder blickte er sich nach seinem Wagen um. Hatte er ihn auch wirklich abgeschlossen?

Dass ihm jemand das Geld klaute, fehlte noch.

Dann wäre alles umsonst.

3. THOMAS

»Da schau her, der Tom«, sagte der Spielerberater am anderen Ende der Leitung. »Woher der plötzliche Sinneswandel?«

Thomas May blickte aus dem Bungalow, den er im weitläufigen Garten seines Elternhauses gebaut hatte. Raureif lag auf den zugefrorenen Fischweihern und der benachbarten Wiese, auf der er als Kind gespielt hatte, wenn kein Training gewesen war.

Damals war die Welt unverwüstlich. Sein Vater lebte noch. Die Baufirma der Eltern florierte.

Thomas dachte an die düsteren Andeutungen seiner Mutter, die sie in letzter Zeit machte.

»Ich brauche das Geld«, antwortete er.

»Das hättest du dir eher überlegen müssen.«

»Wieso?«

»Der Deal ist längst gelaufen.«

Thomas überlegte, wen Bellmann an seiner Stelle bestochen hatte. Vielleicht wollte der raffinierte Kerl aber auch nur den Preis drücken.

»Um das Spiel verlässlich zu schieben …«

»Spinnst du, Tom? Doch nicht am Telefon!«

»Einer genügt jedenfalls nicht. Du brauchst den Chef der Abwehr.«

»Erst machst du einen auf empörte Jungfrau, dann drängst du dich auf, als hinge sonst was davon ab. Wie kommt's?«

Der Judaslohn für ein verlorenes Spiel der dritten Liga würde nicht genügen, um die Firma seiner Mutter zu retten. Aber er würde ihn als Wetteinsatz investieren und im Handumdrehen vervielfachen.

Thomas hatte sich das gründlich überlegt.

»Bist du noch dran?«, fragte sein Berater.

»Willst du es richtig machen oder nicht?«

»Wo steckst du gerade?«

»Zu Hause.«

»Okay, ich rufe dich in zehn Minuten zurück.«

4. BETTINA

Sie begleitete Harald zu seinem Auto. Die Glocken von Sankt Nikolaus läuteten. Wolken zogen auf und kündigten Schneefall an.

»Es gibt ein Leben nach dem Tod«, sagte Bettina. »Eine zweite Chance.«

»Was redest du? Denk an deine Söhne.«

»Die werden darüber hinwegkommen.«

»Ausgerechnet jetzt, wo der Gemeinderat die neue Ferienanlage genehmigt hat? Egal, ob du die Apartments verkaufst oder vermietest, das wird eine Goldgrube!«

»Ich baue gar nichts mehr«, sagte sie. »Die Bank verweigert mir den Kredit und rät mir, dass ich May-Bau verkaufe. Der Filialleiter steckt mit meiner Konkurrenz unter einer Decke. Die Wölfe fressen das kleine Lamm.«

Zu allem Überfluss saß ihr auch das Finanzamt im Nacken. Sie hatte die Steuer betrogen und etwas Schwarzgeld beiseitegeschafft. Doch davon erzählte sie Harald nichts. Zumal die Summe nicht genügte, um die Firma längerfristig zu retten.

»Arbeitet Sven nicht auch bei einer Bank?«, fragte Harald.

»Als kleines Würstchen. Für die Kreditvergabe ist er nicht zuständig.«

»Und warum gibst du nicht nach und verkaufst die Firma?«

»Herbert hat das testamentarisch verhindert. Zugunsten

der Biber. Die waren ihm wichtiger als ich. Im Fall einer Ver-
äußerung erbt der Tierschutz.«

Harald zeigte kein Anzeichen von Verwunderung. In ganz
Übersee war Bettinas Mann als Sonderling und Ökofreak
bekannt gewesen.

Es gab nur eine Lösung.

»Was ist jetzt?«, fragte sie. »Hilfst du mir?«

5. SVEN

Er schüttete das heiße Wasser über die Scheibenwaschan-
lage, dann riss er die Tür auf und fuhr mit der Hand in die
Adidas-Tasche. Erleichtert fühlte er die Geldbündel.

Mit wild klopfendem Herzen nahm Sven hinter dem Lenkrad Platz und schloss den Gurt. Ich sollte abspecken, dachte
er. Er nahm sich das jedes Mal vor, wenn er zu Hause auf
seinen Bruder traf, den Leistungssportler.

Mit gesäuberter Scheibe setzte Sven die Fahrt fort. Nachdem er eine Lastwagenkolonne überholt hatte, bemerkte er,
dass die Aktion nicht viel genutzt hatte. Der Sprüher war
schon wieder zugefroren, und der Dreckfilm vor Svens
Augen wurde immer dichter. Er schaltete das Licht ein, damit man ihn wenigstens sah.

Einen Unfall konnte er jetzt nicht gebrauchen.

Er öffnete das Seitenfenster und goss Wasser aus der
Trinkflasche auf die Windschutzscheibe. Ganz links erzeugte
er damit eine kleine freie Stelle. Die eisige Zugluft ließ seine
Ohren schmerzen.

Wieder beschlichen ihn Zweifel, ob sein Plan aufgehen
würde. Sollte die Hausbank seiner Mutter einen neuen Kredit

trotz seiner Geldspritze verweigern, würde ihm in seiner Firma alles um die Ohren fliegen, sobald man seinen Diebstahl bemerkte.

Es war alles die Schuld seines Vaters. Er hatte verfügt, dass seine Witwe das Familienunternehmen nicht verkaufen dürfe. Andernfalls würden die Biber erben.

Im Vorbeifahren sah er das Schild. *Willkommen im Freistaat Bayern.* Die Hälfte der Strecke war geschafft.

Sven stellte fest, dass kein Schmutzwasser mehr gegen die Scheibe wirbelte.

Er beschleunigte auf hundertsechzig.

6. THOMAS

Er stellte seinen Geländewagen in der Prinzregentenstraße ab und lief in Rosenheims ansehnlich renovierter Altstadt am Nepomukbrunnen vorbei. Bellmanns Maserati war nicht zu übersehen. Protzig parkte er in der Fußgängerzone unmittelbar vor der Gaststätte.

Sein Spielerberater saß im hintersten Eck und ließ sich gerade Bratwürste und ein Weißbier servieren. Er hatte seine üblichen Utensilien vor sich aufgereiht. Smartphone, Tablet und die dicke Armbanduhr, die signalisieren sollte, wie knapp und wertvoll seine Zeit war.

Thomas verstand nicht, warum sie sich in Rosenheim treffen mussten.

Als sei sein Haus in Übersee nicht zu finden.

»Hallo, Tom«, grüßte die Kellnerin.

Thomas bestellte schwarzen Tee mit Zitrone und setzte sich an den Tisch.

»Hast du's dabei?«, fragte er.

»Wie gewünscht.« Bellmann hievte eine Tasche mit dem Puma-Logo auf den Stuhl neben sich. »Warum wohnst du eigentlich immer noch am Arsch der Welt? Eine Stunde Fahrtzeit bis zum Training. Mamas Rockzipfel, was?«

»Sie braucht mich.«

»Ist klar, Tom. Aber du musst auch an dich denken. Ich hätte dich längst in die erste Liga vermitteln können. Wolfsburg, Tom. Wie lang willst du warten? Du bist nicht mehr der Jüngste!«

Die Bedienung brachte den Tee und warf einen missbilligenden Blick auf Bellmanns Rolex.

»Danke, Evi«, sagte Thomas.

Als sie gegangen war, fragte der Berater leise: »Es ist doch nicht wegen *ihr*?«

Thomas lugte zu Bellmanns Tasche hinüber. Endlich würde er seiner Mutter helfen können. Der unterbezahlte Drittligaspieler mit Hauptschulabschluss. Nicht sein Bruder, der studierte Banker im fernen Rheinland.

Der Grund für ihre Depressionen würde damit beseitigt sein. Neulich hatte sie schon über das Leben nach dem Tod gesprochen.

Bellmann schob sich näher und flüsterte: »Du köpfst den Eckstoß des Gegners nicht raus, sondern ins eigene Tor. Oder du verursachst einen Elfer. Als Abwehrspieler hast du alle Optionen. Wichtig ist, dass Verl erst in der zweiten Hälfte die Tore macht, verstanden?«

»Wieso?«

»In Malaysia und Singapur gibt's reiche Chinesen, die wetten auf die absurdesten Dinge.«

»Findest du ein Spiel der Löwen absurd?«

Bellmann schüttelte in gespielter Verzweiflung den Kopf.

Thomas nahm die Puma-Tasche an sich. »Ich lebe übrigens nicht hier in Rosenheim. Sondern in Übersee. Noch dreißig Kilometer weiter vom Training entfernt. Vielleicht hast du recht, und es ist der Arsch der Welt. Aber ein sehr schöner. Der See und die Berge. Alles, was man braucht.«

Bellmann rückte seine Uhr zurecht. »Lass uns über deine Zukunft sprechen.«

Thomas hob die Hände. »Nie und nimmer wechsle ich nach Wolfsburg.«

7. BETTINA

Draußen dämmerte es. Ihr letztes Stündlein in dieser Welt, dachte Bettina. Sie saß am Stammtisch beim Hinterwirt in der Dorfstraße, ein Herz-Solo in der Hand, das sie gewinnen würde. Sie war die einzige Frau in der Schafkopfrunde der Überseer Geschäftsleute. Der Bürgermeister hatte sich dazugesellt und kibitzte. Manchmal kam auch der Pfarrer vorbei.

Schon früher hatte Herbert ihr das Pflegen der Kontakte überlassen.

Ihm waren die Biber wichtiger gewesen.

Bettinas Mitspieler warteten darauf, dass sie die erste Karte ausspielte. Sie wählte die grüne Sau, um Kontra zu provozieren.

Der Wirt brachte Getränkenachschub und fragte nach den Aussichten des FC Bayern München in der diesjährigen Champions League. Die dritte Liga war hier kein Thema.

Nicht der ältere Münchner Verein, in dem Bettinas jüngerer Sohn spielte.

Sie brachte den letzten Stich nach Hause und strich den Gewinn ein. Ein paar Münzen, die kaum etwas wert waren in dieser Zeit.

Jeder kämpft gegen jeden, dachte Bettina. Und die Kleinen bleiben auf der Strecke. Da nützt selbst die Freundschaft mit dem Bürgermeister nichts.

Immerhin würden sich nach ihrem Tod die Söhne von May-Bau trennen und frei über den Erlös verfügen können. Dann würde die Verfügung ihres verstorbenen Mannes ihre Gültigkeit verlieren.

Bettina bezahlte ihre Zeche.

»Die Gallhuber Ingrid ist heut beerdigt worden«, sagte der Wirt. »Eine Erlösung, wenn ihr mich fragt.«

Bettina nickte, zog ihren Mantel über und schlang den Schal um den Hals.

Dann machte sie sich auf den Weg.

8. SVEN

Auf der Feldwieser Straße rauschte er auf das Ortszentrum zu. An beiden Seiten der Straße türmte sich der weggeschippte Schnee mehr als einen Meter hoch. Der leuchtende Weihnachtsschmuck in den Fenstern weckte heimatliche Gefühle in ihm. Plötzlich erschien ihm der Ort seiner Kindheit als ein Anker in der Welt.

Auf der Höhe von Joes American Bar staute sich unerwartet der Verkehr. Die Schranken des Bahnübergangs waren geschlossen. Ganz vorn blinkten Blaulichter.

Polizei und Ambulanz.

Leute waren ausgestiegen, rauchten und unterhielten sich.

Sven rief aus dem Fenster: »Was ist da los?«

»Zerbröselt hat's jemanden«, antwortete eine Frau.

In diesem Moment hoben sich die Schranken und die Leute kehrten rasch in ihre Autos zurück. Es ging weiter. Im Vorbeirollen erkannte Sven den Geländewagen seines Bruders, der dicht am Schneewall abgestellt war.

Sven trat abrupt auf die Bremse, die Sporttasche rutschte in den Fußraum. Er kam hinter Thomas' Wagen zum Stehen, stieg aus und rannte los.

Er keuchte und trabte über die Schwellen der Gleisanlage. Er ignorierte das Stechen in seiner Brust. Der Zug war auf der Brücke über den Bach zum Stehen gekommen.

Thomas stapfte ihm entgegen, blass und sichtlich aufgewühlt. »Geh lieber nicht weiter!«

»Wieso?«

»Die Mama. Der Zug hat sie voll erwischt.«

»Das kann nicht sein!«

»Doch. Ich hab ihren Mantel erkannt und den roten Wollschal, den sie immer trägt. Den Rest hat der Zug völlig zerfetzt.«

Die Schneeflocken wirbelten dichter. Sven riss sich los und rannte weiter, um sich selbst zu überzeugen.

9. THOMAS

Das Telefon schellte. Er ging ran. Ein weiterer Nachbar, der Beileid wünschte. Thomas bedankte sich und legte auf.

»Das war kein Selbstmord«, sagte Sven. »Das war Mord!

Ihre Bank hat sie umgebracht, indem sie May-Bau ruiniert hat.«

»Scheiß auf die Firma. Von mir aus hätten die Biber alles kriegen können.«

»Und ich kann mich gleich vor den nächsten Zug schmeißen.«

»Sven, was ist los?«

»Es reicht nicht, bis zum zweiten Januar das Geld zurückzubringen. Ich muss auch für Zinsen und Gebühren aufkommen. Das sind Zehntausende, die ich so schnell nicht zusammenbekomme.«

Thomas stellte eine Puma-Tasche neben die von Adidas. Er griff hinein und warf Geldbündel auf den Tisch. »Bedien dich, Tobi. Ich kann meinen Deal sowieso nicht rückgängig machen. Die Chinesenmafia kennt keinen Spaß, sagt mein Berater.«

»Mir kommt da eine verrückte Idee, Tom.«

»Was denn?«

»Wie wär's, wenn wir alles auf einen Sieg von Verl setzen?«

Das Telefon klingelte erneut. Keiner ging ran.

Thomas vergrub den Kopf in seinen Armen. Hätte ihre Mutter nicht noch etwas warten können? Ein paar Stunden nur, und ihre Söhne hätten sie mit Geld überhäuft.

»Es war Mord«, wiederholte sein Bruder und stierte aus dem Fenster.

Thomas räusperte sich. »Warst du schon mal in Wolfsburg?«

10. BETTINA

»Soll ich Ihnen die Tasche abnehmen?«, fragte die Stewardess im blauen Kostüm.

»Nein, danke.«

Bettina May nahm ihre Nike-Tasche vom Schoß und schob sie unter den Vordersitz. Ihre gesamte flüssige Habe war darin. Bargeld, das sie vor den Klauen des Finanzamts gerettet hatte. Vielleicht hätte es knapp für die offenen Rechnungen gereicht, aber Bettina gab ihrer Firma ohnehin keine Zukunft mehr.

Sie schloss den Sitzgurt. Dann schnupperte sie noch einmal an ihren Fingern. Sie hatte sich die Hände gründlich auf der Flughafentoilette gewaschen. Dennoch war ihr, als röchen sie nach Verwesung.

Der Flieger startete und legte sich in eine weite Kurve. Bettina beugte sich zum Fenster. Unten flimmerten Lichter. Servus, Heimat, dachte sie. Servus, Winter.

Sie spürte ein Ziehen in den Schultern. Natürlich hatte sie mit angepackt. Harald wäre sonst überfordert gewesen.

Bettina musste niesen. Wahrscheinlich hatte sie sich erkältet, denn beim Ausgraben von Ingrids Leiche war sie fürchterlich ins Schwitzen gekommen. In völliger Dunkelheit die Kleidung auszutauschen, war ebenfalls nicht einfach gewesen. Die kurze Strecke bis zur Bahnlinie war die reinste Quälerei gewesen.

Anschließend hatte sie in der Kälte auf den Zug gewartet, um sicher zu gehen, dass ihr Plan aufging. Erst dann war sie mit dem Mietwagen zum Münchner Flughafen gefahren.

Sie staunte über Haralds Bereitschaft, die Leiche seiner

Frau zu opfern. Die letzten Stunden hatten sie diesem Mann nähergebracht.

Für das Finanzamt war sie jetzt tot. Für das dämliche Testament ihres Gatten auch.

Die Jungs würden lernen, ohne die Mutter zurechtzukommen, die alles regelte.

Weihnachten auf Lanzarote.

Und danach sehen wir weiter, dachte Bettina.

Sie würde Thomas und Sven eine Karte schreiben.

Auf jeden Fall würde sie schon bald Harald anrufen.

⟨⟨⟨ SKREI WEIß–GRÜN–GELB
(AUF ERBSENPÜREE MIT SAFRANSOßE) ⟨⟨⟨

Für 4 Personen:

ZUTATEN
* 600 g Filet vom Skrei (Winterkabeljau)
* 250 g Kartoffeln
* 400 g Erbsen (tiefgefroren)
* 4 EL schwarze Oliven (entkernt)
* 2 Schalotten
* 1 Glas (400 ml) Fischfond
* 100 ml Weißwein
* 4 EL Schmand
* 10–20 Safranfäden, Kurkumapulver, Olivenöl, Salz

ZUBEREITUNG
Kartoffeln schälen, klein würfeln und mit den Erbsen weich kochen. Die Schalotten klein hacken und in 1 EL Olivenöl andünsten. Mit dem Weißwein löschen, einkochen lassen, durch ein Sieb passieren. Fischfond dazugeben, mit Safran und einer Prise Kurkuma würzen und weiter reduzieren, zuletzt den Schmand hineinrühren.

Das Fischfilet in vier Stücke teilen und mit der Haut nach unten in einer beschichteten Pfanne mit etwas Olivenöl 2 Minuten anbraten. Die Hitze zurückdrehen, den Fisch wenden und garen.

Unterdessen die Kartoffeln und Erbsen mit einem guten Schuss Olivenöl und einer Prise Salz pürieren. Die Oliven hacken und untermischen.

In die Mitte jedes vorgewärmten Tellers einen Klecks vom grünen Püree geben. Den weißen Fisch mit der Haut nach oben darauf platzieren. Die gelbe Soße ringförmig angießen. Nach Belieben mit Chiliflocken garnieren.

BEATE MAXIAN

LEISE RIESELT DER TOD

TATORT: SALZBURG

DIE AUTORIN

Beate Maxian lebt mit ihrer Familie in der Nähe des Attersees und in Wien und zählt zu den erfolgreichsten Autorinnen Österreichs. Ihre Wien-Krimis um die Journalistin Sarah Pauli stehen dort regelmäßig an der Spitze der Bestsellerliste.

Als Traude an diesem Dezembermorgen ihr Wohnhaus in der Salzburger Altstadt verließ, begann es zu schneien.

»Endlich«, murmelte sie vergnügt, weil so ein Schneefall das Weihnachtsgefühl verstärkte. Und das konnten sie und alle anderen Marktbetreiber am Christkindlmarkt gut brauchen.

Dicke, feste Flocken tanzten um sie herum und hüllten die weihnachtlich dekorierte Mozartstadt innerhalb weniger Minuten in ein weißes Festkleid. In ihrem auberginefarbenen Wollmantel und dem blitzblauen Schirm erschien sie wie ein strahlender Farbklecks im unschuldigen Weiß. Sie zog die grüne Trachtenstola aus Merinowolle, die sie den Sommer über gestrickt hatte, fester über die Schultern und setzte die Mütze über die kurz geschnittenen Haare. Sie hatte sie erst kürzlich mahagonibraun gefärbt. Denn, wenn man so wie Traude sechzig war, vermehrten sich die silbernen Fäden auf dem Haupt wie Karnickel in freier Wildbahn.

Um halb zehn betrat sie alle Jahre wieder summend den Christkindlmarkt von der Goldgasse kommend. Sogleich stach ihr der meterhohe Christbaum mit den roten Kugeln und silbernen Engelsflügeln ins Auge. Ebenso der Informationsstand für die Besucher. Er war in diesem Jahr modern ausstaffiert worden, was nicht bedeutete, dass er schön aussah. Ehrlich gesagt verursachte sein Anblick bei Traude einen Würgereiz. Die Holzbude war überfrachtet mit goldenen Weihnachtsgirlanden, über die sich bunte Lichterketten wie ein blinkendes Geschwür rankten. Plastikkugeln in allen möglichen Farbschemen verteilten sich über das gesamte Häuschen, als wollten sie ihm die Luft abschnüren. Auf dem Dach prangte ein pinkfarbener Plastikelch. Rotweiß-rote Weihnachtsbonbons, Zuckerstangen und Weihnachtsmänner umrahmten die offene Durchreiche, auf der sich Informationsbroschüren zum Christkindlmarkt türmten.

Heinz tauchte unmittelbar neben ihr auf. Er verkaufte seine Ware in dem offen begehbaren Holzstand auf der anderen Seite. Klassische Strohsterne und elegante, handbemalte Glaskugeln. In ihnen spiegelte sich das weihnachtliche Unglück gegenüber wie zum Hohn.

»Guten Morgen, Traude«, sagte er und zeigte auf den Infostand. »Was sagst du dazu? Das Zeug auf dem Schuppen blinkt den ganzen Tag. Ich bekomm bald einen epileptischen Anfall von der scheußlichen Zuckerei.«

Traude nickte mitfühlend. »Ehrlich gesagt schaut es aus, als wäre ein Ufo gestrandet, das durch Lichtsignale verzweifelt Kontakt zum Mutterschiff aufnehmen möchte«, versuchte sie Heinz aufzuheitern. Doch er blieb ernst, sah mit bösem Blick auf den Weihnachtsmann im roten Kostüm, der sich soeben neben das Christkind im weißen Engelskleid und goldenen Flügeln stellte. »Auch das noch«, knurrte er.

Traude war froh, dass ihr Stand nicht am Residenzplatz, sondern am Domplatz lag und sie die Scheußlichkeit nicht den ganzen Tag ertragen musste.

Heinz schüttelte missmutig den Kopf. »Da bewirbt die Stadtgemeinde den Christkindlmarkt groß damit, dass heimische Standler ausschließlich regionale Produkte verkaufen und dann das.«

Dass der Infostand dieses Jahr aussah, wie ein US-amerikanischer Weihnachtsalbtraum, hatten sie der neuen Gemeinderätin Bärbel Kohlmann zu verdanken. Sie war seit diesem Jahr für den Markt verantwortlich und hatte angekündigt, ein paar Veränderungen vorzunehmen.

»Der Markt muss im einundzwanzigsten Jahrhundert ankommen«, hatte sie verlauten lassen.

Das blinkende Ufo war somit erst der Beginn. Sie alle warteten gespannt, was als Nächstes passieren würde.

»Aber wenigstens bleibt der gewohnte weihnachtliche Duft«, tröstete sie Heinz.

»Du Optimistin«, murrte er. »Wirst sehen, den nimmt uns die Kohlmann auch noch.«

Es hörte auf zu schneien, als wollte Frau Holle die düstere Prophezeiung bestätigen. Traude schenkte ihm ein aufmunterndes Lächeln und machte sich auf den Weg zu ihrem Stand. Eine Duftmischung aus Lebkuchen, gebrannten Mandeln, Bratwürstel, Glühwein, Punsch, Bratäpfeln und Weihrauch begleitete sie. Keine Frage, sie war trotz allem im Paradies.

Das gesamte Jahr über freute sie sich auf die Wochen mit Lichterglanz und Sternengold. Zudem war dieses Jahr ein besonderes. Ihr zweites rundes Jubiläum am Christkindlmarkt. Sie erwartete, würdevoll geehrt zu werden, und war sich sicher, dass die Vorbereitungen schon liefen. Schwungvoll betrat sie vier Minuten später die grün gestrichene

Holzbude am Domplatz, die sie seit zwanzig Jahren mietete. Sie klappte die Durchreiche nach unten und reihte die Gestecke nebeneinander auf.

»Hast endlich einen Termin?«, riss Doris, die wie aus dem Nichts aufgetaucht war, sie aus ihren Gedanken. Die Mittfünfzigerin verkaufte Hausschuhe aus Alpaka- und Schafswolle am gegenüberliegenden Stand.

»Alles zu seiner Zeit«, antwortete Traude gelassen. Niemals würde sie offen zugeben, wie sehr sie den Termin der Auszeichnung herbeisehnte. In Wahrheit übte sie seit Monaten vor dem Spiegel das Überraschtsein. Die Hände an die Wangen klatschen, mit offenem Mund völlig verdutzt dreinschauen und dann ein langes und erstauntes: »Neiiiin, eine Ehrung. Ich?« Ob sie dazu noch ein paar Tränen vergießen würde, wollte sie spontan entscheiden. Dass es bis vor wenigen Minuten geschneit hatte, wertete sie schon mal als gutes Omen. Auch wenn Heinz' schlechte Laune die Flocken offenbar verschreckt hatte.

»Wird langsam Zeit, was?«, fuhr Doris unterdessen fort. »Sonst wird das nichts mehr in diesem Jahr. Heute ist immerhin schon der sechzehnte Dezember.«

»Alles zu seiner Zeit«, wiederholte Traude, betont gleichmütig.

»Wenn du das sagst.« Doris trollte sich schulterzuckend in ihre Verkaufshütte.

Aber sie hatte recht. Traude fragte sich, wie lange sie noch warten sollte, ehe sie Bärbel Kohlmann auf die Belobigung ansprach? Denn, dass man sie dieses Jahr auszeichnen würde, stand außer Frage. Nachdenklich nahm sie die große Keksdose vom mobilen Regal an der Wand und schüttete Weihnachtsgebäck in drei rote Schüsseln. Schneeflöckchen, Vanillekipferl, Husarenkrapferl, Florentiner, Zimtkekse, Eierlikörpralinen, Lebkuchen und mehr. Insgesamt zwanzig verschiedene Sorten hatte sie gebacken. Das war sie dem runden Jubiläum schuldig. Im Laufe des Tages würde sie diese an ihre Kundschaft verschenken. Eine freundliche Geste, die sie ebenfalls seit zwanzig Jahren pflegte. Sie hätte längst auf den Weihnachtsmarkt vor dem Schloss Hellbrunn oder den Stern-Adventmarkt beim Sternbräu ausweichen können. Aber nein, sie hielt dem historischen Christkindlmarkt am Residenz- und Domplatz, mit fantastischem Blick auf die Festung Hohensalzburg, eisern die Treue.

Zudem stand sie seit jeher dem Bastel- und Brauchtumsverein *Schönheit in Tradition* vor. Sie und ihre Mitstreiterinnen produzierten wahre Kunstwerke für den Christkindlmarkt. Geklöppelte Deckchen, mit Spitze umfasste Servietten, goldene Engel mit Spitzenflügeln und Weihnachtsgestecke, hergestellt aus selbst gesammeltem Tannenreisig. Dazu Stechpalmen samt knallroter Beeren. Gestecke mit den schönen Paternostererbsen hatten sie aus dem Gebinde verbannt. Die Beeren waren hochgiftig. Aber nichtsdestotrotz – das alles schrie doch förmlich nach einer Urkunde samt Ansteenadel.

»Eine Ehrung hast du dir redlich verdient«, mischte sich nun Hilde ein, die linker Hand in der Holzhütte Tee und Weihrauchwerk verkaufte.

»Genau«, stieß auch Paul ins gleiche Horn. Er bot allerlei aus Zirbenholz und Seifen an. »Niemand hält die Tradition und das Brauchtum so hoch wie du. Das weiß hier jeder.«

Traude lächelte beschämt und zupfte an einem grünen Zweig herum, als müsste sie ihn in Form bringen. Ihr Stand war aufgrund des Jubeljahres mit doppelt so viel Tannenreisig und warmweißen Lichterketten umsäumt wie die anderen Stände am Platz.

»Die Bärbel Kohlmann wird sicher bald kommen, um mit dir den Ablauf und den Zeitpunkt der Ehrung zu besprechen«, fügte Hilde hinzu und brachte ihr eine Tasse Tee. Hibiskus mit Zimt und Nelken. »Die schleicht nämlich schon seit Tagen hier herum und sieht sich alles an. Ein gutes Zeichen«, war Hilde überzeugt.

»Die Hoffnung stirbt ja bekanntlich zuletzt«, gab Paul achselzuckend zum Besten.

»Wie meinst das?«, fragte Traude.

»Die Kohlmann ist ein heimtückisches Weib.«

»Woher willst du das wissen?« Hilde nickte Traude aufmunternd zu.

»Weil ich mit ihr in die Schule gegangen bin. Medusa. Das war seinerzeit ihr Spitzname. Damals hätten wir dieser falschen Schlange am liebsten den Kopf abgeschlagen, wenn wir nicht befürchtet hätten, dass er wieder nachwächst.« Er machte ein betrübtes Gesicht, als bedauere er noch heute, dass niemand den Mut dazu gefunden hatte. »Und jetzt läuft sie mir ausgerechnet am Christkindlmarkt wieder über den Weg. Ich will dir nicht den Tag verderben, Traude. Aber wenn du meine Meinung hören willst. Die Kohlmann ehrt nur sich selbst. Zum Beispiel, weil sie den Infostand in ein blinkendes Unikum verwandelt hat«, spielte er auf die schrille Auskunftsstelle an. »Und bald wird das Christkind dem Weihnachtsmann weichen müssen. Ihr werdet schon sehen!«, malte er ein Schreckgespenst an die Wand, ehe er in seiner Holzhütte verschwand, weil die ersten Besucher auftauchten.

Traude atmete tief durch und schaute zuversichtlich auf die Mariensäule, die unter einer schneebedeckten Glashülle, die sie vor Kälte und Niederschlägen schützte, hervorblitzte.

»Hör nicht auf den Paul«, riet ihr Doris. »Die Kohlmann kommt bestimmt bald.«

Wie aufs Stichwort bog tatsächlich die Gemeinderätin vom Residenzplatz kommend um die Ecke.

»Na bitte, wenn man vom Teufel spricht«, rief Paul, als er die Mittvierzigerin entdeckte.

Na bitte, geht doch, schöpfte hingegen Traude Hoffnung. Sie warf sich in Pose. Im nächsten Moment hatte sie Mühe, nicht in Schnappatmung zu verfallen, vor Schreck. Denn Bärbel Kohlmann sah aus wie die personifizierte Verhöhnung der traditionellen Weihnacht. Auf dem wattierten grauen Mantel grinsten Elchapplikationen mit Weihnachtsmützen. Dazu trug sie eine lila Strumpfhose und rote Schneestiefel mit Weihnachtsbäumen darauf. Ihre schwarzen Haare hatte sie mithilfe einer goldenen Spange zu einer Banane gedreht. An den Ohrläppchen baumelten kleine grüne Christbaumkugeln. Während Bärbel Kohlmann in Zeitlupe die Buden abschritt, als befände sie sich auf einer Parade, versuchte Traude, sich von der modischen Katastrophe abzulenken, und ging im Kopf noch mal die einstudierten Gesten durch. Hände auf Wangen, vor Erstaunen offener Mund und dann ein Neiiiin … oder klang ein Ohhhhh besser? Verflucht, sie war sich nicht sicher. Egal, sie würde improvisieren. Endlich trat die Gemeinderätin vor ihren Stand. Sie grüßten einander freundlich.

»Wir hatten im Gemeinderat letzte Woche eine Sitzung«, begann Bärbel Kohlmann mit lauter Stimme und wuchtete ihre Handtasche mit einem winkenden Weihnachtsmann darauf auf die Durchreiche. »Sie stehen jetzt schon sehr viele Jahre auf dem Christkindlmarkt.«

»Zwanzig, um genau zu sein«, betonte Traude. »Es sind zwanzig Jahre.« Sie schielte auf die Tasche. War da etwa schon ihre Urkunde drin? Würde die Ehrung so unspektakulär ausfallen? Enttäuschung machte sich in ihr breit. Sie stellte sich Blasmusik und ehrenvolle Reden vor und keine einfache Übergabe durch die Durchreiche ihrer Verkaufshütte. Das war ihrer unwürdig. Außerdem, wo kaufte man so hässliche Taschen?

Hilde, Paul und Doris traten aus ihren Hütten heraus, standen im nächsten Moment bei ihnen und blickten erwartungsvoll.

»Eine lange Zeit. Der Bürgermeister und ich haben mit dem Gemeinderat über eine Ehrung gesprochen«, fuhr Bärbel Kohlmann fort.

Traudes Herz schlug einen Takt schneller. Sie wappnete sich, in der nächsten Sekunde ihr Überraschungsgesicht aufzusetzen. Der Christkindlmarkt füllte sich zusehends. »Ausgerechnet jetzt kommen die Leut' in Scharen«, grummelte Doris.

Die drei schlurften zu ihren Buden zurück.

»Darf ich zu Ihnen in die Hütte?«, fragte Bärbel Kohlmann. »Da redet's sich leichter.«

Traude wandte sich um und öffnete die Hintertür. Die

Gemeinderätin umrundete die Bude, trat ein und zog die Tür hinter sich wieder zu. Sie sah Traude einen Moment lang schweigend an. Ihr Gesichtsausdruck veränderte sich. Das fröhliche Lächeln verschwand.

»Sie wissen sicher, dass ich auf dem Christkindlmarkt einiges ändern möchte«, wechselte sie unvermittelt das Thema.

»Davon habe ich gehört«, sagte Traude. »Und man sieht es schon am Infostand.« Behalt deine Meinung für dich, ermahnte sie sich stumm.

»Wissen S', Frau Weinberger, das selbst gebastelte Zeug ist nicht mehr zeitgemäß.« Bärbel Kohlmanns Blick wanderte über die gestickten Deckchen und die mit Spitze umsäumten Servietten.

Selbst gebasteltes Zeug? Diese Bezeichnung gefiel Traude gar nicht. »Das ist traditionelle Handwerkskunst.«

»Na ja, wem's gefällt.« Bärbel Kohlmann verzog das Gesicht. »Was ich eigentlich sagen wollte«, sie kramte eine Handvoll Blätter aus ihrer Tasche hervor und legte sie auf das mobile Holzregal neben sich. »Schreiben S' auf, wie Sie ihr Angebot modernisieren können.« Sie schaute abfällig auf ein Weihnachtsgesteck. »Obwohl ich mir das nur schwer vorstellen kann.« Ihr Blick kehrte zu Traude zurück. »Außerdem müssen Sie auflisten, woraus Ihre Produkte bestehen. Allergiekennzeichnung. Das ist jetzt Vorschrift. Sie verstehen?«

Traude warf einen scheuen Blick auf die Blätter auf dem Regal. Sie schätzte, dass es sich um rund zwanzig Seiten handelte. »Ich dachte, das gilt nur für Lebensmittel.«

Bärbel Kohlmann reagierte nicht.

Traude nahm ein geklöppeltes Deckchen in die Hand und hielt es provokant in die Höhe. »Das hier besteht aus Garn. Ist auch für Allergiker geeignet.«

»Sie haben schon verstanden«, sagte Bärbel Kohlmann säuerlich lächelnd und zeigte auf die Weihnachtskekse.

»Die verschenke ich«, rechtfertigte sich Traude.

»Trotzdem müssen die Leute wissen, was drinnen steckt. Denken S' an die Nussallergiker und auch an die vielen Amerikaner, die in unsere schöne Stadt kommen. *Sound of Music*, verstehen S'? Das Musical wird seit Tagen im Landestheater gespielt. Daher ist unsere schöne Stadt voller Gäste.«

Traude hatte keine Ahnung, was das mit ihren Keksen zu tun haben sollte. »Ich interessiere mich nicht für die Geschichte der Trapp Familie«, gab Traude zu. Mochten noch so viele Amis deshalb nach Salzburg pilgern. Ihr war's egal.

»Und natürlich wegen dem schönen Christkindlmarkt«, überhörte Bärbel Kohlmann die Bemerkung. »Sie werden in der ganzen Stadt kein Hotelzimmer mehr bekommen.«

»Ich brauch kein Zimmer, ich hab eine Wohnung in der Altstadt.« Traude versuchte, nicht allzu bissig zu klingen. Sie wollte das Gesprächsklima nicht vergiften, denn irgendwann würde die Kohlmann endlich auf die Ehrung zu sprechen kommen.

»Und wegen unserer vielen internationalen Gäste gibt's jetzt auch den Weihnachtsmann auf dem Christkindlmarkt«, fügte die Gemeinderätin katzenhaft lächelnd hinzu.

»Bei uns kommt aber immer noch das Christkind«, entgegnete Traude dann doch schnippischer als gewollt und stellte demonstrativ einen goldenen Engel mit Spitzenflügeln auf die Durchreiche.

»Deshalb müssen Sie all das hier in Zukunft zweisprachig beschreiben«, ignorierte Bärbel Kohlmann den Wink mit dem Zaunpfahl. Stattdessen machte sie eine Handbewegung, die die gesamte Bude einbezog, und deutete dann auf die weihnachtlichen Gestecke. »Fangen S' gleich mit dem Gestrüpp da an. Was ist denn da alles drin?«

»Tannenreisig und Stechpalmen.«

»Und woraus bestehen die roten Beeren?«

»Aus Samen.«

Bärbel Kohlmann machte ein Zitronengesicht. »Ha, ha, schlechter Witz.« Die Gemeinderätin tippte auf den Papierstoß. »Das müssen S' alles aufschreiben.«

Traude setzte erneut zu einem Einwand an, aber Bärbel Kohlmann stoppte sie, indem sie abwehrend die Hand hob. »Ich weiß, Sie haben ihr halbes Leben dem Christkindlmarkt geopfert, stehen bei Wind und Wetter …«

»Ich hab einen Heizstrahler«, fuhr Traude dazwischen und tippte mit der Schuhspitze auf das Heizgerät am Boden.

Bärbel Kohlmann verzog erneut ihre Lippen zu einem falschen Lächeln. »Wenn Ihnen das alles zu viel Bürokratismus ist, dann können Sie den Stand auch aufgeben und ihre Pension ohne Arbeit genießen.«

Traude begriff endlich, worauf das Gespräch hinauslief. Die Kohlmann wollte sie loswerden. Ihr blieb kurz die Luft weg.

»Bekanntlich soll man aufhören, wenn's am schönsten ist«, bestätigte die Gemeinderätin in dem Moment Traudes Vermutung, als hätte sie ihre Gedanken gelesen. »Wenn die

Perchten kommen, wär' ein guter Zeitpunkt. Die vertreiben doch die bösen Wintergeister. Lassen auch Sie sich von den teuflischen Gestalten vertreiben.« Bärbel Kohlmann lachte allein über ihren schäbigen Witz.

Die Perchten mit ihren zotteligen Kostümen und handgeschnitzten Teufelsmasken aus Holz liefen am Christkindlmarkt in der Thomasnacht, somit am einundzwanzigsten Dezember. Das war schon in fünf Tagen.

»Wissen S', ich will Leute wie Sie hier weghaben, Hobbybastlerinnen. Leute, die an allem Althergebrachten hängen wie ein Drogensüchtiger an der Nadel.« Bärbel Kohlmanns grüne Augen durchbohrten sie.

»Und was, wenn ich nicht gehe?« Traude würde sich niemals aus dem Paradies vertreiben lassen.

»Dann überschütte ich Sie mit administrativem Müll, bis Sie sich die Finger wund geschrieben haben. Außerdem hetzte ich Ihnen die Lebensmittelpolizei und das Gesundheitsamt auf den Hals. Ich mach Ihnen das Leben hier zur Hölle. Das kann ich, glauben Sie mir.«

»Die können ruhig kommen«, entgegnete Traude ruhig, obwohl ihr das Herz bis zum Hals schlug. »Bei mir werden die Herren und Frauen Beamten nichts finden, was sie beanstanden könnten.«

»Verlassen Sie sich lieber nicht darauf.« Bärbel Kohlmann grinste wie jemand, die dafür sorgen würde, dass man etwas Vorschriftswidriges entdeckte. »Ich wünsche mir Veränderung. Ein moderner Markt lockt neue ... junge Kunden an.« Bärbel Kohlmann zupfte an den Beeren der Stechpalme. »Keine kitschigen Hausfrauenbasteleien mehr.« Sie hielt kurz inne. »Und was ihre Ehrung anbelangt«, kehrte sie wieder zum Beginn ihres Gesprächs zurück. »Wenn Sie tun, was ich will und freiwillig gehen, dann werden Sie auch geehrt. Zum Abschied.« Bärbel Kohlmann klopfte aufs Papier. »Wenn nicht, werden Sie mit Schimpf und Schande davongejagt. Dafür sorge ich. Versprochen.«

In Traude kochte es. Sie wollte die Faust ballen, mit einer zynischen Antwort zurückschlagen. Die Gemeinderätin packen und gegen die Wand schleudern, Medusa den Kopf abschlagen. Aber sie war ein friedliebender Mensch, verbat sich den Gedanken. Stattdessen bot sie ihrer Feindin einen Keks an. Die Gemeinderätin setzte wieder ihr Weihnachtslächeln auf, schnappte sich ein Vanillekipferl und steckte sich noch eine Handvoll Florentiner in die Tasche. »Ich seh schon, wir verstehen uns.« Dann drehte sie sich um die eigene Achse, trat wieder ins Freie, umrundete die kleine Holzhütte und stand erneut vor der Durchreiche. »Ich freu mich drauf, Frau Weinberger«, flötete sie übertrieben laut, dass auch die anderen es mitbekamen, ehe sie verschwand.

Zum Glück war mittlerweile so viel los, dass die anderen sie nicht mit Fragen löchern konnten. Denn alles, was Traude jetzt brauchte, war ein kühler Kopf. Sie musste analytisch denken und nicht voreilig reagieren. In ihr reifte bereits ein Plan. Kekse!

Am nächsten Morgen trug Traude ihr dunkelblaues Winterdirndl mit hellblauer Schürze und einen grasgrünen Lodenmantel. Sie schenkte Heinz einen Pappteller voller Vanillekipferl, Rumkugeln und Kokosbusserl. »Ein süßes Trostpflaster, weil du den ganzen Tag den schrecklich blinkenden Infostand vor der Nase hast.«

Auch Doris, Hilde und Paul bekamen je einen Teller voll Weihnachtsgebäck geschenkt.

»Den bekommt ihr ab jetzt täglich«, sagte Traude. »Auf einen friedlichen Christkindlmarkt.«

Sie hatte in dieser Nacht kein Auge zugetan, sondern nachgedacht, aufgeschrieben, was Bärbel Kohlmann von ihr verlangt hatte. Nachdem ihr zum Thema Modernisierung nichts eingefallen war, hatte sie Weihnachtskekse gebacken. Sie hoffte, dass Bärbel Kohlmann sie heute noch in Ruhe ließ. Doch ihr Wunsch ging nicht in Erfüllung. Um halb elf betrat die Gemeinderätin durch die Hintertür den Stand. Diesmal in grüner Jacke mit Christbaumapplikationen und Zuckerstangen an den Ohren. In ihre Haare waren rote Schleifen eingeflochten.

»Und?«, fragte sie anstelle einer Begrüßung.

Traude drückte ihr erst mal einen Zimtstern in die Hand.

»Ich hab nicht alles geschafft, weil …«

»Das ist egal«, zeigte sich Bärbel Kohlmann überraschenderweise großmütig und steckte sich den Keks in den Mund.

»Ich habe jedoch aufgelistet, woraus die Gestecke bestehen und mein Weihnachtsgebäck.« Sie überreichte ihr zwei Seiten.

»Wissen Sie, wer die Tradition des Adventskranzbinden erfunden hat?«, fragte Bärbel Kohlmann übergangslos und ließ die beiden Blätter ungelesen in ihrer Handtasche verschwinden.

Traude blinzelte irritiert. »Ähm …«

»Es war der deutsche Theologe Johann Hinrich Wichern

im neunzehnten Jahrhundert«, erläuterte die Gemeinderätin.

»Was hat das mit dem Christkindlmarkt oder kennzeichnungspflichtigen Allergenen zu tun?«, fragte Traude verwundert ob des Vortrags.

»Nichts. Aber es zeigt, dass Sie sich mit der Historie der Produkte nicht auseinandersetzen, wie etwa den Gestecken.«

»Ich wusste nicht, dass man die Geschichte kennen muss, um Adventgestecke verkaufen zu dürfen«, entgegnete Traude spöttisch.

Bärbel Kohlmann überging die Spitze. »Wer produziert sie?«

»Mitglieder des Brauchtumsvereins, dem ich vorstehe. Das Tannenreisig ist aus heimischen Wäldern, und die Stechpalmen kauft die Dame, die sie bindet, von einer Floristin«, antwortete Traude, obwohl Bärbel Kohlmann auch das mit Sicherheit wusste. Wie es alle auf dem Christkindlmarkt wussten. »Steht alles auf dem Zettel in Ihrer Handtasche.«

»Und woher kommen die Stechpalmen? Die wachsen meines Wissens nicht in den Salzburger Wäldern«, hakte Bärbel Kohlmann in strengem Tonfall nach. »Stammen sie aus einer europäischen Zucht, oder kommen sie aus Afrika? Ernten dort vielleicht sogar kleine Kinder die Pflanzen?« Mit spitzen Fingern griff sie sich einen Engel vom Regal, hob ihn hoch, betrachtete ihn prüfend und stellte ihn wieder zurück. »Und diese Engelsfiguren. Kleben diese etwa Kinder in Fabriken in Dritte-Welt-Ländern zusammen?«

»Die werden von einem Vereinsmitglied gehäkelt.« Langsam riss Traude der Geduldsfaden.

»Die Köpfe sind aus Holz und draufgeklebt«, beharrte Bärbel Kohlmann.

»Aber doch nicht von Kindern in einer Fabrik in Afrika oder sonst wo. Die klebt unser Vereinsmitglied selbst darauf. Die Dame ist fünfundachtzig und war früher Handarbeitslehrerin.«

»Sind Sie sicher?«

Mittlerweile tobte ein Vulkan in Traude. »Sicher bin ich sicher«, blaffte sie. »Was Sie mir hier unterstellen, ist absurd.«

Bärbel Kohlmann wiegte den Kopf hin und her. »Sagen Sie das nicht, liebe Frau Weinberger. Sie wissen doch, wie böse die Welt ist. Erkundigen Sie sich lieber noch mal ganz genau bei Ihrem Vereinsmitglied. Mit fünfundachtzig nimmt man manches auf die leichte Schulter, was die junge Generation aber anklagt. Zurecht anklagt«, betonte sie. »Fragen S' nach, woher die Holzköpfe stammen. Womöglich aus Südasien, Indien oder Afrika. Dort arbeiten sich Kinder unter schlimmsten Bedingungen die Finger wund. Und alles nur, damit wir Europäer billige Ware teuer verkaufen können.«

»Sie spinnen doch«, entfuhr es Traude.

»Sie wollen sicher nicht Ihren Namen in den Salzburger Nachrichten lesen, als Unterstützerin von Kinderarbeit in Entwicklungsländern.« Es hörte sich an, als wollte Bärbel Kohlmann nur das Beste für Traude.

»Nein, natürlich nicht.« Traude war perplex, ob dieser Unterstellung.

»Na sehen Sie.« Bärbel Kohlmann gelang es, wie eine gute Freundin zu klingen. So, als würden sie lediglich Kuchenrezepte austauschen. »Also. Husch, husch an die Arbeit.

Rufen Sie die alte Dame an, fragen Sie, woher die einzelnen Teile sämtlicher Produkte stammen und wer sie zusammensammelt. Und dann reden wir noch mal über die Modernisierung, rein theoretisch, versteht sich. Denn es wird nichts an der Tatsache ändern, dass Sie am Ende Abschied von uns nehmen. So leid mir das tut.« Bärbel Kohlmann presste theatralisch eine Hand aufs Herz.

»Was Sie verlangen, ist doch verrückt und entbehrt jedweder Grundlage«, empörte sich Traude.

»Ich habe Sie vorgewarnt«, gurrte die Gemeinderätin noch immer in fröhlichem Tonfall. »Es wird sich einiges ändern. Und mit Ihnen fang ich an, die anderen nehme ich mir später vor.«

»Was wollen Sie? Aus dem Christkindlmarkt eine Art Weihnachts-Disneyland machen? Alle Verkäufer vertreiben, die traditionelles Handwerk verkaufen?«

»Das hab ich Ihnen doch schon gesagt«, seufzte Bärbel Kohlmann und sah Traude an, als wäre diese nicht ganz bei Verstand. »Aber ich erkläre es gerne noch einmal. Ich will, dass Sie aufhören, und nachdem ich Sie schlecht rausschmeißen kann, werden Sie freiwillig gehen.« Sie nahm einen Zettel aus ihrer Handtasche, wedelte damit vor Traudes Nase herum. »Die zunehmende Bürokratie, das lange Herumstehen und die Neuerungen … das wollen Sie nicht mehr mitmachen. Und zwanzig Jahre Christkindlmarkt … das muss Ihnen erst mal wer nachmachen. Hut ab!«

»Warum?«, fragte Traude und bot Bärbel Kohlmann intuitiv ein Vanillekipferl an. Die Gemeinderätin griff zu und aß es.

»Ich hab jemanden, der sich genau für diesen Stand interessiert und dessen Produkte eher meinen persönlichen Vorstellungen entsprechen als Ihr Bastelkram. Und der bereit ist, die doppelte Standmiete zu bezahlen. Ab dem zweiundzwanzigsten Dezember. Nach dem Perchtenlauf.«

Bastelkram! Traude atmete tief ein. »Ich habe aber nicht vor aufzuhören«, konterte sie noch einmal.

»Oh doch, das werden Sie«, flüsterte Bärbel Kohlmann Traude ins Ohr. »Verlassen Sie sich darauf.«

»Paul weiß, dass Sie gerne falsche Spiele treiben.«

Bärbel Kohlmanns Augenbrauen wanderten interessiert nach oben. »Wirklich? Woher will er das denn wissen?«

»Er hat mir Ihren Spitznamen verraten. Medusa.«

Die Gemeinderätin lachte lauthals auf. »Die alten Schulgeschichten. Glauben Sie wirklich, dass das heute noch jemanden interessiert. Außerdem hatte der Gute schon damals viel Meinung und wenig Ahnung von irgendwem oder irgendwas.« Sie wischte mit der Hand durch die Luft, als wollte sie eine Fliege verscheuchen. »Genug mit alten Erinnerungen. Aber falls Sie auf die Idee kommen, jemandem von unserem kleinen Arrangement zu erzählen und sich auszuweinen … ich werde alles abstreiten.« Sie rückte mit ihrem Gesicht dicht vor Traudes. »Ich war bei Ihnen, um über die Ehrung zu reden. Nichts weiter. Und die leeren Blätter hab ich Ihnen gegeben, damit Sie Ihre Wünsche aufschreiben. Verstanden?«

»Da spiele ich nicht mit«, knurrte Traude. »Ich werde mich beim Bürgermeister beschweren.«

»Und Sie denken, er glaubt Ihnen? Wo doch ich die Ehrung überhaupt erst vorgeschlagen habe.« Bärbel Kohlmann rückte wieder von Traude ab, griff nach einer Nussecke, schob sie sich in den Mund, aß genüsslich, bevor sie weitersprach. »Wenn Sie sich nicht kooperativ zeigen, wird es keine Ehrung geben, dafür aber jede Menge böse Gerüchte über Sie, Ihre Basteleien und Ihren Geisteszustand.«

Sie schnappte sich noch eine Handvoll Kokosbusserl und schickte sich zum Gehen an. An der Tür drehte sie sich noch mal um. »Die Perchten laufen bald, dann komm ich wieder.« Draußen verabschiedete sie sich erneut mit übertriebener Höflichkeit und betonte lautstark, dass Engagement belohnt gehörte. Doris und Hilde grinsten breit aus ihren Hütten heraus. Paul blickte misstrauisch drein.

In den nächsten Tagen buk Traude die dreifache Menge Weihnachtsgebäck und verteilte es weiterhin großzügig unter den Standlern und Besuchern des Christkindlmarktes. Alle, die ihren Weg kreuzten, bekamen Kletzenbrot, Vanillekipferl, Rumkugeln und vieles mehr. Selbst den Weihnachtsmann, der im wirklichen Leben Student am Mozarteum war, beschenkte sie. Der arme Kerl konnte ja nichts dafür, dass Bärbel Kohlmann die Schwester des Teufels war.

»Du bist ein Engel«, sagte Heinz.

»Jetzt dreht sie durch«, waren sich Hilde, Doris und Paul einig.

»Es ist Weihnachten, das Fest der Liebe und des Gebens«, trällerte Traude und drückte jedem einen Teller mit süßem Gebäck in die Hände.

Am einundzwanzigsten Dezember tauchte Bärbel Kohlmann kurz vor Mittag auf. »Und, haben Sie sich alles durch den Kopf gehen lassen?«

»Ja«, nickte Traude und reichte ihr drei Rumkugeln und zwei Husarenkrapferl. »Wir machen es, wie Sie vorgeschlagen haben. Lassen Sie mir nur noch Zeit bis heute Abend. Ich liebe den Perchtenlauf. Und morgen gebe ich bekannt aufzuhören.« Sie lachte. »Ich freu mich fast schon drauf.«

»Sie sind eine kluge Frau«, merkte Bärbel Kohlmann zufrieden an. Doch während sie die Kekse verschlang, wurde sie doch ein wenig skeptisch. »Woher der Sinneswandel?«

»Ich wechsle einfach auf den Markt vorm Schloss Hellbrunn«, erwiderte Traude.

»Aha«, sagte Bärbel Kohlmann und ging.

Am Abend ließ sich Traude erstmals seit zwanzig Jahren von einem Mitglied ihres Vereins am Stand vertreten. »Ich fühl mich nicht gut«, behauptete sie.

Um halb sieben tummelten sich bereits Tausende Menschen auf dem Dom- und Residenzplatz. Jeder versuchte, einen guten Platz zu ergattern, um einen freien Blick auf die Perchten zu haben. Sie würden um sieben in einem abgesperrten Bereich auftreten. Traude lächelte. Die Gestalten mit den Teufelsmasken würden dieses Jahr wahrlich nicht nur die bösen Wintergeister austreiben. Sie hielt in der Menge nach Bärbel Kohlmann Ausschau. Als sie ein wenig erhöht vor der Pforte des Doms stand, entdeckte sie sie endlich. Sie kam geradewegs aus der Toilette. Ihre Mimik verriet, dass sie Schmerzen hatte.

Traude ging auf sie zu. »Geht es Ihnen nicht gut?«, fragte sie und machte ein besorgtes Gesicht.

»Geht schon«, wehrte die Gemeinderätin ab. »Hab vermutlich einen Magen-Darm-Infekt aufgeschnappt.« Schweißperlen standen auf ihrer Stirn.

»Kein Wunder, dass Sie sich irgendwo angesteckt haben. Bei so vielen Menschen, die Sie tagtäglich treffen«, sagte Traude mitfühlend. »Lassen Sie uns doch in den Dom gehen, da können Sie sich hinsetzen und ein wenig ausruhen. Hier sind einfach zu viele Leute.«

Bärbel Kohlmann zögerte, willigte dann aber ein. »Vielleicht haben Sie recht. Ein paar Minuten Ruhe, bevor hier draußen die Hölle los ist.«

»Und notfalls können Sie ja nach Hause gehen«, schlug Traude vor, während sie sich einen Weg bahnten und gleich darauf die Kirche betraten. »Die Perchten haben Sie sicher schon zigmal gesehen, und sie laufen auch nächstes Jahr wieder.«

Sie setzten sich in die letzte Bankreihe. Bärbel Kohlmann atmete ein paar Mal hintereinander tief ein und wieder aus.

»Sie wollten doch die Inhaltsstoffe wissen«, begann Traude und zog ein einzelnes Blatt Papier aus ihrer Umhängetasche.

»Nicht jetzt«, wehrte die Gemeinderätin ab.

Traude warf ihr einen mitleidigen Blick zu. »Ich hoffe, die Kekse heute Mittag haben Ihnen geschmeckt.«

»Ja, aber ich will jetzt nicht …«

»Kennen Sie die Paternostererbse?«, unterbrach Traude.

Bärbel Kohlmann nickte. »Natürlich«, presste sie schmerzgeplagt zwischen den Zähnen hervor und drückte ihre Hände gegen die Leibmitte.

»Der Samen enthält das hochgiftige Abrin«, las Traude von dem Blatt Papier ab.

»Was soll das? Sie haben doch gar keine Paternostererbsen auf ihren Gestecken«, entgegnete Bärbel Kohlmann. Offenbar hörte sie ihr trotz der Magenschmerzen zu.

»Das zählt zu den stärksten Pflanzengiften, die man kennt«, ignorierte Traude den Einwurf. »Schon 0,01 Milligramm pro Kilogramm Körpergewicht sind tödlich. Es ist stärker als Rizin, wussten Sie das? Wie schwer sind Sie?«

Bärbel Kohlmann sah sie irritiert an. »Achtundfünfzig Kilogramm.«

»Dann hab ich gut geschätzt.«

»Was wollen Sie, Frau Weinberger?«

»Ich hatte noch ein paar Erbsen zu Hause«, verriet Traude. »Übrig geblieben von den Gestecken im letzten Jahr. Heuer brauchte ich ja keine, weil unser Vereinsmitglied Stechpalmen verwendet hat. Die enthalten kein so starkes Gift.«

In dem Moment begriff Bärbel Kohlmann. »Sie haben mich vergiftet!«

»Sie sind eine kluge Frau«, wiederholte Traude die Worte der Gemeinderätin, die sie wenige Stunden zuvor zu Traude gesagt hatte.

»Ich muss sofort ins Krankenhaus.« Die Gemeinderätin machte Anstalten aufzustehen.

Traude hielt sie am Oberarm fest. »Wenn die Giftwirkung mal eintritt, hilft nichts mehr. Außerdem ist bislang kein Gegengift entwickelt worden. Tut mir leid.«

»Ich zeig Sie an«, presste Bärbel Kohlmann schwer atmend hervor. Wieder versuchte sie, sich hochzustemmen. Es misslang.

»Sparen Sie sich die Mühe.« Traude legte ihre Hand fast zärtlich auf jene der Gemeinderätin. »Es geht jetzt nämlich schnell. Zudem haben Sie keine Zeugen. Ich hab Ihnen niemals Weihnachtskekse vor den Augen der anderen angeboten, habe aber Unmengen davon am Christkindlmarkt großzügig verteilt. Und bisher ist niemand daran gestorben. Also, wer sollte einen Zusammenhang wittern?«

»Sie …«

»Sie haben sich mit der Falschen angelegt«, fuhr ihr Traude über den Mund. »Ich werde die Sache mit der Ehrung jetzt wohl doch direkt mit dem Bürgermeister besprechen. Was meinen Sie?«

Bärbel Kohlmann krümmte sich auf der Bank.

Traude sah sich um. Sie waren tatsächlich allein in dem großen Kirchengebäude. Das kam selten vor, war dem Tohuwabohu vor den Toren geschuldet. Die Perchten lärmten bereits mit ihren Ketten und riesigen Kuhglocken an den Gürteln. Sie wandte den Kopf nach rechts, beugte sich so weit nach vorne, dass ihre Lippen ganz nah an Bärbel Kohlmanns Ohr waren. »Aber ich denke, es gibt schlimmeres als wenige Tage vor Weihnachten im Salzburger Dom zu sterben.« Sie schenkte Bärbel Kohlmann noch ein herzliches Lächeln, erhob sich und ging davon.

Draußen tobte die Menge, die Perchten liefen umher, schlugen dabei die Peitschen auf den Boden, drängten sich mit ihren teuflischen Masken nahe an die Zuseher. Das war Brauchtum, und nichts würde sich ändern, solange sie, Traude, es verhindern konnte. Sie spürte etwas Kaltes auf der Nase und sah nach oben. Vom Himmel fielen zarte Schneeflocken. Sie bedeckten innerhalb von Minuten den

Christkindlmarkt wie Puderzucker die Salzburger Nockerl. Zufrieden machte sie sich auf den Weg zu ihrem Stand, um ihre Vertretung abzulösen. Denn mit einem Mal fühlte sie sich merklich besser.

HUSARENKRAPFERL

ZUTATEN FÜR EIN BLECH

* 250 g Mehl (egal welches)
* 150 g Butter
* 50 g Zucker
* 1 EL Vanillezucker
* 1 Eidotter
* 1 Prise Salz
* Ribiselgelee (Johannisbeergelee)

ZUBEREITUNG

Alle Zutaten zu einem kompakten Mürbteig verrühren. Diesen dann mindestens eine Stunde kühl rasten lassen.

Danach den Backofen auf 170 Grad vorheizen. Ein Backblech mit Backpapier auslegen.

Das Ribiselgelee in einen Einwegspritzsack füllen (Spitze knapp wegschneiden – Öffnung ca. 2 mm).

Aus dem Mürbteig nussgroße Stücke stechen und daraus Kugeln formen. Diese aufs Blech legen.

Anschließend in jede Kugel eine Mulde drücken. Das Gelee in die Vertiefung spritzen (es soll nichts überlaufen).

Die Husarenkrapfel ca. 15 Minuten bei 170 Grad backen.

Nach dem Backen gut trocknen lassen, damit sie in der Keksdose nicht zusammenkleben.

Vor dem Anrichten mit Staubzucker bestreuen.

JAN BECK

DIE SCHÖNBACHER WEIHNACHTS-WUCHTELN

TATORT: TIROL

DER AUTOR

Jan Beck, 1975 geboren, ist das Pseudonym eines erfolgreichen deutschsprachigen Autors. Bevor er sich dem Schreiben widmete, arbeitete er als Jurist. Seine Thriller um Europols Topermittler Inga Björk und Christian Brand, die seine Leser*innen tief in die Abgründe der menschlichen Seele blicken lassen, stehen regelmäßig auf der SPIEGEL-Bestsellerliste. Wenn Jan Beck nicht gerade schreibt, verbringt er seine Zeit in der Natur, besonders gerne im Wald.

Wer hätte gedacht, dass ich auf meine alten Tage noch einmal zum Einsatz komme, in einem echten Kriminalfall? Aber so war es, während meines letzten Urlaubs in Schönbach in Tirol, wo ich seit vierzig Jahren die Weihnachtsferien und den Jahreswechsel verbringe.

In den Achtzigerjahren hatte meine verstorbene Gattin Else die Vision gehabt, Weihnachten in den Bergen zu verbringen. Ich hielt das für eine Schnapsidee. Doch Else glaubte gemerkt zu haben, dass mich mein Dienst im Innenministerium so sehr forderte, dass ich zu Hause in Wien nicht abschalten konnte. Weihnachten sollte der Familie gehören. Und weil es selten ratsam ist, den Wunsch seiner Ehefrau auszuschlagen, ließ ich mich darauf ein – und lernte es schätzen. So sehr, dass ich noch heute nach Schönbach komme, pünktlich wie ein Uhrwerk am dreiundzwanzigsten Dezember um zwölf Uhr mittags, obwohl mich keiner dazu zwingt und meine Gelenke jeden Wintersport verwehren.

Früher, ja früher. Früher tollten die Kinder mit roten Köpfen um die Hütte herum, die wir die ersten zwanzig Jahre gemietet und dann sogar erworben haben. Wir nutzten den örtlichen Skilift für zünftige Nahtoderfahrungen, während Else die tollsten Sachen auf dem einfachen Holzherd kochte, und wenn der Weihnachtsabend kam, war auch die Hütte endlich durchwärmt, der Baum aus dem hauseigenen Wald geschmückt und die Aufregung und Dankbarkeit der Kinder so groß, dass man ein paar Stunden lang vergessen konnte, welche Sorgen sie uns zu Hause in Wien bereiteten, diese Satansbraten vor dem Herrn.

Heute sind meine Söhne längst erwachsen, haben ihre eigenen Familien und lassen Opa allein im Wald zurück, weil ihnen die Reise nach Tirol zu beschwerlich ist. Von den rudimentären Wohnverhältnissen und der Überdosis Natur ganz zu schweigen. Ginge es nach den beiden, würde ich Weihnachten abwechselnd beim einen und dann beim anderen zu Hause verbringen. Einmal im gläsernen Wolkenkratzer-Apartment an der Donau, ein andermal im urhübschen, lachsrot gestrichenen Fertighaustraum in Biedermannsdorf. Nomen est omen.

Sie merken schon: Es gibt gute Gründe, warum ich Jahr für Jahr nach Schönbach komme und in vergangenen Zeiten schwelge. Solange nichts dazwischenkommt, was dieses Weihnachten dazwischenkam. Mein Gott.

Es war ein waschechter Kriminalfall. Ein Fall, der ganz anders war als die Wirtschaftskriminalität, für die ich während meiner beruflichen Laufbahn zuständig gewesen war. Ein Verbrechen, das mich so unmittelbar an das Böse herangeführt hatte, dass es mich heute noch erschaudern lässt.

Alles begann am Abend meiner Ankunft. Wie immer heizte ich als erstes den kleinen Kanonenofen an, öffnete die Fensterläden, schippte den Schnee rund um die Hütte, ließ das Wasser in die Leitungen und sah an allen Ecken und Enden nach dem Rechten, bevor ich Holz nachlegte – Wärme in eine ausgekühlte, ungedämmte Bretterhütte zu bringen, war sowohl ökologisch als auch praktisch eine Herausforderung – und mich gegen sechzehn Uhr auf den Fußweg in den Ort hinunter machte, wo ich Andreas Holler besuchen wollte, Spitzname Hollerbäck, seines Zeichens Bäcker im Ort und dazu noch mein inoffizieller Patensohn.

Der Schnee fiel unablässig vom Himmel. Seit Tagen stand fest, dass es weiße Weihnachten geben würde, eine Aussicht, die mich früher mit großer Freude erfüllt hätte. Und die Kinder erst. Schnee war wie ein Zaubertuch, das sich über alles und jeden legte und weihnachtlichen Frieden verbreitete. Er ließ einem keine andere Wahl, als mit ihm klarzukommen, in ihm Spaß zu haben und die Sorgen des Alltags zu vergessen.

Heute war Schnee vor allem beschwerlich. Und gefährlich. Ein kleiner Ausrutscher endete für Leute meines Alters schnell im Krankenhaus, und von dort war es nicht mehr weit bis in den Holzpyjama. Weshalb ich gut auf meine Schritte achtete und eine geschlagene Stunde brauchte, um das Ortszentrum von Schönbach zu erreichen. Ich ging direkt zum Haus mit der kunstvoll geschwungenen Aufschrift *Hollerbäck* und drückte die Klingel am Seiteneingang – worauf nichts geschah.

Er wird mich doch nicht vergessen haben, überlegte ich und wollte mir gar nicht vorstellen, wieder zurück zur Hütte zu müssen, ohne mich zwischendrin aufgewärmt zu haben. Dabei wusste Andreas genau, dass ich kam. Wie jedes Jahr. Der Ablauf der Weihnachtsfeiertage war ein Naturgesetz, das weder Absprachen bedurfte noch infrage gestellt wurde.

Ich klingelte wieder, dann klopfte ich, zuerst mit dem angewinkelten Zeigefinger, schließlich mit der Faust, aber ohne

Erfolg. Ich wandte mich um und ging auf den Dorfplatz hinaus. In keinem seiner Fenster brannte Licht.

Erst jetzt erinnerte ich mich an das Handy in meiner Tasche, an das die jüngere Generation wohl zuallererst gedacht hätte. Ich zog einen Handschuh aus und entsperrte den Bildschirm, doch wie üblich hatte es keinen Empfang. Schönbach lag in einem Mobilfunkloch und war auch noch stolz darauf.

»Andreas?«, rief ich nach oben.

Nichts.

Ich überlegte, wen ich nach ihm fragen konnte. Leider kannte ich hier kaum einen außer Andreas. Nach achtzehn Uhr waren die Gehsteige von Schönbach hochgeklappt. Einst gab es einen Dorfwirt, gegenüber der Kirche, doch wie in so vielen Gemeinden war er aufgegeben und in Betongold verwandelt worden.

Es schneite intensiver, und weil meine Jacke kaum Feuchtigkeit abhielt, wurde mir immer kälter. Ich musste bald in die Wärme kommen und sah nur eine Möglichkeit: Zurück in die Hütte, wo es inzwischen vielleicht fünfzehn, sechzehn Grad hatte. Am ersten Abend fror man immer. Aber alles war besser, als sich hier draußen den Tod zu holen.

Brauchte ich hinunter eine ganze Stunde, war ich hinauf fast genauso schnell, weil ich in meine eigenen Fußstapfen treten konnte und meine Schritte mit der Zeit sicherer wurden. Außerdem rumorte mein Bauch. Traditionell tischte Andreas groß auf, wenn ich kam. Jetzt würde ich mit dem Dosenfutter vorliebnehmen müssen, das ich aus Wien mitgebracht hatte.

Gulaschsuppe oder Chili con Carne, überlegte ich missmutig – als ich stoppte.

Ich sah Spuren im Schnee. Meine eigenen, klar. Aber auch andere. Sie kamen aus dem Wald und vereinten sich mit meinen. Den Abdrücken nach zu urteilen, gehörten sie zu einem ziemlich großen Mann. Und sie führten bergauf.

Zu meiner Hütte.

Plötzlich klopfte mein Herz bis zum Hals. Mir wurde bewusst, wie allein ich war. Als Kind hätte ich wohl in die Hose gemacht, und ich musste fünfzig Jahre alt und älter werden, um Frieden mit dem Kopfkino zu machen, das in Situationen wie dieser unweigerlich zu flimmern begann. Dennoch war ich jetzt, den fremden Spuren in meiner eigenen folgend, nicht weit von kindlicher Angst entfernt, die mich nebenbei an die Tatsache erinnerte, dass meine Prostata schon bessere Tage gesehen hatte.

Als ich mich der Hütte näherte, hatte sich die Spur immer noch nicht wieder geteilt. Ich machte die Taschenlampe aus und schlich weiter. Ich roch das Feuer, dass ich vor wenigen Stunden angemacht hatte. Ich vernahm sogar den Lichtschein im Fenster.

Ich tastete meine Taschen ab, auf der Suche nach dem Autoschlüssel, doch der musste in der Hütte sein. Dabei wäre ohnehin fraglich gewesen, ob ich es schnell genug in den Wagen hinein- und von hier weggeschafft hätte. Oft schon hatten die Fahrbahnverhältnisse oder eine Lawine dafür gesorgt, dass die Weihnachtsfeiertage unfreiwillig ein, zwei Tage länger gedauert hatten. Berge konnten heimtückisch sein.

Plötzlich sah ich die Umrisse einer Gestalt. Im Lichtschein des Feuers, das im Kamin brannte.

Der Fremde war in meiner Hütte.

Ich wollte den Notruf wählen, kramte mein Handy heraus, doch es fand immer noch kein Signal. Was hätte es auch gebracht, wenn Stunden vergingen, bis mir jemand zur Hilfe kam? Im ganzen Tal gab es keine Polizisten mehr. Längst waren sie dem Sparstift zum Opfer gefallen, den einer meiner Kollegen im Innenministerium gezückt hatte, um damit irgendeinen Politiker zu entzücken.

Ich hatte keine Stunden mehr, und auch keine Kraft, um ein weiteres Mal in den Ort hinunterzugehen. Mir blieb nur eine Möglichkeit: Ich musste den Fremden in meiner Hütte stellen.

Ich griff nach dem nächstbesten Ast, merkte aber, dass er festgefroren war. Also schlich ich geduckt an die Hütte heran, an der die alte Schneeschaufel lehnte. Die Axt wäre mir lieber gewesen, aber die war wie die Autoschlüssel in der Hütte.

Ich nahm all meinen Mut zusammen. Ich klopfte, machte zwei Schritte zurück, holte mit der Schaufel aus und war auf alles gefasst …

… außer, wenige Momente später Andreas Holler in der Tür stehen zu sehen, meinen inoffiziellen Patensohn, mit einer Schrotflinte, die auf mich gerichtet war.

»Andreas?«

Er nickte bloß, senkte den Lauf der Waffe und ließ mich herein, ohne die übliche Umarmung. Wo Wiedersehensfreude sein sollte, war nur eine eisige, aschgraue Miene, die auch das Holzfeuer im Ofen nicht freundlicher machen konnte.

»Andreas, um Himmels willen«, sagte ich und war kurz davor, ihn zu schütteln. »Ich habe dich für einen Einbrecher gehalten! Was soll die Waffe? ... Wieso bist du hier und nicht unten? Wir haben uns doch immer ...«

Ich stoppte mitten im Satz, weil ich merkte, dass es nichts brachte. Andreas wirkte, als sei er dem Teufel davongerannt. Er murmelte etwas, wieder und wieder, zu leise, um es verstehen zu können.

»Was?«, sagte ich und trat näher heran.

»Die Weihnachtswuchteln.«

Die Schönbacher Weihnachtswuchteln. Damit Sie dieses Phänomen verstehen, muss ich etwas ausholen.

Man könnte glauben, es handle sich dabei um gewöhnliche Wuchteln, auch Buchteln genannt, gerne mit Vanillesoße und Marillenmarmelade serviert. Aber mitnichten! Die Schönbacher Weihnachtswuchteln kommen viel weniger von den Buchteln als vom wienerischen Begriff der Wuchtel, einer lustigen Bemerkung, die schon mal derb ausfallen kann und bei demjenigen, dem man sie ins Antlitz schleudert, ähnlich bleibende Eindrücke hinterlässt wie in ihrer dritten Bedeutung: Die Wuchtel – der Fußball.

Und jetzt passen Sie auf: Die Idee für die Schönbacher Weihnachtswuchtel stammt von mir! Obwohl ich mein Leben lang so unkreativ war, wie ein Sektionschef im Innenministerium nur sein kann.

Die Muse küsste mich vor gut fünf Jahren, als ich bei meinem Sohn in Biedermannsdorf zum Essen eingeladen war, besser gesagt beim Glücklichen Drachen um die Ecke, wo das Essen erträglich war, erträglicher jedenfalls, als hätte der andere Drache gekocht, meine Schwiegertochter nämlich. Am Ende bekamen wir Glückskekse serviert, die weder schmeckten noch von besonderer Kreativität zeugten. Und wie ich das steinharte Zeug lutschte – in meinem Alter wurde man vorsichtig mit Beißen, wollte aber auch nicht unhöflich sein – und den nichtssagenden Spruch las, kam mir die Eingebung: Was, wenn es schmecken würde, und die Botschaften einen Wert hätten, der über jenen des Papiers hinausgingen?

Die Idee ließ mich nicht mehr los. Gleich am nächsten Tag rief ich Andreas an, um ihm davon zu erzählen. Ich wusste, dass er in Schwierigkeiten steckte, seit es im Nachbarort einen Discounter gab, der seine Backwaren um einen Preis anbot, zu dem Andreas nicht mal die Zutaten kaufen konnte. Jahr für Jahr wurde seine finanzielle Lage prekärer. Er war schon knapp davor, alles hinzuschmeißen und den Hollerbäck zu verkaufen – als die Wuchteln das Licht der Welt erblickten.

Noch am Telefon begannen wir damals zu fachsimpeln und zu scherzen, beide mit einem Glas Wein in der Hand. Binnen kurzer Zeit war die Idee für die Schönbacher Weihnachtswuchtel geboren: Ein Krapfen mit Fußballmuster, der keine Marmelade, sondern handgeschriebene Botschaften eines heimischen Literaten enthält, die der Süßspeise eine deftig-freche Note verleihen.

»Versteht man das mit den Wuchteln bei euch?«, fragte ich Andreas.

»Glaubst du, wir haben kein Fernsehen?«, spielte er gekonnt den Ball zurück und auf die Tatsache an, dass den österreichischen Rundfunk eine gewisse Wienlastigkeit auszeichnete, die auf die Bundesländer abfärbte, ob man das nun wollte oder nicht.

Ein Dichter war schnell gefunden, Franz Josef Kröll nämlich, der auch aus Schönbach stammte und ähnlich am Hungertuch nagte wie Andreas. Der erste Schreibauftrag für dreißig Sprüche wurde dem Poeten noch in Naturalien abgegolten. Andreas gab die Botschaften in die Weihnachtswuchteln und präsentierte selbige in der Auslage – und ob man es nun glaubte oder nicht, binnen weniger Stunden waren alle dreißig Wuchteln weg. Der Preis wurde verdoppelt, Dichter Kröll schrieb sich die Finger wund, Andreas buk im großen Stil, erhöhte den Preis im folgenden Jahr noch einmal kräftig und musste die Abgabemenge trotzdem auf vier Stück pro Person beschränken, damit auch jeder, der wollte, seine Wuchteln bekam. Es war ein Phänomen, das nur Gewinner kannte – bis zur letzten Weihnachtszeit.

»Setz dich hin, Andreas«, sagte ich und half ihm auf den nächstbesten Stuhl. Ich merkte, dass er klatschnass und durchgefroren war, viel mehr noch als ich. Seine Lippen waren schon blau. Ich legte Holz nach, bis es den kleinen Kanonenofen zu zerreißen drohte, und half Andreas dabei, die nassen Sachen auszuziehen. Ich reichte ihm ein Handtuch, dann kümmerte ich mich um mich selbst. Zusammen saßen wir vor dem Ofen, der beinahe schon glühte.

»Was ist denn bloß?«, versuchte ich, ins Gespräch zu kommen.

»Die Weihnachtswuchteln«, flüsterte Andreas, als spräche er vom Leibhaftigen, und klapperte mit den Zähnen.

»Was ist damit? Andreas?«

»Die Weihnachtswuchteln.«

»Hör endlich auf mit den blöden Wuchteln und erzähl mir, was passiert ist.«

»Sie sind passiert.«

»Wer ist passiert?«, fragte ich genauso blöd, und ahnte die Antwort schon.

»Die Weihnachtswuchteln.«

»Himmel, hilf!«, rief ich zur Bretterdecke hoch, klatschte die Handflächen an meine Oberschenkel, erhob mich und holte zwei Dosen Gulaschsuppe aus meinem Gepäck, die ich geöffnet auf den Ofen stellte. Dabei fiel mein Blick auf das Jagdgewehr, das Andreas zu meiner Begrüßung im Anschlag gehabt hatte. »Was sollte das denn?«, fragte ich und deutete darauf. »Hast du Angst vor jemandem?«

Er murmelte etwas, was ich nicht verstand.

»Jetzt komm endlich zu Sinnen, Andreas. Was ist denn geschehen?«

Er schüttelte wortlos den Kopf.

Wir saßen da, lauschten dem Knistern und Knacken des Brennholzes, und als die Dosen zu blubbern begannen, gab ich den Inhalt in zwei Schüsseln und reichte Andreas eine davon. Ich rechnete schon mit einem Kopfschütteln. Doch er fiel über die Gulaschsuppe her, als hätte er seit drei Tagen nichts mehr zu essen bekommen. Als er mit seiner Portion fertig war, hatte ich erst ein paar Löffel von meiner gegessen. Ich bot sie ihm an, und er griff einfach zu, wie ein wildes Tier, das sich nicht um Höflichkeit und Konvention kümmerte.

Dann, endlich, redete er: »Es ist die Hölle, Reinhard. Du hättest nicht herkommen dürfen.«

Ich spürte, wie mir ein eiskalter Schauer über den Rücken

lief. Ich drehte mich auf meinem Stuhl zur Seite und sah Andreas tief in die Augen, ein weiteres Mal um Ruhe bemüht. »Jetzt komm, Andreas. Du hörst dich an, als seist du der Geschlossenen entsprungen. Wieso hätte ich nicht kommen dürfen? Die Hütte gehört mir, falls du das vergessen hast. Außerdem: Wenn es was Schlimmes gibt, hättest du mich doch warnen können. Aber wovor eigentlich? Vorm Yeti?«, fragte ich und lachte – doch Andreas fand die Bemerkung kein bisschen komisch.

»Die Weihnachtswuchteln?«, schlug ich vor.

Er nickte bittererrst.

Ich schloss meine Augen und sah Fußballkrapfen in der Luft tanzen. Einer nach dem anderen schoss zu Boden, wo er wie eine Granate einschlug und nichts als Verwüstung hinterließ. Von so viel Kreativität meines Geistes überfordert, öffnete ich wieder die Augen und räusperte mich. »Also gut, Andreas. Was war mit den Weihnachtswuchteln? Waren sie schlecht? Hast du am Ende ...« Ich wagte nicht, es auszusprechen. Hatte er versehentlich verdorbene Zutaten verwendet, und camit den halben Ort vergiftet? Es hätte zum Geschehen gepasst.

Doch Andreas schüttelte den Kopf. »Die Frage ist nicht, was *mit* den Wuchteln war.«

»Sondern?«

Er schwieg, aber ich konnte es mir schon zusammenreimen. »Was ... *in* ihnen war?«, schlug ich vor.

Er nickte.

»Ja, was denn?«

»Die Wuchteln«, flüsterte er, und bei Gott, in früheren Zeiten hätte es dafür eine Ohrfeige gesetzt.

Doch jetzt begriff ich, dass es um die Botschaften ging. »Was stand denn drauf?«, fragte ich.

»Das weiß ich nicht.«

»Wie, das weißt du nicht? Du hast sie doch in die Krapfen gesteckt?«

»Ja, ja …«

»Aber nicht gelesen?«

»Da komm ich ja nicht hinterher, bei fünfhundert Stück am Tag.«

Fünfhundert!, dachte ich und konnte kaum fassen, welche Ausmaße das Wuchtel-Business inzwischen angenommen hatte.

»Und dann?«

»Zuerst der normale Wahnsinn. Die Leute sind bis vor die Tür hinaus gestanden, gleich um acht in der Früh, und spätestens um neun war alles ausverkauft.«

»Wahnsinn«, staunte ich.

Er nickte. »Aber dann.«

»Dann …?«

»Dann wurde es jeden Tag schlimmer. Bis sich die Leute um die Plätze in der Warteschlange geprügelt haben. Manche sind mehrmals angestanden, trotz Kälte, um mehr davon kaufen zu können. Maria Schuster, die Haushälterin vom Pfarrer, kennst sie eh?«

Ich nickte. Obwohl ich kaum jemanden in Schönbach kannte, war mir die geschäftige Frau mit den roten Haaren im Gedächtnis geblieben.

»Die Maria wollte gleich hundert Wuchteln auf einmal haben, und hat mir mit einem unchristlichen Fluch gedroht, wenn ich sie ihr nicht verkaufe.«

»Was mögen das bloß für Botschaften gewesen sein?«

»Wenn ich es doch nicht weiß!«

»Das muss dir doch verdächtig vorgekommen sein. Hast du die Kunden nicht gefragt?«

»Schon ... aber keiner wollte etwas sagen. Überhaupt waren die so komisch.«

»Wie, komisch?«

Andreas zuckte leichtfertig mit den Schultern, was mich ärgerte. »Wieso hast du denn nicht nachgesehen, als du die nächsten Weihnachtswuchteln gemacht hast?«

»Weil dann jemand eingebrochen ist und die restlichen Papierstreifen gestohlen hat.«

Ich versuchte, mir vorzustellen, was auf diesen Botschaften gestanden haben mochte, doch ich hatte beim besten Willen keine Idee. Dafür wusste ich aber, was ich Andreas als Nächstes fragen musste. »Was ist mit deinem Dichter, Franz Josef Kröll? Wieso fragst du nicht den?«

»Geht nicht.«

»Wieso nicht?«

»Er ist tot.«

Ich schnappte nach Luft. »Wie, tot?«

»Mausetot.«

Eine halbe Stunde später waren wir wieder auf dem Weg in den Ort, gestärkt, gewärmt und mit trockenen Sachen am Körper. Es war Andreas' Glück, dass wir in etwa dieselbe Statur hatten, sodass ihm meine Kleidung passte. Oder, wie Andreas es formulierte: mein Pech.

Andreas glaubte, der nächste auf der Abschussliste eines Mörders zu sein. Und bei diesem Schneefall und den bescheidenen Lichtverhältnissen konnte ein Wiener Sektionschef in Rente schon mal für den Hollerbäck gehalten werden. Ich musste ungeheures Glück gehabt haben, nicht abgeknallt worden zu sein, als ich vorhin im Ort war und bei Andreas geklingelt und herumgebrüllt hatte …

Andreas schlich halb geduckt den Wald hinunter, mit mir im Schlepptau und dem Jagdgewehr in seinen Händen. Immer wieder hielt er an, legte den Zeigefinger vor den Mund und brachte mich damit an den Rand eines Herzinfarkts.

Wahnsinn, dachte ich, als ich an unsere Lage dachte. Es sah so aus, als hätten die Weihnachtswuchteln einen Mörder auf den Plan gerufen, aufgestachelt von der so ungeheuren wie unerklärlichen Wucht des diesjährigen Schmalzgebackenen. Ich zerbrach mir schon die ganze Zeit den Kopf darüber, was auf den Zettelchen gestanden haben mochte, aber mir wollte keine Erklärung für einen solchen Furor einfallen.

Wir näherten uns dem Ort, und alles wirkte friedlich. Dabei steckten wir Andreas zufolge in einer Todesfalle ohne Ausweg. Längst war die Straße, auf der ich noch vor wenigen Stunden zu meiner Hütte gekommen war, genauso unpassierbar wie jene am Taleingang. Kein Polizist konnte uns zur Hilfe kommen. Und es schneite unaufhörlich weiter …

Wir konnten auch nicht in meiner Hütte bleiben. Möglicherweise wusste der Mörder, dass ich hier aufkreuzte, verlässlich wie ein Uhrwerk am dreiundzwanzigsten Dezember um zwölf Uhr mittags, und dass mich etwas mit Andreas Holler verband, das zwar keinen göttlichen Segen, dafür aber einen anderen triftigen Grund hatte: Nachdem

Andreas' Eltern gestorben waren, bestand meine liebe Else darauf, dass wir uns des fast volljährigen Waisenkinds annahmen. Was wir auch getan hatten, mit Rat und Tat und der einen oder anderen finanziellen Zuwendung, was der gute Bub uns mit Festmahlen und Gratisbrot vergalt, das er zu unseren Geburtstagen sogar per Expresspaket nach Wien schickte. Andreas war Familie, und bis heute Abend war ich froh darüber.

Die Kirchturmuhr schlug zehn, als wir die ersten Häuser von Schönbach erreichten. Wir schlichen durch eine Gasse, in der nicht ganz so viel Schnee lag wie auf den offenen Flächen. Andreas schob eine Seitentür auf. Wir huschten hinein – und Andreas atmete hörbar auf. Obwohl das, was uns im Inneren erwartete, kaum erfreulicher war:

Franz Josef Krölls Leiche nämlich.

»Himmel, hilf!«, rief ich aus, wissend, dass der liebe Gott den Poeten nicht mehr lebendig machen würde.

Franz Josef Kröll lag ausgestreckt am Boden seiner Küche, mit einem kreisrunden Einschussloch in der Stirn, aus dem ein Rinnsal in eine Blutlache führte, die sich dunkel um seinen Kopf herum ausbreitete. Ich war kein Forensiker und hatte keine berufliche Erfahrung mit Toten vorzuweisen, doch ich glaubte zu erkennen, dass er bereits Stunden, vielleicht sogar schon länger tot war.

»Wann ist das denn gewesen?«, fragte ich dennoch.

»Ich weiß nicht. Ich hab ihn so gefunden, heute Nachmittag.«

Ich schaute Andreas schief an und warf einen demonstrativen Blick auf seine Jagdwaffe.

»Ich schwöre, ich habe nichts damit zu tun.«

»Warum warst du dann hier?«

»Weil ich ihn zur Rede stellen wollte, wegen der Wuchtel-sprüche.«

»Und du hast ihn so gefunden?«

»Ja, zum Kuckuck!«

»Schon gut, Andreas. Es wird für alles eine …«

Ich behielt den Rest der Floskel für mich und bemühte mich, meine geistige Kapazität produktiv einzusetzen. Die Polizeischule lag schon viele Jahrzehnte zurück. *Tatort sichern und keine Spuren vernichten*, hatte man uns damals einge-trichtert. Doch was nützte das jetzt.

Ich sah mich in der Küche um, entdeckte aber nichts von Interesse. Franz Josef Kröll hauste bescheiden und schien sich nicht um sauberes Geschirr und Ordnung zu küm-mern. Seine Haushaltführung konnte man im besten Fall als nachlässig bezeichnen. Was ja typisch für alleinstehende Künstler war.

»Wir müssen schauen, ob wir noch Sprüche finden«, schlug ich vor.

»Aber die hab ich doch alle in die Wuchteln gesteckt«, jammerte Andreas.

»Fünfhundert Mal pro Tag«, schwafelte ich und brachte mich selbst damit auf einen Gedanken. »Der muss doch das halbe Jahr daran geschrieben haben, oder nicht?« Ohne Andreas' Antwort abzuwarten, suchte ich nach einem Schreibtisch, nach Schere und Blättern, nach Tinte und Fe-der, und fand all das in einem Zimmer im Obergeschoss, dessen Fenster zum Dorfplatz hinausgingen. Zweifellos handelte es sich um Franz Josef Krölls Arbeitszimmer.

Abgesehen von der Schreibutensilien fand ich nichts, was auf die Arbeit an den Weihnachtswuchteln hingewiesen hätte. Keine missratenen Sprüche, keine Notizen, keine eiserne Wuchtelreserve, keine Ideenschublade – als hätte der Dorfpoet mit der Abgabe der Wuchtelsprüche auch sämtliche Hinweise darauf beseitigt. Was ich mir bei einem so unordentlichen Menschen nicht vorstellen konnte. Hatte der Mörder alle Spuren verwischt? Gelegenheit hätte er gehabt ...

Verdammte Wuchteln, dachte ich, als ich merkte, dass es nicht den geringsten Anhaltspunkt für den Inhalt der Botschaften gab.

»Sag, Andreas ...?«, rief ich ins Treppenhaus.

»Ja?«

»Der kann doch unmöglich immer neue Sprüche erfunden haben, über die Jahre.«

Andreas schwieg.

»Hast du ihm das echt abgekauft?«

Er antwortete so leise, dass ich es erst auf Nachfrage verstand: »Ich hab nicht drüber nachgedacht.«

Womit ich mir langsam die Frage stellte, worüber Andreas denn überhaupt nachgedacht hatte, abgesehen von den reichlichen Erträgen der Schönbacher Weihnachtswuchteln.

Ich richtete mich auf, schloss die Augen und konzentrierte mich auf das, was ich wusste. Der ganze Ort schien auf die Weihnachtswuchteln anzuspringen, um nicht zu sagen: versessen darauf zu sein. Weil etwas auf den Papierstreifen stand, das man unbedingt lesen wollte.

Wie bei einem Schundblatt, dachte ich, und mit diesem Gedanken kam mir plötzlich ein Name in den Sinn: Maria Schuster, die Haushälterin des Pfarrers.

»Griaß di, Maria«, sagte Andreas, als sie die Tür zum Pfarrheim öffnete. »Können wir schnell rein?«

Die Verwirrung war ihr anzusehen, besonders, als sie auch mich erkannte. »Herr Sektionschef«, sagte sie so ehrfürchtig, dass nur noch die drei Kreuzzeichen fehlten. Dabei hatte Frau Schuster schon mal ein ganz und gar nicht ehrfürchtiges Auge auf mich geworfen, damals, als meine Else nicht mehr war und ich zum ersten Mal wieder nach Schönbach gekommen bin. Ich sage nur: Rotkäppchen allein im Wald. Ich musste damals deutliche Worte finden, um sie auf Abstand zu halten – und ohne triftigen Grund wäre ich gerne auf Abstand geblieben.

Höflich nickte ich und folgte Andreas hinein.

Wir setzten uns an den Tisch in der Pfarrstube. Weil Andreas schwieg und auch Maria Schuster untypisch still blieb, fing ich mit der Befragung an. »Frau Schuster, können Sie sich vorstellen, warum wir hier sind?«

»Nein, Herr Sektionschef.«

Beflügelt von solcher Subordination, schaute ich streng. »Wie mir zu Ohren kam, kauften Sie bei Andreas nicht weniger als hundert Weihnachtswuchteln?«

Maria Schusters Wangen glichen sich der Farbe ihrer Haare an, sodass sich mir das Bild eines Chamäleons aufdrängte. Dann schüttelte sie den Kopf, was mich erzürnte.

»Leugnen ist zwecklos«, behauptete ich. »Es gibt Zeugen.«

Sie versank in sich selbst und schniefte feucht. Dann bebten ihre Schultern. »Es tut mir so leid, Herr Sektionschef.«

Ich bedeutete Andreas, ihr ein Taschentuch zu holen. Er erhob sich und verschwand in die Küche, aus der er aber nicht nur das Gewünschte, sondern auch einen großen Korb voller halbierter Weihnachtswuchteln mitbrachte, welchen er geräuschvoll auf dem Tisch abstellte.

Ich sah sofort, dass die Sprüche fehlten. »Und hier haben wir auch den Beweis!«, behauptete ich so theatralisch, dass Hercule Poirot es nicht hätte besser machen können.

Frau Schuster wischte sich das Gesicht mit ihrer Schürze trocken und nickte schuldbewusst. »Es tut mir leid«, wiederholte sie.

»Was genau tut Ihnen leid?«, fuhr ich fort.

»Alles.«

»Du warst das mit dem Kröll«, rief Andreas, »wie konntest du nur?«

Sie sah ihn an, mit Unverständnis im Blick.

»Was stand denn auf den Zetteln?«, kam ich auf das Kernthema zurück, weil ich Maria zwar für eine ausgemachte Klatschtante hielt, aber nicht für eine Mörderin.

Sie zuckte die Schultern, woraufhin mir der Geduldsfaden riss. »Raus damit!«, rief ich, und Andreas und Frau Schuster stutzten synchron.

Dann murmelte sie etwas, von dem ich nur a, ü und u verstand.

»Was?«

»As Ündenuch«

»Lauter!«

Maria Schuster versank wieder und weinte.

Ich sah zum geschnitzten Federvieh an der Stubendecke, das seinen Segen auf die Daruntersitzenden herabsandte.

Und plötzlich fiel es mir wie Schuppen von den Augen. *Das Sündenbuch.*

Sofort musste ich an christliche Beichten denken. Manche

packten darin ihre wildesten Geheimnisse und Verfehlungen aus, was verhängnisvoll sein konnte, wenn es den falschen Leuten zu Ohren kam. Das Beichtgeheimnis verhinderte das. Jedenfalls theoretisch …

Mein nächster Gedanke war zu unglaublich. Und dabei erschreckend logisch: Waren die Sünden von Schönbach etwa in den Schönbacher Weihnachtswuchteln gelandet? Es hätte gepasst. Zu allem. Und einem hätte das wohl mehr geschadet als allen anderen hier.

»Wo ist der Hochwürden?«, fragte ich leise.

Einen Moment passierte nichts. Dann schaute Maria auf und machte große Augen.

»Ich bin hier«, sprach jemand in meinen Rücken.

Ich wandte mich um und sah den Dorfpfarrer, den alle Cornelius nannten. Mit einer Pistole in der Hand. Er hatte abwechselnd Andreas und mich im Visier und sah drein, als wollte er ernst machen.

»Aufstehen«, befahl er.

Sofort dachte ich an Andreas' Jagdgewehr, merkte aber, dass es nicht in Reichweite war. Andreas hatte es beim Reinkommen in einer Ecke abgestellt.

Wir mussten auf Zeit spielen. Der Pfarrer würde uns nicht hier drin erschießen, wo man es ihm leicht nachweisen konnte. Er würde uns in den Schnee hinausbringen wollen, vielleicht ins Haus von Franz Josef Kröll, wo bereits eine Leiche lag.

»Wieso?«, fragte ich und rührte mich kein Stück.

»Das geht einen Wiener schon gar nichts an«, blaffte er, trat zwei Schritte auf mich zu und riss mich erstaunlich kraftvoll am Kragen, sodass ich aufstehen musste. Im Stehen hielt er mich fest und fuchtelte mit der freien Hand mit der Pistole herum. »Hoch mit dir, oder ich schieße!«, schrie er Andreas an.

Meine Blicke trafen sich mit jenen meines inoffiziellen Patensohns.

Und dann, warum auch immer, zuckten meine Augen einen klitzekleinen Moment zu den zerteilten Wuchteln im Korb auf dem Tisch.

Andreas sah ebenfalls hin, nickte, als habe er verstanden, erhob sich langsam, schob seine Hände zum Korb …

Und ich wusste, was ich zu tun hatte.

Mit einer Drehung entwand ich mich Cornelius' Griff, um diesen abzulenken. Zu meinem Glück schoss er nicht, sondern schimpfte bloß und versuchte, mich wieder zu packen.

Ich duckte mich unter seiner Hand weg, da sah ich im Augenwinkel schon Andreas kommen, mit einer Stereo-Ladung Weihnachtswuchteln in den Händen, die er, trainiert in Tausenden Stunden Teigkneten, links und rechts zugleich gegen Pfarrer Cornelius' Schädel schlug, diesen zu Fall brachte und dem Scharlatan noch an Ort und Stelle eine geschmalzte Abreibung verpasste, während ich die Pistole wegstieß, die zwischenzeitlich zu Boden gefallen war.

Man kann sich meine Erleichterung gar nicht vorstellen, als die unmittelbare Gefahr gebannt war. Manchmal überlege ich, was gewesen wäre, hätten meine Augen nicht zu den Wuchteln gezuckt und Andreas auf die Idee mit dem Überraschungsangriff gebracht. War es Zufall gewesen? Oder hatte eine höhere Macht ihre Finger im Spiel gehabt und – ganz kurz nur – die Kontrolle über meine Mimik übernommen, um in Schönbach für Gerechtigkeit zu sorgen?

Wie dem auch sei, meldete sich noch an Ort und Stelle mein kriminalistischer Ehrgeiz. Ich wollte mich nicht damit zufriedengeben, den Abend überlebt zu haben. Ich musste die ganze Wahrheit erfahren.

Andreas fesselte Pfarrer Cornelius an einen Stuhl und behielt ihn im Auge, während ich mich aufs Verhör konzentrierte.

»Wieso musste Franz Josef Kröll sterben?«

Der Priester schüttelte den Kopf.

»Sie haben ihn erschossen.«

Das Kopfschütteln ging weiter.

»Leugnen ist zwecklos. Die Waffe kann ganz leicht zugeordnet werden, und dazu die Schmauchspuren, die man an Ihren Händen finden wird – mehr braucht es nicht.«

Da redete Maria Schuster, die mit uns in der Stube saß: »Es ist alles meine Schuld«

Ich horchte auf. »Was, alles?«

Sie schniefte wieder.

Ich traute ihr immer noch keinen Mord zu, sehr wohl aber, den Anlass dafür geliefert zu haben. »Das Sündenbuch?«, schlug ich vor.

Sie nickte und weinte bitterlich.

Ich wandte mich dem Pfarrer zu. »Wieso gibt es hier ein Sündenbuch? Die Beichte ist doch streng geheim, oder nicht? Wer schreibt die Sünden auf?«

»Na, die Klatschtante«, sagte Andreas, worauf ich ihn böse anschaute.

Dabei fand ich es plausibel. »War es so?«, fragte ich Frau Schuster.

Sie schaute nicht auf, nickte aber und löste sich zusehends in Tränen auf.

»Wie haben Sie von den Sünden erfahren? Und warum haben Sie diese aufgeschrieben?«

»Es tut mir alles so leid!«, rief sie bloß.

»Haben Sie heimlich gelauscht?«

»Das habe ich nicht!«, protestierte sie.

»Sondern?«, fragte ich und schaute abwechselnd zu ihr und zum Priester.

Pfarrer Cornelius seufzte schwer. Dann ließ er die Schultern sinken und sagte: »Ich bin erst seit drei Jahren hier. Angesichts dessen, was ich in den Beichten hörte, wähnte ich mich in Sodom und Gomorra. Ich hielt es nicht länger aus und musste mich jemandem anvertrauen. Ihr. Das war ein Fehler. Der größte Fehler meines Lebens. … Aber wer denkt schon daran, dass sie alles aufschreibt?«

»Wie kamen die Sünden dann in die Weihnachtswuchteln?«, fragte ich, obwohl ich es mir schon vorstellen konnte.

»Er hat es mir gestohlen!«, schrie die Haushälterin.

»Franz Josef Kröll?«

»Ja.«

»Erklären Sie mir das.«

»Er hat mich … besucht. Gelegentlich. Dabei hat er es wohl gefunden.«

»Wo war es denn?«

»Unter der Matratze.«

Den Rest konnte man sich ausmalen – sowohl was die Matratze betraf, als auch den Spaß, den sich der Dichter

daraus gemacht hatte, die Schönbacher Sünden portions-
weise in die Weihnachtswuchteln zu schmuggeln. Spaß, der
zu tragischem Ernst wurde.

»Wann haben Sie den Diebstahl bemerkt?«, fuhr ich fort.

»Als ich die erste Weihnachtswuchtel aufgerissen habe
und …« Mehr schaffte sie nicht.

Ich wandte mich wieder dem Priester zu. »Also hat sie es
Ihnen … gestanden, nicht wahr?«

Er nickte.

»Aber wieso haben Sie nicht einfach Andreas kontak-
tiert?«

»Dann wäre doch alles aufgeflogen.«

»Also brachen Sie beim Hollerbäck ein, erschossen Franz
Josef Kröll und beseitigten alles, was auf die Existenz eines
Sündenbuchs hinweisen konnte.«

Pfarrer Cornelius sah mich an. In seinen Augen lag blanke,
verzweifelte Wut.

Zeit, ihm den Rest zu geben.

»Raus damit!«, rief ich, »Es ist vorbei. Erleichtern Sie
endlich Ihr Gewissen. War es so?«

Er bebte. Brodelte. Und explodierte. »Ja!«, schrie er und
riss wütend an seinen Fesseln, und mein Gott, diese Messe
war gelesen.

Noch in derselben Nacht brachte ich alles zu Papier. Als die
Kollegen vom Landeskriminalamt am Morgen des Heiligen
Abends aufkreuzten, übergab ich ihnen Fall und Täter so
perfekt zum Paket verschnürt, dass bloß noch die leuchtenden Kinderaugen fehlten.

Der Aufruhr, den die sündhaften Weihnachtswuchteln in

Schönbach verursacht hatten, war nichts im Vergleich zum Trubel, der auf das Verbrechen folgte. Wen interessierten schon die kleinen Sünden seiner Mitmenschen, wenn es einen richtigen Mord gab? Wochenlang war Schönbach in den Medien, national wie international, und damit auch der Hollerbäck und seine Spezialität, die man ihm am liebsten aus den Händen gerissen hätte – hätte Andreas nicht genug von meiner schönen Idee gehabt.

Schade eigentlich.

DIE SCHÖNBACHER
WEIHNACHTSWUCHTELN

ZUTATEN

* 500 g Mehl
* 1 Hefewürfel
* 100 g Zucker
* 1 Prise Salz
* 250 ml lauwarme Milch
* 2 Eier
* 70 g Butter
* Öl zum Backen
* Freche Sprüche zum Füllen
* Puderzucker zum Bestreuen

ZUBEREITUNG

Milch mit Eiern verrühren, Mehl dazugeben und Germ (Hefe) draufkrümeln. Zucker, Salz und warme Butter dazugeben und zu einem Teig verarbeiten. Diesen 45–60 Minuten lang zugedeckt rasten (gehen) lassen.

Den Teig auf einer bemehlten Arbeitsfläche nochmals durchkneten und etwa 1,5 cm dick ausrollen. Mit einem runden Ausstecher oder einem Glas Kreise ausstechen. Die Hälfte der Teiglinge auf ein bemehltes Brett geben, die Sprüche hineinlegen, die andere Hälfte darauflegen, Ränder gut andrücken und zu Kugeln formen. Diese nochmals ca. 15 Minuten gehen lassen.

Öl in einem Topf erhitzen. Die Teigbällchen vorsichtig hineingeben und von beiden Seiten goldbraun ausbacken.

Die fertigen Weihnachtswuchteln auf Küchenpapier abtropfen lassen und mit Puderzucker bestreuen – wer mag, mit Schablone für ein Fußballmuster.

Viel Spaß beim Wuchteln!

PETRA IVANOV

DIE FÄDEN ZIEHEN

TATORT: ZÜRICH

DIE AUTORIN

Petra Ivanov verbrachte ihre Kindheit in New York. Nach ihrer Rückkehr in die Schweiz absolvierte sie die Dolmetscherschule und arbeitete als Übersetzerin, Sprachlehrerin und Journalistin. Heute ist sie als Autorin tätig und gibt Schreibkurse an Schulen und anderen Institutionen. Ihr Debütroman *Fremde Hände* erschien 2005. Ihr Werk umfasst Kriminalromane, Jugendbücher und Kurzgeschichten. Petra Ivanov hat zahlreiche Auszeichnungen erhalten, u. a. zweimal den Zürcher Krimipreis (2010 und 2022).

Peter Maurer klemmt den Hörer zwischen Kinn und Schulter und ruft eine E-Mail auf.

»Wurde gestern erledigt«, sagt er.

»Schicken Sie mir den Beleg.«

»Das muss ich zuer…«

»Das war keine Bitte!«

Peter reibt sich die kahle Stelle auf seinem Kopf. Der Tonfall des Kollegen aus Frankfurt bereitet ihm zunehmend Mühe. Rein juristisch sind die Zürcher Niederlassung der International Credit Bank und die Muttergesellschaft in Deutschland zwei unabhängige Körperschaften, dennoch bilden sie ein Unternehmen. Der Kollege und er stehen also auf derselben Stufe.

»Haben Sie noch nie etwas vom *Know-your-customer*-Prinzip gehört?«, ertönt es aus dem Telefon.

Peter schließt kurz die Augen und atmet tief durch. Bevor er antworten kann, streckt Steve Jansen, Leiter der Compliance-Abteilung, den Kopf zur Tür herein.

»Der Boss will dich sehen«, sagt er.

Peter deutet auf den Telefonhörer an seinem Ohr.

»Jetzt«, sagt Jansen unbeirrt.

Peter beendet das Gespräch und erhebt sich schwerfällig. »Worum geht es?«

Jansen ist bereits im Flur, der weihnächtlich geschmückt ist. Ohne zurückzublicken bedeutet er Peter, sich zu beeilen.

Peter schnappt sich Stift und Notizblock, steckt sein Handy ein und eilt ihm hinterher. Er fühlt sich wie ein Zirkushund, doch so läuft es. Jansen, gerade mal dreißig, schnippt mit dem Finger, und Peter, achtzehn Jahre älter, pariert. Im Großraumbüro am Ende des Flurs drehen sich die Köpfe. Peter erinnert sich, dass er den Bericht für die Bilanzaufsicht noch nicht fertig geschrieben hat.

Zacharias Sprenger erwartet sie bereits. Er steht mit dem Rücken zum Fenster, hinter der Scheibe rieseln Schneeflocken vom Himmel.

»Mafia.« Der Boss kommt wie immer gleich zur Sache.

Peter blinzelt. »Mafia?«

Sprenger geht zu seinem Schreibtisch, greift nach einem Stapel Papiere und hält ihn Peter vor die Nase. »Das Transaktionsmonitoring ist für die Katz, wenn du dir die Warnmeldungen nicht anschaust! MROS schnüffelt bereits.«

Peter hat immer wieder mit MROS, der Meldestelle für Geldwäscherei, zu tun. Sie ist die Schnittstelle zwischen Finanzinstitut und Strafverfolgungsbehörde, nimmt Verdachtsmeldungen entgegen und leitet diese weiter.

Sprengers Augen blitzen. »Du bist nicht hier, um Kästchen anzukreuzen. Sondern, um zu denken!«

Peter starrt auf Sprengers perfekt gescheiteltes graues Haar. Auf das ordentliche Büro, den aufgeräumten Schreibtisch. Monitor und Telefon sind exakt ausgerichtet, die Glasplatte glänzt. Dass demnächst Weihnachten ist, verrät nur die in Goldfolie eingepackte Schokolade mit dem Logo der Bank, die neben dem Computer liegt.

»Hast du das kapiert?«, fährt Sprenger fort.

»Ja«, antwortet Peter.

»Ich will die Analyse morgen früh auf meinem Schreibtisch haben.« Sprenger setzt sich und beugt sich über die Tastatur. »Ist noch etwas?«

Peter wendet sich wortlos ab und kehrt in sein Büro zurück. Das Telefon klingelt. Auf dem Display wird eine Nummer aus Bern angezeigt. MROS, vermutet er und drückt das Gespräch weg. Er denkt an Schnee und an den letzten gemeinsamen Urlaub mit seiner Familie. Im vergangenen Februar sind sie in die Berge gefahren, um Ski zu fahren. Lea wusste, dass es ihre letzte gemeinsame Reise war. Nur er hat nichts gemerkt.

Weil du uns gar nicht wahrnimmst!

Er sieht sie vor sich, die Augen feucht vor Tränen der Enttäuschung, die Stimme dunkel vor Ärger.

Lieber lebe ich alleine als mit einem Mann, der nicht existiert.

Aber sie lebt nicht alleine. Sondern mit Umberto. Der zwar existiert, aber nicht in der Lage ist, für Lea und die Kinder zu sorgen, weshalb sie von Peter 6000 Franken Alimente verlangt.

Peter lässt sich auf seinen Bürostuhl fallen. Er fühlt sich bleischwer. Wenn er den Bericht für die Bilanzaufsicht nicht verfasst? Die Analyse morgen nicht auf Sprengers Schreibtisch liegt? Was dann?

Du bist ein Arschkriecher. Lea ist wieder in seinem Kopf, mit dieser unterschwelligen Aggressivität, die ihm das Gefühl gibt, dass er auf der Hut sein muss. Als sie sich kennengelernt haben, hat sie seinen analytischen Verstand und seine Disziplin bewundert.

»Peter?«

Die neue Assistentin steht in der Tür. Sie trägt eine Nikolausmütze aus rotem Samt.

»Du wolltest mir das Rundschreiben der Finanzmarktaufsicht weiterleiten.« Als er nicht reagiert, fügt sie mit unsicherer Stimme hinzu: »Wie die FINMA die Finanzmarktgesetzgebung in der Aufsichtspraxis anwendet?«

»Natürlich.« Peter nickt in ihre Richtung. »Kommt gleich.«

Die Assistentin geht. Peter legt die Hand auf die Maus und erweckt den Monitor zum Leben. Dann beginnt er zu arbeiten.

Es ist 20:20 Uhr, als er seinen Computer herunterfährt. Die Analyse liegt auf Sprengers Schreibtisch, der Bericht für die Bilanzaufsicht ist abgeschickt. Die Sache mit der Mafia hat er sich noch nicht anschauen können, er hat sich deshalb die Unterlagen an seine private Mailadresse geschickt. Zu Hause ist niemand mehr, der meckert, wenn er so spät noch für die Bank arbeitet.

Peter spült seine Kaffeetasse, löscht das Licht und tritt hinaus in die Nacht. Über der Bahnhofstraße leuchten 11 550 Kristalle. Wochenlang wurde darüber diskutiert, ob Zürich dieses Jahr auf die Weihnachtsbeleuchtung »Lucy« verzichten sollte, um Strom zu sparen. Schließlich einigte man sich darauf, die Betriebszeit um dreieinhalb Stunden zu reduzieren. Das entspreche dem gesunden Menschenverstand und der globalen Verhältnismäßigkeit, hat Peter in einer Schweizer Zeitung gelesen.

Am Paradeplatz rattert eine Tram um die Ecke. Peter setzt sich an einen Fensterplatz. Eine Gratiszeitung steckt zwischen den Sitzpolstern, aus Gewohnheit blättert er sie durch. Fonduewerbung. Eine Umfrage unter Prominenten: Wie verbringen Sie Weihnachten? Wie wohl?, denkt er. Allein.

Sein Handy vibriert.

»Dinner am Stephanstag?«, steht auf dem Display.

Der gute alte Harry. Seit Lea ihn bat auszuziehen, lädt sein Freund ihn regelmäßig zum Essen ein. Anfangs hat Peter dankbar zugesagt. Inzwischen lehnt er aus Höflichkeit jedes zweite Mal ab. Er will niemandem zur Last fallen. Wenn er sich vorstellt, wie Harry und Katharina über ihn reden, *der arme Peter, so ganz allein, wir müssen ihn unbedingt wieder einladen*, schämt er sich für seine Bedürftigkeit.

Am Hauptbahnhof steigt Peter aus. Statt mit der Rolltreppe direkt ins Untergeschoss zu fahren, überquert er die Straße und betritt die Bahnhofshalle. Unter dem Schutzengel von Niki de Saint Phalle stehen Dutzende von Holzhäuschen. Der Christkindlimarkt. Reiner Kommerz, hat Peter geschimpft, als Lea letztes Jahr fragte, ob er mit ihr und den Kindern hinfahren wolle. Mit Weihnachten hat das nichts zu tun. Jetzt sieht er Anzugträger, die mit einem Becher Glühwein in der Hand um einen Tisch stehen und über etwas lachen. Touristen, die den Swarovski-Weihnachtsbaum mit seinen siebentausend Kristallen fotografieren, und Teenager, die an einem der Marktbuden Fingerringe anprobieren.

Peter hat noch keine Geschenke für seine Kinder. Ob seine Tochter Ringe trägt? Er beobachtet ein Mädchen mit Wollmütze und Kunstpelzmantel und kauft dann den silbernen Ring, den sie bewundert hat. Dabei kommt so etwas wie Weihnachtsstimmung in ihm auf. Für seinen Sohn ersteht er einen Bausatz für einen kleinen Roboter. Er beschließt, auch Lea etwas zu schenken. An einem Stand, der Naturprodukte aus dem Bergell anbietet und nach Fichten und Wacholder riecht, kauft er ein Geschenkset mit Shampoo, Calendula-Creme und Bergwald-Seife. Umberto hat ihr zum Geburtstag eine Canzone geschenkt – eine Liebesballade, die er selbst geschrieben hat. Er denke eben mit dem Herz, nicht mit dem Kopf, hat Lea gesagt.

Auf einmal will Peter nur noch weg von hier. Weg von den fröhlichen Menschen, der weihnächtlichen Musik und dem Schutzengel. Von der Weihnachtsbeleuchtung, die anscheinend Herz und Seele erwärmt. Er geht die Rolltreppe hinunter zum S-Bahnhof. Aus einem Lebensmittelladen kommen Menschen mit Einkaufstüten und erinnern ihn daran, dass sein Kühlschrank leer ist. Ziellos streift er zwischen den Regalen hindurch. Sein Magen knurrt, doch er hat keinen Appetit. Schließlich nimmt er ein paar Dosen Bier aus einem Kühlfach. Normalerweise trinkt er nur auf Sportveranstaltungen, Alkohol steigt ihm viel zu schnell in den Kopf. Doch Bier macht satt.

Die erste Dose leert er auf dem Nachhauseweg. Er spürt bereits, wie die Spannung in seinem Nacken nachlässt. In seiner Wohnung legt er sich aufs Sofa und öffnet die zweite. Eine wohlige Wärme breitet sich in ihm aus. Er starrt an die Decke und sieht eine dunkle Stelle, die ihm noch nie aufgefallen ist, obwohl er seit über sechs Monaten hier wohnt. Ein alter Wasserschaden? Er denkt an das Haus. Sein Haus. Ob Lea die Wasserzufuhr zum Gartenschlauch abgedreht hat? Peter hat den Schlauch im Herbst stets zusammengerollt und im Keller gelagert, damit er nicht spröde wird. Lea hat darüber den Kopf geschüttelt. Ebenso über den Schrank, den er neben dem Eingang montiert hat. Von dem offenen Regal, auf dem die Schuhe vorher standen, rieselte ständig Schmutz auf den Boden.

Tüpflischisser.

Er nimmt sich ein drittes Bier. Trinkt es aus und schließt die Augen.

Als er aufwacht, ist sein Nacken wieder steif, und sein Magen schmerzt. Bier ist doch kein Ersatz für eine Mahlzeit. Kurz erwägt er nachzuschauen, ob sich noch eine Packung Chips im Schrank befindet, aber es ist ihm zu anstrengend. Stattdessen nimmt er sich ein viertes Bier. Vielleicht kommt es nur auf richtige Menge an.

Jetzt muss er auf die Toilette. Er setzt sich vorsichtig auf. Eine Welle der Übelkeit erfasst ihn, der Raum schwankt bedenklich. Harrys Nachricht fällt ihm ein. Mit einer Hand tastet Peter nach dem Handy.

Ablehnen oder annehmen? Sein Daumen schwebt über der Tastatur. *Gerne, danke* oder *Sorry, busy?* Nein, er wird nicht mehr hingehen. Schluss mit den Essen zu dritt. Dem Mitleid.

»Will nicht mehr«, tippt er.

Und schläft wieder ein.

Sprenger hält eine Kreissäge in der Hand. Haifischzähne, gefährlich, gnadenlos. Peter weicht zurück und prallt gegen Jansen, der ihn festhält. Das Kreischen der Säge geht in einen hohen, schrillen Ton über. Peter versucht sich loszureißen, doch Jansens Griff ist entschlossen. Ich muss das MROS melden, denkt Peter panisch.

»Du bist nicht hartnäckig genug!«, schreit Sprenger.

Jansen nickt beherzt. Auf einmal sieht Peter Lea. Sie steht in der Tür, ihr Blick ist voller Abscheu. Er ruft ihren Namen, doch die Kreissäge übertönt seine Stimme. Lea wendet sich ab, kehrt ihm den Rücken zu. Im Hintergrund singt Umberto eine Ballade. Das Sägeblatt dreht sich schneller und schneller.

»Herr Maurer? Stadtpolizei. Machen Sie auf!«

Die Türglocke! Peter versucht, die Augen zu öffnen.

Es poltert. »Herr Maurer! Machen Sie die Tür auf.«

Peter krallt sich an der Lehne des Sofas fest und zieht sich hoch. Der Raum dreht sich, Couchtisch oben, Decke unten, Wände schräg. Langsam trennen sich Traum und Wirklichkeit. Schlaftrunken wankt Peter zur Tür und zieht sie einen Spalt auf. Zwei uniformierte Polizisten stehen vor ihm.

»Ja?«

»Sind Sie Peter Maurer?«

»Ja?« Er räuspert sich. »Ja.«

»Dürfen wir hereinkommen?«

Peter tritt einen Schritt zurück. Er fragt sich, was die Polizei mitten in der Nacht von ihm will. Der absurde Gedanke, er werde für etwas zur Rechenschaft gezogen, das die Bank verbrochen hat, schießt ihm durch den Kopf. Die Polizisten beäugen ihn misstrauisch. Einer hält eine Pistole in der Hand, der andere trägt einen Ring im Ohrläppchen.

Lea oder den Kindern muss etwas zugestoßen sein! Peter beginnt zu zittern.

»Wie geht es Ihnen?«, fragt der Polizist mit dem Ohrring.

Peter öffnet den Mund, doch er bringt kein Wort über die Lippen. Schreckensbilder gehen ihm durch den Kopf.

Der Polizist mit dem Ohrring nickt kaum merklich und schlägt einen besänftigenden Tonfall an.

»Mein Name ist Giordano«, sagt er. »Ich bin von der Stadtpolizei. Wir möchten Ihnen helfen.«

Peter stützt sich an der Wand ab. Wie ist es geschehen? Ein Autounfall? Hat das Haus gebrannt? Er hätte einen Glasschutz statt einen Metallvorhang am Cheminée montieren lassen sollen! Oder sind Lea und die Kinder ...? Was weiß er eigentlich über Umberto, außer dass er Musiker ist und kein festes Einkommen hat? Im Grunde genommen also nichts. Ein fremder Mann lebt mit seiner Familie zusammen!

»Kommen Sie, setzen Sie sich.« Giordano führt ihn zum Sofa und legt ihm die Hand auf die Schulter.

Warum sagt er nicht endlich, was passiert ist? Die Hand ist warm und schwer, Peter schüttelt sie ab.

»Keine Bewegung!« Der zweite Polizist hebt den Arm mit der Pistole. »Herr Maurer, Sie sollen sich setzen!«

Peter starrt ihn an. »Ich muss auf die Toilette.«

Der Polizist hört nicht auf ihn, sondern deutet aufs Sofa. Ergeben setzt sich Peter. Sein Handy liegt auf dem Beistelltisch. Sieben Anrufe in Abwesenheit.

»Die Notfallärztin sollte jeden Moment hier sein«, sagt Giordano.

Notfallärztin? Peter betrachtet die leeren Bierdosen. Er ist beschwipst, aber nicht betrunken. Das Hemd ist ihm aus der Hose gerutscht, die Socken sind verdreht. Blut sieht er keines. Vorsichtig betastet er sein Gesicht. Die Polizisten tauschen einen Blick.

Peter versucht aufzustehen, aber Giordanos Hand ist

wieder da. Diesmal reißt sich Peter los. Ein stechender Schmerz durchfährt ihn. Die Schulter, die er beim Skifahren verletzt hat, brennt siedend heiß. Handschellen schnappen hinter seinem Rücken zu, er wird wieder auf das Sofa gedrückt.

»Was fällt Ihnen ein!«, ruft er.

»Ganz ruhig, es kann nicht mehr lange dauern«, sagt Giordano.

Ein Telefon klingelt, der andere Polizist nimmt ab. »Oben, zweite Tür rechts. Ich komme raus.«

Einige Sekunden später hört Peter eine Frauenstimme.

»Herr Maurer?« Die Stimme kommt näher. »Ich bin Dr. Kersting. Wie fühlen Sie sich?«

Peter antwortet nicht.

»Herr Maurer, können Sie mich verstehen?«

»Ja!«

»Gut«, sagt sie. »Ihr Umfeld macht sich Sorgen um Sie.«

»Leben …« Peter bringt die Worte kaum heraus.

»Haben Sie in letzter Zeit gedacht, dass Sie so nicht mehr leben können?«, fragt die Frau in sanftem Ton.

»Ich verstehe nicht …«

»Bitte beantworten Sie einfach die Frage.«

»Vielleicht … manchmal, ja.«

»Kam Ihnen auch der Gedanke, dass Sie lieber sterben möchten?«

»Ich?« Peter schüttelt den Kopf. »Warum sollte …«

»Herr Maurer, haben Sie Suizidgedanken?«

Langsam hebt Peter den Kopf. Er sieht schulterlanges braunes Haar. Klare Augen, die ihn mit professioneller Besorgnis anblicken.

»Sie haben Ihrer Ex-Frau eine SMS geschickt«, fährt Dr. Kersting in gleichmäßigem Ton fort. »Darin steht: Will nicht mehr.«

Vage erinnert sich Peter. Er wollte die Nachricht an Harry schicken.

»Ihre Ex-Frau macht sich deswegen Sorgen.«

Endlich begreift Peter. Vor Erleichterung beginnt er zu lachen.

Dr. Kersting mustert ihn aufmerksam. Sie rührt sich nicht, als fürchte sie, dadurch sein fragiles Gleichgewicht zu stören.

»Es ist nicht so, wie Sie denken«, sagt Peter. »Ich habe nicht vor, mir etwas anzutun.«

»Wüssten Sie denn, wie Sie sich etwas antun würden?«, fragt die Ärztin ruhig.

»Was? Nein, Sie verstehen mich nicht, es …«

»Sind in Ihrer Familie schon Suizide oder Suizidversuche vorgekommen?«

»Hören Sie, ich habe Ihnen gesagt, dass es sich um ein Missverständnis handelt.«

»Heißt das, Sie haben die SMS nicht geschrieben?«

»Doch, aber …«

»Herr Maurer, wir sind hier, um Ihnen zu helfen. Sie können uns vertrauen.«

»Ich brauche keine Hilfe!«

Giordano kommt einen Schritt näher.

»Ihre Ex-Frau sagt, es gehe Ihnen seit der Trennung nicht besonders gut«, fährt Dr. Kersting fort.

Peter blickt von der Ärztin zu Giordano. Da fällt der Groschen. Giordano ist ein italienischer Name. Genau wie

Umberto. Offensichtlich reicht es Umberto nicht, ihm die Frau und die Kinder auszuspannen. Er will dafür sorgen, dass Peter endgültig von der Bildfläche verschwindet. Er muss die SMS gesehen und Giordano angerufen haben. Sind sie befreundet? Verwandt?

»Es ist nicht so, wie sie denken. Glauben Sie mir, es geht mir bestens.«

»Wie läuft es beruflich?«

»Was hat das damit zu tun?«

»Ihre Ex-Frau sagt, Sie fühlen sich ausgenutzt.«

Peter versucht, gefasst zu klingen. »Die Regulierungswut macht der Branche zu schaffen, darunter leiden alle. Aber deswegen bringe ich mich doch nicht um! Sie haben die Nachricht völlig falsch verstanden.«

»Was wollten Sie denn damit ausdrücken?«

Peter holt Luft, schüttelt dann aber nur den Kopf. Verschlimmert er seine Lage, wenn er zugibt, erschöpft zu sein?

Dr. Kersting flüstert Giordano etwas zu. Der Polizist nickt, dann beginnt er, Schränke zu öffnen.

»Was machen Sie?«, ruft Peter. »Dafür brauchen Sie einen Durchsuchungsbefehl!«

Giordano hält inne und schaut zur Ärztin.

»Befindet sich eine Waffe in der Wohnung?«, fragt sie.

»Warum sollte ich eine Waffe haben? Nehmen Sie mir endlich diese Dinger ab!« Peter versucht, die Arme zu bewegen.

Dr. Kersting holt ein Blatt hervor. »Herr Maurer, ich habe mich für eine fürsorgerische Unterbringung entschieden, ich habe hier ein …«

»Was?«

»Das ist ein …«

»Sie wollen mich in eine psychiatrische Klinik stecken? Kommt nicht in Frage!«

»Es ist zu Ihrer eigenen Sicherheit«, beschwichtigt Dr. Kersting. »Dort kann man Ihren Zustand genauer abklären, und Sie bekommen die Hilfe, die Sie benötigen.«

Panik steigt in Peter auf. Sein Blick jagt hin und her. Giordano beobachtet ihn misstrauisch, bereit einzugreifen, sollte es nötig sein. Peter überlegt, ob er es zur Tür schafft. Kaum, mit gefesselten Armen. Außerdem, wo soll er hin? Fehlt noch, dass die Nachbarn ihn so sehen.

»Am einfachsten geht es, wenn Sie kooperieren«, sagt Dr. Kersting.

Im Aufenthaltsraum steht ein Tannenbaum. Peter hat erwartet, dass er eingesperrt würde, aber er darf sich frei bewegen. Nach dem Eintrittsgespräch hat man ihn in ein Zimmer gebracht, das er fast gemütlich findet. Die Fensterfront gibt den Blick auf den Zürichsee frei, er kann die MS Panta Rhei sehen, die langsam durch die Nacht gleitet. Letztes Jahr hat seine Abteilung auf dem Schiff einen Fondue-Abend veranstaltet. »Gemeinsam die Fäden ziehen« stand auf der Einladung. Peter ist nicht hingegangen, er weiß, wer die Fäden zieht, und auch, dass Sprenger sie nicht aus der Hand gibt.

Auf dem Flur hört er Stimmen.

»Sobald ich hier fertig bin.« Die Frau klingt gereizt.

»Nur eine!«, fleht ein Mann.

»In einer halben Stunde«, beharrt die Frau.

Gummisohlen quietschen auf Linoleum, Schritte entfernen sich. Dann ertönt ein Seufzen. Peter geht in den Flur und sieht einen Mann, der mit verschränkten Armen dasteht. Sein graues Haar ist nach hinten gekämmt, ein Vollbart bedeckt seine untere Gesichtshälfte. Seine Augen liegen tief in ihren Höhlen. Der Mann entdeckt Peter, bevor er sich in sein Zimmer zurückziehen kann.

»Hast du vielleicht eine Zigarette?«, fragt er.

»Ich rauche nicht.«

Der Mann seufzt wieder. »Es ist jedes Jahr dasselbe.«

Peter schweigt.

»Ist es dein erstes Mal?«, fragt der Mann.

Peter ist nicht sicher, was er damit meint. Den ersten Aufenthalt in der Klinik? Der Mann kommt auf ihn zu und streckt ihm die Hand entgegen. Peter nimmt sie widerwillig.

»Niklaus«, stellt er sich vor. »Und ja, es ist mein richtiger Name, auch wenn ich tatsächlich wie der Weihnachtsmann aussehe.«

»Peter.«

»Freut mich, Peter. Bist du zum ersten Mal hier?«, wiederholt er.

»Ja.«

»Eine gute Wahl. Nur mit dem Rauchen ist es schwierig. Sie lassen einen nicht alleine auf den Balkon. Du weißt schon …« Niklaus breitet die Arme aus, als würde er fliegen.

»Als Wahl würde ich es nicht gerade bezeichnen«, sagt Peter.

»Man hat immer eine Wahl«, widerspricht Niklaus.

Peter räuspert sich. »Dann warst du also schon öfter hier?«

»Weihnachten kann ganz schön schwierig sein.«

Peter sieht Lea in dem moosfarbenen Kleid vor sich, das sie an festlichen Anlässen gerne trägt. Die Kinder, die vor dem Tannenbaum knien und Geschenke auspacken. Er will das Bild festhalten, doch Umberto schiebt sich davor. Breitbeinig steht er da und singt ein italienisches Weihnachtslied.

»Ganz schön schwierig«, murmelt Niklaus.

»Feierst du auch allein?«, fragt Peter.

Er ist überrascht über sich. Wenn er von Fremden angesprochen wird, wendet er sich meistens rasch ab, weil sie immer etwas von ihm wollen. Eine Spende für einen wohltätigen Zweck, eine Unterschrift für eine Petition, die er nicht unterstützt.

Niklaus deutet auf den hellen Streifen an Peters Ringfinger. Dorthin, wo sein Ehering bis vor Kurzem war.

»Wie heißt sie?«

»Lea.«

»Habt ihr Kinder?«

»Zwei.«

Da beginnt Peter zu erzählen. Von Umberto, der mit dem Herz denkt, aber ihm trotzdem die Familie weggenommen hat. Von Jansen, der den Chef raushängt, und von Sprenger, der ihn wie eine Marionette tanzen lässt. Er redet sich in Rage, wird immer lauter. Wie gut das tut! Niklaus hört schweigend zu, hie und da nickt er bedächtig.

»Was wirst du dagegen tun?«, fragt er, als Peter fertig ist.

»Tun?« Peter schielt zum Balkon.

Niklaus winkt ab. »Nicht doch. Warum solltest *du* die Reise ins Jenseits antreten? Schließlich hast du nichts falsch gemacht, im Gegenteil! Du schuftest dich für die Familie und die Bank ab, und wie danken sie es dir? Gar nicht. Dem Tod jenen, die ihn verdienen, sage ich immer.«

Peter blinzelt.

»An deiner Stelle würde ich mit dem Sängerknaben beginnen.« Niklaus blickt versonnen zur Decke. »Dir zurückerobern, was dir gehört.«

»Jetzt hör aber mal!«, empört sich Peter. »Wir reden hier von Menschenleben!«

»Dann die Bankfuzzis«, fährt Niklaus fort, als hätte er den Einwand nicht gehört. »Einer nach dem anderen.«

»Und wie, bitte schön, soll ich das anstellen?«

Niklaus ignoriert die Ironie in Peters Stimme. »Mit Verstand und Disziplin, natürlich. Hast du nicht gesagt, dass Lea genau diese Eigenschaften an dir geliebt hat?«

Eine Pflegerin winkt Niklaus zu.

»Endlich«, sagt er. »Das war eine lange halbe Stunde.«

Kopfschüttelnd kehrt Peter in sein Zimmer zurück. Er stellt sich ans Fenster und blickt hinaus auf den See. Die Panta Rhei ist nirgends zu sehen, am gegenüberliegenden Ufer ist es in den meisten Häusern dunkel. Er sollte sich auch schlafen legen, doch Niklaus' Worte verfolgen ihn. Wenn es doch nur so einfach wäre! Er stellt sich vor, wie er nach Hause zurückkehrt, nicht in seine unpersönliche Wohnung, sondern zu Lea und den Kindern, wo er seine Geschenke unter den Baum legt und die Kerzen anzündet. Im Hintergrund läuft Weihnachtsmusik, keine Canzoni, sondern »O Tannenbaum« und »Stille Nacht, heilige Nacht«. Während Lea das Käsefondue zubereitet, füllt er Gel-Brenner in das Rechaud. Gemeinsam setzten sie sich um die Pfanne und tauchen

Brotwürfel in den Käse. Jetzt hat er die Fäden in der Hand! Peter Maurer, Leiter der Compliance-Abteilung. Oder – die Vorstellung raubt ihm den Atem – neuer Chef?

»Brauchen Sie noch etwas, Herr Maurer?« Die Stimme der Pflegerin reißt ihn aus den Gedanken.

»Nein.«

»Sonst melden Sie sich einfach.«

Er nickt.

Nachdem sie das Zimmer verlassen hat, legt sich Peter vollständig bekleidet aufs Bett. Zwar hat die Notfallärztin ihm gestattet, eine Tasche zu packen, bevor sie losgefahren sind, doch er war zu verwirrt, um die Tragweite der Einweisung zu erfassen. Deshalb hat er nur seine Aktentasche mitgenommen.

Es dauert lange, bis er sich entspannt. Die Geräusche sind ihm fremd. Ein Rauschen im Bad nebenan, ein Piepton, der nicht aufhört, ein leiser Schrei. Endlich driftet er weg, doch da fällt ihm plötzlich ein, dass er die Warnmeldung von MROS nicht angeschaut hat.

Du bist nicht hier, um Kästchen anzukreuzen. Sondern, um zu denken!

Ihm bricht der kalte Schweiß aus. Peter steht auf und nimmt seinen Laptop aus der Tasche. Das Internet der Klinik erfordert ein Passwort, doch glücklicherweise hat er Handyempfang. Er schaltet den Hotspot ein und wartet, bis sich sein Computer mit dem Telefon verbunden hat. Dann startet er das Mailprogramm und lädt die Unterlagen herunter.

Die Transaktion, auf die Sprenger ihn hingewiesen hat, ist tatsächlich auffällig. Eine Offshore-Firma, ein Konto in einem Steuerparadies, vierhunderttausend Euro aus dubiosen Quellen. Peter versucht, mehr über die Einnahmen herauszufinden. Er merkt rasch, dass auffällig viele Baubetriebe in Kalabrien beteiligt sind. Er vergleicht die Informationen mit der Warnmeldung von MROS und kommt zum Schluss, dass es sich um Mafiagelder handeln muss. Er will bereits eingreifen, als er an Umberto denkt. Der mit Giordano unter einer Decke steckt und dem 6000 Franken pro Monat immer noch nicht genug sind.

Auf einmal ist Peter klar, was er tun muss. Warum nur hat er es nicht früher erkannt? Ein paar Klicks, und Umberto hat ein neues Konto, auf das in wenigen Tagen vierhunderttausend Euro eingehen werden. Ein Lächeln schleicht sich auf Peters Gesicht. Er weiß nicht viel über die Mafia, wohl aber, dass sie sich zurückholt, was ihr gehört.

»Du siehst heute Morgen viel besser aus!«, stellt Niklaus fest. »Gut geschlafen?«

»Tief und fest«, antwortet Peter.

Und es stimmt. Er fühlt sich ausgeruht und voller Tatendrang. Er hat wieder die Kontrolle über sein Schicksal übernommen. Wie lange, bis Umberto verschwindet? Wird seine Leiche je auftauchen? Oder findet er seine letzte Ruhe im Fundament eines Neubaus an der Adria?

Niklaus reckt den Daumen in die Höhe.

»Kommst du auch zur Gruppentherapie?«, fragt Peter.

Niklaus winkt ab. »Das ist nichts für mich.«

»Ist sie nicht Pflicht?«

»Nur für die Neuen.« Niklaus kramt eine Zigarette aus einer Schachtel und macht sich auf die Suche nach jemandem, der ihn nach draußen begleitet.

Vor der Gruppentherapie graut es Peter. Er ist kein Gruppenmensch, er war es noch nie. Schon als Student hat er seine Zeit am liebsten allein in der Bibliothek verbracht. Lea hat ihn dafür bewundert, sie fand ihn reif und seriös.

Im Therapieraum stehen die Stühle in einem Kreis. Bis auf einen sind alle besetzt. Widerwillig setzt sich Peter. Er meidet es, die Patienten anzuschauen. Noch kann er nicht begreifen, dass er zu ihnen gehört. Die Therapeutin stellt ihn vor.

»Herr Maurer, möchten Sie uns erzählen, was Sie beschäftigt?«, fragt sie.

Peter denkt nach, dann stellt er fest, dass er stolz ist auf seinen Erfolg.

»Ich habe ein Stück meines Lebens zurückerobert«, beginnt er.

»Wie fühlt sich das an?«, fragt die Therapeutin.

»Sehr gut.«

Eine junge Frau, deren Nägel bis auf die Haut abgekaut sind, fragt, wie er das geschafft hat.

»Ich habe einen Konkurrenten ausgeschaltet«, antwortet Peter.

»Loslassen.« Die Therapeutin nickt und wendet sich an die Gruppe. »Wir haben gerade gestern darüber gesprochen. Wenn wir lernen, unerwünschte Gefühle loszulassen, sei es, indem wir sie wahrnehmen und dann wie einen Luftballon davonschweben lassen oder, so wie Herr Maurer, sie mental ausschalten, erobern wir ein Stück unseres Selbst zurück. Danke, Herr Maurer.«

Am Nachmittag ruft Harry an. Er ist betroffen von der Wende, die Peters Leben genommen hat. Peter versucht, ihm zu erklären, dass es ihm gut geht, doch Harry glaubt ihm nicht.

»Ich habe mit Lea telefoniert«, sagt er vorsichtig. »Sie macht sich große Sorgen um dich. Du bist ihr nicht egal.«

»Sie darf mich gern besuchen«, schlägt Peter vor. »Der Kaffee hier ist hervorragend.«

»Peter …« Harrys Stimme ist voller Mitleid.

»Schon gut«, sagt Peter mit ungewohnter Leichtigkeit. »Sie braucht vermutlich noch etwas Zeit. Ich kann warten.«

»Hör mal, ich will dir nicht zu nahe treten, aber vielleicht solltest du mit deinem Therapeuten über die Erwartungen reden, die du an Lea hast?«

»Therapeutin«, korrigiert Peter und ärgert sich im selben Augenblick über sich selbst.

Tüpflischisser.

In diesem Moment wird ihm klar, dass es nicht reicht, wenn Umberto von der Bildfläche verschwindet. In Leas Augen ist Peter immer noch derselbe. Woher soll sie wissen, dass er einen neuen Weg eingeschlagen hat, wenn er nach wenigen Schritten stehen bleibt?

»Peter, bist du noch dran?«, fragt Harry.

»Danke für den Anruf«, sagt Peter und legt auf.

In der Einzeltherapie befasst sich Peter mit seinen Ressourcen. Das Gespräch erinnert ihn an seine letzte Mitarbeiterbeurteilung, nur, dass er diesmal besser abschneidet. Es fallen Begriffe wie Krise, Time-out und Neuorientierung.

In seinem Zimmer wartet Niklaus auf ihn. Er sitzt am Fenster und betrachtet den schweren grauen Himmel. Bedächtig nimmt er eine Mandarine von einem mit grünen und roten Glöckchen verzierten Pappteller. Es gibt auch spanische Nüsse und Weihnachtsgebäck.

»Darf ich?«, fragt er, die Mandarine hochhaltend.

»Nur zu«, sagt Peter.

Wer den Teller wohl gebracht hat? Er war einfach da, wie alles andere auch. Hier braucht sich Peter um nichts zu kümmern, er muss nicht kochen, nicht putzen, nicht waschen. Plötzlich fällt ihm ein, dass seine Hemden noch in der Reinigung sind. Er könnte Harry bitten, sie abzuholen, andererseits wird er ohnehin bald neue brauchen. Sprenger trägt nur Hemden, die farblich auf seine perfekt sitzenden Maßanzüge abgestimmt sind.

Niklaus schält ihm eine Mandarine.

Peter lehnt ab. »Später vielleicht. Ich muss zuerst noch etwas erledigen.«

»Die ungeliebten Vorgesetzten?«, fragt Niklaus kauend.

Peter nickt nachdenklich. »Soll ich mit Jansen oder Sprenger beginnen?«

»Warum nicht beide in einem Aufwasch?«

»Wie soll das gehen?«

»Peter«, tadelt Niklaus. »Du bist doch derjenige mit dem analytischen Verstand!«

Die Therapiestunde fällt Peter ein. Er muss ressourcenorientiert denken. Mit dem arbeiten, was ihm zur Verfügung steht. In diesem Fall also mit wütenden Mafiosi. Ob sie, nachdem sie sich um Umberto gekümmert haben, auch Jansen und Sprenger aus dem Weg räumen würden? Er merkt erst, dass er laut gedacht hat, als Niklaus antwortet.

»Gib ihnen einen Grund«, schlägt dieser vor.

Der Duft von Mandarinen und Desinfektionsmittel erinnert Peter an seine Kindheit. Seine Mutter hat vor den Festtagen immer gründlich geputzt. Peter verbindet das Brummen des Staubsaugers und das Quietschen von Fensterglas mit Vorfreude. Damit er ihr nicht in die Quere kam, hat sein Vater ihn am letzten Tag jeweils mit auf die Arbeit genommen. Dort durfte Peter Briefe aufschlitzen, während die Sekretärin sich um andere Aufgaben kümmerte. Aufgaben, die nicht für seine Augen bestimmt waren. Trotzdem hat er gesehen, wie sie sich geküsst haben.

»Erpressung«, sagt er.

Niklaus schaut ihn erwartungsvoll an.

»Ich könnte in Jansens Namen die Offshore-Firma erpressen«, schlägt er vor. »Ihr anbieten, die Transaktion gegen Bezahlung durchzuwinken.«

Niklaus streicht sich über den Bart. »Und Sprenger?«

Peter geht im Zimmer auf und ab. »Schwierig. Ich habe keinen Zugriff auf seinen Mailaccount, außerdem weiß ich fast nichts über ihn.«

»Nicht einmal, wo er wohnt?«

Peter denkt an Sprengers Willkommensapéro, als dieser in Zürich anfing. Alle waren überrascht, dass er zu sich nach Hause eingeladen hat. Peter ist schnell klar geworden, was Sprenger damit bezweckt. Ein Haus am Zürichberg, eine Terrasse mit spektakulärer Aussicht, ein Maserati vor der Tür. Sprenger wollte die Machtverhältnisse von Anfang an klarstellen. »Geerbtes Vermögen«, hat Jansen, der damals noch nicht Peters Vorgesetzter war, ihm diskret zugeflüstert.

»Doch, das weiß ich. Ich war sogar schon bei ihm zu Hause.«

»Das reicht.«

»Wofür?«

»Die Erpressung.«

Da begreift Peter. Jansen wird von der Mafia verlangen, dass sie das Geld bei Sprenger zu Hause abliefert. Vielleicht auf der Terrasse deponiert? Peter klappt seinen Laptop auf.

»Realistische Ziele setzen.« Die Therapeutin nickt. »Das ist es doch, was Sie sagen möchten?«

Peter nickt. »Warum kompliziert, wenn es auch einfach geht?«

Die Therapeutin wendet sich an die Gruppe. »Realistische Ziele erhöhen unsere Zufriedenheit mit dem Leben. Das hat damit zu tun, dass sie uns ein Gefühl von Erreichbarkeit und Kontrolle geben. Wir werden heute üben, realistische Ziele zu formulieren.«

Als Peter an der Reihe ist, sagt er: »Ich will die Menschen, die mir schaden, eliminieren.«

»Also Störfaktoren entfernen«, fasst die Therapeutin zusammen. »Im übertragenen Sinn, natürlich.«

»Was heißt das?«, fragt ein ehemaliger Junkie.

»Herr Maurer, können Sie uns ein Beispiel nennen?«, bittet die Therapeutin.

Peter denkt nach. »Ich wurde bei der Beförderung übergangen, obwohl ich der bessere Kandidat war. Deshalb müssen meine Vorgesetzten weg.«

»Haben Sie mit ihnen über Ihre Gefühle gesprochen?«, fragt die Therapeutin. »Das Problem thematisiert?«

Nicht mit Worten, denkt Peter, aber manchmal sind diese auch nicht nötig, deshalb nickt er.

»Wie haben sie reagiert?«

»Sie haben mir nahegelegt, eine andere Stelle zu suchen, wenn ich unzufrieden bin.«

Die Therapeutin wendet sich wieder der Gruppe zu. »Herr Maurer hat seine Möglichkeiten ausgeschöpft, doch sie haben nicht zur Lösung seines Problems beigetragen. Deshalb hat er sich ein neues Ziel gesetzt: Seine Vorgesetzten müssen weg. Konkret bedeutet das, dass er sich eine neue Stelle suchen wird.« Sie sieht Peter fragend an. »Habe ich Ihr Ziel richtig formuliert?«

»Eigentlich suche ich keine neue Stelle«, sagt er. »Ich möchte nur die Position innerhalb der Bank wechseln.«

»Sehr schön«, lobt die Therapeutin. »Warum kompliziert, wenn es auch einfach geht? Realistische Ziele«, wiederholt sie, »geben uns ein Gefühl von Kontrolle. Und dieses wiederum vermittelt uns Sicherheit und Geborgenheit.«

Sprenger erwischt es zuerst. Tagelang berichten die Medien über die Bombe, die in einer Sporttasche auf seiner Terrasse deponiert wurde. Es wird darüber spekuliert, ob er seine Stellung missbraucht hat, um krumme Geschäfte zu tätigen. Der Anschlag trägt eindeutig die Handschrift der Mafia. Es ist von chirurgischer Präzision die Rede, von Grausamkeit und Kaltblütigkeit.

Als Jansen mit einem gezielten Kopfschuss hingerichtet wird, nehmen die Ermittler die Bank ins Visier. Schnell stellt sich heraus, dass der Verdacht der Meldestelle für Geldwäscherei begründet war. Die Mafia hat über die International Credit Bank Gelder krimineller Herkunft gewaschen. Die letzte Transaktion wurde an einen Mann überwiesen, der bisher als unbescholtener Bürger galt. Die hohe Summe deutet darauf hin, dass er für eine spezielle Dienstleistung bezahlt wurde.

Niklaus will alles über die Verhaftung wissen.

»Sie halten Umberto für den Mörder!«, erzählt Peter.

»Stört dich das?«

»Mein Plan sah vor, dass die Mafia ihn ausschaltet.«

»Ist es nicht besser so?«, fragt Niklaus. »Wenn er tot wäre, würde deine Lea um ihn trauern. Wird er aber wegen Mordes verhaftet, will sie bestimmt nichts mehr mit ihm zu tun haben.«

Peter überlegt lange. »Lea hat immer gesagt, ich solle dem Schicksal eine Chance geben. Vielleicht hat sie genau das damit gemeint.«

Am Tag vor Weihnachten kommen Harry und Katharina zu Besuch. Sie wirken verstört. Immer wieder schüttelt Harry den Kopf.

»Keiner hat etwas gemerkt!« Er klingt fassungslos. »Umberto, ein Mitglied der Mafia? Sicher, wir wussten, dass er keine Festanstellung hat. Aber ist das bei Musikern nicht üblich?«

Katharina legt ihm die Hand auf den Arm. »Wir dürfen uns keine Vorwürfe machen. Niemand hat es geahnt, nicht einmal Lea.«

»Wie geht es ihr?«, fragt Peter.

Katharina seufzt traurig. »Sie versteht nicht, wie sie mit einem Mörder zusammenleben konnte, ohne es zu merken. Die Ärmste! Und das so kurz vor Weihnachten.«

Harry räuspert sich. »Wir haben Lea und die Kinder an

Heiligabend zu uns eingeladen. Sie können unmöglich alleine zu Hause feiern. Wir haben uns gedacht, dass es für alle gut wäre, wenn ...« Er blickt kurz zu Katharina, die zustimmend nickt. »Wenn du auch dabei wärst. Die Kinder brauchen jetzt ihren Vater, und wir glauben, auch Lea würde sich besser fühlen.«

»Darfst du die Klinik verlassen?«, fragt Katharina unsicher.

Peter lächelt. »Ja, es ist sogar erwünscht, dass wir den Kontakt zur Außenwelt aufrechterhalten. Vorausgesetzt, ich bin bei Freunden oder Verwandten. Ich bin noch nicht so weit, dass ich alleine zu Hause sein kann.«

Katharina nimmt seine Hand zwischen ihre. »Entschuldige, wir haben gar nicht gefragt, wie es dir geht!«

»Mir geht es sehr gut«, sagt Peter. »Der Aufenthalt hier hat mir tatsächlich geholfen.«

Peter steht mit der Aktentasche im Flur und sieht sich nach Niklaus um. Viele Patienten sind bereits nach Hause gefahren, diejenigen, die niemanden haben, der sich über die Festtage um sie kümmert, sind auf ihren Zimmern oder sitzen im Aufenthaltsraum. Aus dem Stationszimmer ertönt stimmungsvolle Musik. Keine Weihnachtslieder, sondern sanfte Klassik. Der Duft von Zimtsternen liegt in der Luft.

Niklaus ist nirgends zu finden. Vermutlich ist er draußen und raucht. Peter verabschiedet sich vom Pflegepersonal und seiner Therapeutin, die ihm frohe Weihnachten wünscht.

»Werden Sie abgeholt?«, fragt sie.

»Ja, von meinem Freund Harry.«

»Sehr gut«, antwortet sie.

Peter blickt auf die Uhr. »Ich möchte Niklaus noch schöne Festtage wünschen, bevor ich gehe.«

»Niklaus?«, fragt die Therapeutin.

»Ja, der ältere Patient mit dem Bart.«

Die Therapeutin schüttelt den Kopf. »Bei uns gibt es keinen Patienten, der Niklaus heißt.«

☙ KÄSEFONDUE MOITIÉ-MOITIÉ ☙

ZUTATEN FÜR 4 PERSONEN

* 400 g Greyerzer
* 400 g Vacherin
* 350 ml trockener Weißwein
* 1 Knoblauchzehe
* 4 TL Kartoffelmehl oder Maisstärke
* 2 cl Kirschwasser
* 1 Prise Cayennepfeffer
* 1 TL Zitronensaft

ZUBEREITUNG

Fonduepfanne mit der Knoblauchzehe ausreiben.

Geriebenen Greyerzer im Topf mit Weißwein, Kartoffelmehl und Zitrone mischen, unter ständigem Rühren schmelzen lassen.

Erst dann den geriebenen Vacherin hinzugegeben und langsam schmelzen.

Mit Cayennepfeffer und Kirschwasser abschmecken.

SABINE THIESLER

GRIECHISCHER WEIN

TATORT: PELOPONNES

DIE AUTORIN

Sabine Thiesler, geboren und aufgewachsen in Berlin, studierte Germanistik und Theaterwissenschaften. Sie arbeitete einige Jahre als Schauspielerin im Fernsehen und auf der Bühne und schrieb außerdem erfolgreich Theaterstücke und zahlreiche Drehbücher fürs Fernsehen (u. a. *Das Haus am Watt*, *Der Mörder und sein Kind*, *Stich ins Herz* und mehrere Folgen für die Reihen *Tatort* und *Polizeiruf 110*). Ihr Debütroman *Der Kindersammler* war ein sensationeller Erfolg, und auch all ihre weiteren Thriller standen auf der Bestsellerliste.

Frohe Weihnachten«, flüsterte er und küsste sie auf den Scheitel. »Auf dich ... auf uns ... auf alles, was kommt!«

»Frohe Weihnachten«, sagte auch sie, blickte ihm tief in die Augen und spürte, wie sehr sie ihn liebte. Er war der Mann ihres Lebens.

Sie standen auf der Terrasse ihres griechischen Ferienhauses und genossen den weiten Blick über das Meer bis in die Unendlichkeit.

»Ich danke dir für alles«, flüsterte Evi, »unser Leben ist so unglaublich schön!«

Berthold schwieg ein paar Sekunden, um den Moment nicht kaputt zu machen, und sagte dann leise: »Ich habe jetzt leider kein Geschenk für dich, sorry, aber wir haben ja auch alles. Und das Schönste, was wir uns schenken können, sind diese Tage hier.«

»Ja«, sagte sie, »du hast völlig recht.«

Aber sie zog dennoch ein winziges gebundenes Büchlein aus ihrer Tasche. Mit kurzen Gedichten und Gedanken, die sie für ihn im vergangenen Jahr gesammelt und aufgeschrieben hatte. In der Mitte ein gepresstes Gänseblümchen.

»Für dich. Ich liebe dich.«

Berthold war überwältigt und nahm sie schweigend in den Arm.

Evi spürte, dass sie Berthold wirklich eine Freude gemacht hatte, aber sie fühlte doch einen leichten Schmerz. Über eine winzige Überraschung hätte sie sich schon gefreut. Aber von ihm kam gar nichts. Nie. Weder zum Geburtstag noch zu Weihnachten, geschweige denn eine kleine Aufmerksamkeit einfach so.

Jedes Jahr verbrachten sie drei Wochen über Weihnachten und Neujahr an diesem magischen Ort. Griechenland. Peloponnes. Oben auf den Klippen. Unten am Meer Xiropigado, ein kleines Fischerdorf, wo man bei Yanis jeden Abend frischen Fisch essen und in dem winzigen Lädchen zwei Häuser weiter ein bisschen Butter, Brötchen und Honig zum Frühstück einkaufen konnte.

Das Traumhaus hatte jedoch einen Nachteil: Das Meer, die Ortschaft und auch Yanis' Taverne waren nur zu Fuß erreichbar. Man musste erst einen steinigen Weg vom Berg hinunterklettern und dann die unzähligen Stufen bis zum kleinen Strand hinabsteigen. Und Evi hatte erhebliche Probleme, den Aufstieg wieder zu schaffen.

Evi und Berthold verbrachten normalerweise den ganzen Tag in ihrer kleinen Strandbucht, in die sich nie ein anderer Mensch verirrte. Sie schnorchelten selbst in dieser Jahreszeit oft an der Küste entlang, sonnten sich und lasen viel. Ab und zu liebten sie sich sogar im lauwarmen Sand. Aber Evi konnte sich dabei nie so richtig entspannen, hatte stets die Klippen im Blick, ob sie nicht vielleicht doch jemand von dort oben beobachtete.

Wenn die Sonne kraftloser und der Wind kühler wurden, machten sie sich an den Aufstieg zum Ferienhaus. Vor diesem Moment fürchtete sich Evi jeden Tag. Verzweifelt versuchte sie zu verbergen, wie schwer ihr die Anstrengung fiel. Sie hatte nicht genug Kraft, bekam kaum noch Luft. Lachend fand sie jeden Tag neue Ausreden, warum sie nicht so gut zu Fuß war und weit hinter Berthold zurückblieb. Schließlich schob sie es auf ihr Alter. Sie war schließlich gerade sechzig geworden.

Berthold sagte nichts dazu.

Den Heiligabend hatten sie ganz still mit einem einfachen Essen und einer Flasche Wein verbracht, heute war erster Weihnachtsfeiertag, und sie gingen wie jedes Jahr in Yanis' Taverne zum großen Truthahnessen.

Zur Feier des Tages hatte Yanis die Tische makellos weiß eingedeckt, Kerzen angezündet und sich selbst auch ein weißes Hemd angezogen.

Um das Terrassendach blinkten Tausende winzig kleine Glühbirnen von Lichterketten und verzauberten den Blick aufs Meer.

In der Ferne läuteten Kirchenglocken.

Es gibt nichts Schöneres, dachte Evi.

»Was haltet ihr von meinem Weihnachtsmenü?«, fragte Yanis, als er sich händereibend vor ihrem Tisch aufbaute. »Als Vorspeise Tzatziki und gratinierter Schafskäse, dann als Hauptgang Galopoula, gefüllter Truthahn, und anschließend Melomakarona, Weihnachtsplätzchen.«

»Großartig!«, meinte Evi. »Ich freue mich immer schon das ganze Jahr auf dieses Essen. Das nehme ich. Und du?«

»Ich auch«, sagte Berthold. »Und dazu den besten Rotwein, den du hast.«

Yanis nickte, grinste und entfernte sich.

Es dauerte lange – wie jeden Tag, denn Yanis begann immer

erst dann zu bedienen, wenn alle Plätze besetzt waren –, aber das Essen war großartig. Und danach kredenzte Yanis noch einige Gläschen Ouzo.

Nach diesem herrlichen Weihnachtsessen direkt am Meer standen Evi und Berthold mit schweren Beinen auf, umarmten Yanis, versprachen, am nächsten Abend wiederzukommen, und machten sich auf den Rückweg den Berg hinauf.

Evi fürchtete sich, weil sie müde und leicht betrunken war, und glaubte heute Abend mehr denn je, den Aufstieg nicht zu schaffen.

Auch die stockdunkle Nacht machte ihr Angst. Berthold leuchtete mit seiner Taschenlampe auf die brüchigen Stufen, und sie krabbelte fast auf allen Vieren. Schnaufte und stöhnte und betete, dass es ein Ende haben möge und sie endlich in ihr Bett fallen könnte.

»Was ist mit dir?«, rief Berthold immer wieder, wenn er schon mehrere Meter weiter oben stand. »Bist du krank?«

»Nein!«, keuchte sie. »Ich bin nur so kaputt, der Tag war anstrengend, dann der Wein, das macht mir zu schaffen.«

Berthold lachte. »Tja, dann musst du eben weniger saufen.«

Dabei hatte sie vielleicht anderthalb Gläser von den zwei Flaschen Rotwein zum Essen getrunken. Und Berthold hatte noch drei Ouzo hinterher gekippt.

Aber sie sagte nichts, sparte ihre Luft für die nächsten Atemzüge, um sich mühsam weiterzuschleppen.

Vielleicht war dieses Ferienhaus zum Jahreswechsel ja doch nicht mehr der Traum vom Glück. Vielleicht sollten sie sich im nächsten Jahr zum Fest etwas anderes suchen.

Als sie endlich im Haus oben angekommen waren, hatte

Berthold anscheinend ihre Schwäche schon wieder vergessen und entkorkte eine Flasche Wein. »Wir können doch an diesem wunderschönen Weihnachtstag nicht einfach ins Bett gehen«, sagte er.

Evi konnte schon. Sie war stehend k. o. Aber sie machte gute Miene zum bösen Spiel und trat hinaus auf die Terrasse.

Es war so unglaublich. Die Lichter von Xiropigado glitzerten auf dem Meer. Der Halbmond beleuchtete die Bucht gespenstisch und wunderschön zugleich.

Nein, dachte Evi, und wenn ich zehnmal am Tag hier hoch- und runterklettern muss, das ist es einfach. Leben und Hoffnung zugleich. Das will ich nicht missen.

Berthold saß im Sessel, trank kontinuierlich den Wein und schaute Netflix auf seinem Laptop.

»Ich geh doch ins Bett!«, sagte Evi, drückte ihm einen Kuss auf die Stirn und ging aus dem Zimmer. »Bis morgen und genieße den Weihnachtsabend«, sagte sie noch, bevor sie die Tür hinter sich schloss.

Berthold reagierte gar nicht.

Vielleicht würde er noch eine weitere Flasche Wein trinken und endlos weitergucken, es interessierte sie nicht.

Irgendwann gegen drei Uhr nachts wurde sie wach. Berthold schnarchte neben ihr, aber sie spürte einen ständigen Luftzug. Vielleicht hatte Berthold die Terrassentür offen gelassen.

Leise stand sie auf und ging hinunter, während Berthold tief und fest schlief.

Sie machte im Wohnzimmer Licht. Ja, die Tür war nur angelehnt. Sie trat hinaus. Gott, was für eine wundervolle

Nacht, und dann dieser herrliche Blick aufs dunkle Meer und den kleinen Ort, in dem jetzt nur noch vereinzelt Lichter in der Dunkelheit funkelten.

Absoluter Friede.

Evi war glücklich.

Auf dem Tisch lag Bertholds iPad. Komisch. Normalerweise nahm er es immer mit nach oben ins Schlafzimmer, falls er im Bett noch etwas lesen wollte. Wahrscheinlich war er zu betrunken gewesen und hatte es vergessen.

Sie klappte es auf, um zu sehen, welche Netflixserie für ihn an diesem besonderen Abend so rasend interessant gewesen war.

Bei einem vierstelligen Passwort oder Code wusste sie, dass Berthold eigentlich immer seine Geburtsdaten eingab. Elfter Mai. 1105. Und richtig, das iPad entsperrte sich.

Aber zuoberst geöffnet war nicht Netflix, sondern das Mailprogramm, in dem er anscheinend als Letztes gewesen war.

Evi klickte die Mails an, die Berthold noch so spät bekommen und geschrieben hatte.

Und ihr wurde übel. So schlecht wie noch nie in ihrem Leben.

Sie konnte sich kaum noch auf den Beinen halten.

Vor zweiundzwanzig Jahren zur Sommersonnenwende hatte sie Berthold kennengelernt. Was für eine verdammt lange Zeit. Nächstes Jahr zu ihrem zwanzigsten Hochzeitstag sollte es eine große Feier an einem der schönsten Orte dieser Welt geben. Das Fest der ewigen Liebe hatte es Berthold genannt. Auf einer einsamen Malediven-Insel oder in einem florentinischen Castelletto, hoch über den Hügeln der Toskana, oder in einem First-Class-Hotel in Singapur mit atemberaubendem Blick über die Millionenstadt.

Alles war möglich. Sie hatten sich noch nicht entschieden, träumten noch, würden ihre engsten Freunde einladen und dann einfliegen lassen. Geld spielte keine Rolle.

Evi überlegte schon seit Wochen, was sie zu diesem Superevent anziehen würde. Wie sie es schaffen könnte, noch zehn Kilo abzunehmen und ihre Gesichtszüge ein bisschen straffen zu lassen. Aber das würde Berthold nicht gefallen. »Lass den Quatsch«, hatte er einmal beim Frühstück gesagt, als sie ganz vorsichtig mit dem Thema angefangen hatte. »Wem willst du etwas vormachen? Mir bitte nicht. Ich weiß, dass du in den letzten zwanzig Jahren nicht jünger geworden bist.«

Evi wusste nicht, was sie mit diesem Satz anfangen sollte. Er hatte sie schwer verunsichert. Hatte er damit ausgedrückt, dass sie allmählich aussah wie eine alte Kuh, oder hatte er Verständnis dafür, dass eine Frau mit sechzig nicht mehr aussah wie eine Zwanzigjährige?

Sie wusste es nicht. Aber im Bad begutachtete sie morgens voller Entsetzen ihre hängenden Brüste, das gefährliche Bauchfett, das sich hartnäckig um ihre Taille und ihre Hüften gelegt hatte, als wolle es dort ewig verweilen, und ihre wabbeligen Oberarme, die vor Urzeiten mal so schmal und gleichzeitig muskulös gewirkt hatten. Nur ihre Beine sahen aus wie die eines jungen Mädchens, aber ob Berthold das noch wahrnahm, wusste sie nicht.

Und auch am Strand von Xiropigado schlang sie immer ein schönes, großes, weites Tuch um Bauch und Hüften.

Frauen, die in die Jahre kamen, verhüllten und versteckten sich, Männer dachten gar nicht daran.

Berthold war sportlich immer noch sehr aktiv, lief jeden Tag ein paar Kilometer und las viel. Seine größte Angst war zu verblöden.

Sie kümmerte sich um das Haus, pflegte die Kontakte, lud ein, bewirtete und sorgte dafür, dass Berthold geistig fit blieb, indem er an langen feucht-fröhlichen Abenden mit seinen Freunden philosophieren konnte.

Und sie fragte sich oft, ob sie glücklich war. Sie hatte keine finanziellen Sorgen. Aber war sie glücklich?

Auf dem Sonnenwendfest vor zweiundzwanzig Jahren hatten sie zufällig nebeneinander gesessen.

Berthold war verheiratet, und Evi war verheiratet.

Er war unglücklich, und sie war unglücklich.

Aber das erzählten sie sich nicht. Sie saßen da und ertranken in ihren Blicken. Konnten nicht mehr voneinander lassen.

Was für ein Mann, dachte sie.

Was für eine Frau, dachte er.

Sie sahen in die Abendsonne und sagten gar nichts. Doch unter dem Tisch fanden sich ihre Hände. Niemand bemerkte es. Es war das Geheimste vom Geheimen überhaupt, aber sie hielten einander fest.

Beinah eine halbe Stunde lang.

Sie war wie von Sinnen, als sie aufstand, um sich etwas zu trinken zu holen.

Er kam langsam nach.

Dann lief sie vom Fest und all den Menschen weg in den Wald. Unbemerkt, im Dunkeln, und er folgte ihr.

Es war nur ein irrsinniger, tiefer, unendlicher Kuss, aber er veränderte ihr ganzes Leben.

Sie verließ ihren Mann, er seine Frau.

Sie begannen noch mal von vorn.

Er war Mitte vierzig, sie Ende dreißig. Sie fühlten sich wie frisch verliebte Teenager, waren die ersten Jahre keinen Tag getrennt und schliefen jede Nacht miteinander. Es war wie ein nie enden wollender Rausch.

Evi hatte keine Kinder. Ihre Eltern waren bei einem Zugunglück in Indonesien ums Leben gekommen. Die beiden hatten leidenschaftlich gern fremde Länder bereist, fuhren in diesem Katastrophensommer von Jakarta nach Bandung, als der Zug entgleiste. Beide verbrannten in dem völlig überfüllten Waggon. Evi hatte allein bei der Vorstellung daran jahrelang Albträume, mittlerweile verbot sie sich, daran zu denken oder darüber zu reden. Es war, wie es war. Sie war allein, hatte keine Familie mehr.

Berthold hatte ebenso seine Probleme. Aus erster Ehe gab es eine Tochter, Lydia, zu der er ein extrem schwieriges Verhältnis hatte. Egal, was er tat: Es war falsch, und sie machte ihm die Hölle heiß.

Ganz schlimm wurde es, als Berthold Evi kennenlernte. Noch bevor Lydia der neuen Frau ihres Vaters überhaupt zum ersten Mal begegnet war, hasste sie sie bereits. Stichelte und schimpfte bei jeder Gelegenheit.

Evi war drei Tage bei einer Freundin in Wien, und Lydia ging mit ihrem Vater essen. Ein seltener Moment.

»Was willst du mit dieser Zicke?«, blaffte Lydia sofort los.

»Du kennst sie nicht, also hör auf, so über sie zu reden.«

»Das, was du von ihr erzählst, reicht mir. Da weiß ich, dass sie eine Zicke ist. Eine widerliche.«

Berthold schwieg entsetzt.

»Sie ist nur scharf auf dein Geld!«

»Das glaube ich nicht. Als wir uns kennenlernten, wusste sie nicht, wer ich bin. Und bis heute hat sie keine Ahnung, wie viel ich wirklich besitze.«

Lydia lachte laut auf. »Das glaubst du! Wie naiv bist du eigentlich?«

Berthold reichte es langsam. Er winkte dem Kellner, wollte bezahlen und gehen.

Lydia packte ihn am Arm und sah ihm in die Augen. »Ich sag dir nur eins, Väterchen. Pass auf. Nimm dich in Acht vor dieser Schlange. Sie wird dich ausnehmen wie eine Weihnachtsgans. Das schwöre ich dir!«

Als Berthold fünfzig wurde, war ein Treffen der beiden Frauen unvermeidlich.

Berthold und Evi hatten im Berliner Adlon einen Saal gemietet und knapp hundert Leute eingeladen. Familie, Freunde, Verwandte, Kollegen, wichtige Geschäftspartner.

Lydia kam auch. Mit ihrem neuesten Lover, Jamiros Santos, einem brasilianischen Jüngling, den sie am Strand von Rio aufgegabelt hatte. Er wohnte in den Favelas, verkaufte Tücher und Hüte am Strand und hatte Lydia zwei Wochen lang nicht nur den Rücken eingecremt. Er las ihr jeden Wunsch von den Lippen ab, obwohl sie sich kaum verständigen konnten, war ihr Schoßhündchen und folgte ihr willig, als sie zurück nach Deutschland flog. Und Lydia hatte endlich einen Lakaien, der ihr die Koffer trug und zur Verfügung stand, wenn sie nachts befriedigt werden wollte.

Vater und Tochter standen sich mit ihren Sektgläsern gegenüber und starrten sich an wie Hund und Katze. Hinter ihnen mit Sicherheitsabstand Evi und der Brasilianer.

»Wie nett, dass du gekommen bist!«, sagte Berthold eisig zu seiner Tochter.

»Ich freue mich auch ohne Ende«, erwiderte Lydia kühl. »Darf ich dir vorstellen: Jamiro, mein Lebensgefährte.«

»Darf ich auch vorstellen: Evi, meine Frau.«

Evi versuchte zu lächeln und hauchte ein »Hallo« in die Runde.

Lydia wandte sich ab. »Komm, Jamiro!«, sagte sie. »Lass uns mal sehen, was es am Büfett gibt.« Damit entfernten sich die beiden.

»Deine Tochter sieht verdammt gut aus«, sagte Evi. »Und auch ihr Freund gefällt mir. Die beiden sind ein richtig hübsches Paar. Und falls sie sich vermehren, werden wunderschöne Kinder dabei herauskommen.«

Berthold lachte kurz und trocken auf. »Hübsch vielleicht, aber strohdoof. Vergiss es. Auch mit Jamiro wird es nichts werden, denn alle vier Wochen schleppt sie einen neuen Lover an, der ihr die Füße küsst. Aber wenn ich die Liebe meines Lebens finde, nämlich dich, dann gibt es Stunk. Dann hat die Dame zu mäkeln, zu kritisieren, zu stänkern. Ohne Ende. Aber so war sie schon immer. Solange ich denken kann, hat sie Kontra gegeben. Bei allem. Wenn ich sagte, das Wetter ist herrlich, meinte sie, was für ein Scheiß, ich bleib im Bett. Wenn es in Strömen regnete, sagte sie, komm, wir gehen raus in den Wald. Lydia ist nicht ganz dicht. Nicht normal. Manchmal denke ich, es wäre gut, wenn sie nie geboren worden wäre.«

Evi hörte ihm fassungslos zu. »Du hast ja eine tolle Meinung von deiner Tochter.«

»Ja«, sagte Berthold bitter.

Evi schluckte. Das war hart. Sie brauchte jetzt dringend ein Glas Sekt, um das, was Berthold gesagt hatte, zu verdauen.

»Ich hol mir mal was zu trinken«, sagte sie.

»Tu das«, meinte er und wandte sich ab.

Evi war völlig verstört. Sie holte sich einen Sekt und eine Käsestange, stellte sich etwas abseits und beobachtete die Feiernden. Das, was Berthold da hatte, war keine Familie. Das waren Parteien, die im Kriegszustand lebten.

Im Grunde hatte sie keine Lust mehr, noch länger hier zu bleiben. Am liebsten würde sie es sich jetzt allein in ihrer Suite in der obersten Etage des Adlon gemütlich machen, einen schönen Film angucken und diesen ganzen Irrsinn vergessen.

Gerade als sie überlegte, wie sie am geschicktesten von dieser Party verschwinden könnte, tippte ihr jemand leicht auf die Schulter.

»Hi«, sagte Lydia und lächelte umwerfend. »Evi? Ich darf doch Evi sagen?«

»Na klar.« Ihr wurde ganz kalt, weil sie nicht wusste, was jetzt auf sie zukam. Im Traum hätte sie sich nicht vorstellen können, dass Lydia sich an diesem Abend mit ihr unterhalten würde.

»Ich hab ja nicht so wirklich viel Kontakt mit meinem Vater, und ich war ja auch leider bei eurer Hochzeit nicht dabei und hab dich noch nicht kennengelernt. Aber ich hab natürlich schon viel von dir gehört.«

Evi nickte.

»Er hat Mama wegen dir verlassen, das hab ich dir persönlich übel genommen, was natürlich Quatsch ist. Da kannst du ja nichts dafür. Aber seitdem ist unsere Familie ziemlich durch den Wind, ich auch. Umso besser, dass wir uns endlich einmal unterhalten.«

»Ja, das finde ich auch.« Evi war vollkommen hilflos, da sie immer noch nicht wusste, worauf Lydia hinauswollte.

»Ich weiß nicht, wie gut du meinen Vater mittlerweile kennst. Er ist charmant, weltmännisch, hat perfekte Umgangsformen und kann eine Frau durchaus um den Finger wickeln. Es ist nicht schwer, auf ihn reinzufallen. Aber ich wollte dich warnen, Evi, denn du gefällst mir irgendwie, und ich denke, wenn wir uns besser kennenlernen würden, könnten wir Freundinnen werden. Also pass auf: Mein Vater ist ein eiskaltes Biest. Wenn ihm irgendetwas nicht passt oder wenn irgendjemand nicht nach seiner Pfeife tanzt, schlägt er zu. Dann geht er über Leichen. Auf friedlichem Weg und mit einem großen Herzen scheffelt man keine Millionen. Und mein Vater hatte immer – seit ich auf der Welt bin – nur das Scheffeln im Sinn. Ohne Quatsch. Er liest seine Kontoauszüge und ist glücklich. Geld bedeutet für ihn Freiheit. Und wer ihm in die Quere kommt, ist ein toter Mann. Verstehst du? Er ist weder zart besaitet noch so sanft und smart, wie er aussieht. Wenn du nicht spurst, wird er dich vernichten. Empathie kennt er nicht. Und darum musst du vorsichtig sein.«

Evi war vollkommen erschlagen und wusste jetzt erst recht nicht mehr, wie sie reagieren sollte.

»Ich finde es toll, dass du so offen mit mir sprichst«, stotterte sie.

»Kein Problem. Du bist mir sympathisch, und ich möchte dich nicht ins offene Messer laufen lassen.«

Sie schob Evi eine Visitenkarte zu, auf deren Rückseite sie ihre private Handynummer gekritzelt hatte. »Wenn mein Vater durchdreht oder wenn es wirklich Probleme gibt, dann ruf mich an. Jederzeit.«

»Danke, Lydia. Ich bin froh, dass ich jetzt einen Draht zu dir habe!«

»Ich auch!«

Die beiden Frauen lächelten sich kurz zu, und dann stolzierte Lydia elegant auf ihren High Heels davon.

Evi saß da, drehte ihr leeres Sektglas in den Händen und war fix und fertig.

Um zwei Uhr hatte sich auch der letzte Gast artig für den schönen Abend bedankt und war gegangen, Berthold verteilte noch ein paar Trinkgelder für die Jungs, die den Saal aufräumten, und dann fuhren er und Evi mit dem Fahrstuhl hinauf in ihre Suite. Auf dem Couchtisch stand noch der Begrüßungschampagner in einem Eiskühler, und Berthold öffnete die Flasche. »Lass uns noch einen Absacker nehmen und den wunderschönen Abend rekapitulieren. Fandest du ihn auch so gelungen wie ich?«

»Ja, ich fand ihn sehr schön, und ich denke, alle waren sehr angetan und zufrieden. Ich habe nur positive Stimmen gehört.«

Berthold schenkte den Champagner ein. »Ich habe gesehen, du hast dich mit Lydia unterhalten? Was wollte sie denn?«

»Sie hat mir gesagt, dass sie mich sympathisch findet und dass ich sie jederzeit anrufen kann.«

Berthold lachte und hob sein Glas. »Prost, meine Liebe, auf diese herrliche Nacht, aber lass dich ja nicht von Lydia blenden. Sie ist eine falsche Schlange. Sie lügt, wenn sie den Mund aufmacht, und darum kann man so schlecht mit ihr umgehen.«

Evi schwieg, leerte ihr Glas und setzte sich Berthold auf den Schoß. »Komm, Lieber, lass uns ins Bett gehen. Ich bin todmüde.«

Berthold nickte. Sie nahm ihn an der Hand und zog ihn ins Schlafzimmer.

Berthold hatte eine Kette von Schuhgeschäften aufgebaut. Mittlerweile acht Filialen mit dem Namen Schuh-Berth, die sensationell liefen. Auch Evi arbeitete inzwischen in der Buchhaltung mit, Berthold managte das Unternehmen und plante bereits, zwei weitere Filialen in Gummersbach und Würzburg zu eröffnen.

Die beiden lebten in einer Fünfzimmerwohnung in Hannover und arbeiteten sich tot. Sechs Tage in der Woche, Achtzehnstundentage waren keine Seltenheit. Sie sahen sich kaum noch, waren gereizt und übermüdet, die Arbeit wuchs ihnen über den Kopf.

»Achtung!«, sagte Bertholds Arzt. »Sie übernehmen sich. Der Stress ist zu groß. Wenn Sie so weitermachen, sind Sie in fünf Jahren oder vielleicht auch schon in fünf Monaten tot. Machen Sie langsam, oder hören Sie auf. Aber ich schwöre Ihnen – es nimmt sonst kein gutes Ende!«

Berthold nahm sich die Worte seines Arztes zu Herzen, überlegte einige Wochen und sagte schließlich eines Abends zu Evi: »Es reicht. Ich hab genug. Hab die Faxen dicke. Kann nicht mehr. Komm, lass uns das Unternehmen verkaufen und das Leben genießen, bevor es zu spät ist.«

»Und dann?«, fragte Evi irritiert.

Berthold ließ sich aufs Bett fallen und streckte die Arme aus. »Dann schwimmen wir im Geld und machen, was wir wollen. Ohne Stress. Wir arbeiten nicht mehr, sondern leben. Wie findest du das?«

»Großartig«, sagte Evi und konnte ihr Glück kaum fassen.

Berthold setzte sich auf. Er war ganz aufgeregt. »Wir kaufen eine traumhafte Villa in Hamburg, Berlin oder München …«

»In Hamburg.«

»Okay, in Hamburg. Vielleicht eine Stadtvilla mit noch zwei, drei anderen Wohnungen zum Vermieten. Und dann leben wir im Luxus, können den Tag frei gestalten und reisen, so oft und wohin wir wollen. Wie findest du das?«

»Traumhaft! Und du meinst, das geht?«

»Aber sicher! Warum denn nicht?«

Berthold war ein Mann der Tat, es dauerte kein halbes Jahr, da hatte er Schuh-Berth für über sechs Millionen verkauft. Drei Monate später fanden sie eine traumhafte Villa in Hamburg in bester Lage für fünf Komma sieben Millionen, in der noch vier Einliegerwohnungen waren.

Einen Abend vor dem Notartermin sagte Berthold: »Weißt

du, was? Ich hab mir das gut überlegt, und ich finde, wir sollten die Villa nur auf deinen Namen kaufen, Evi. Nur du solltest morgen beim Notar unterschreiben, denn dann kann ich sicher sein, dass Lydia nichts kriegt, wenn mir irgendwann der berühmte Ziegelstein auf den Kopf fällt.«

Und so geschah es.

Evi und Berthold richteten ihre Wohnung in Hamburg exquisit und liebevoll ein, hatten ein Abonnement für die Elbphilharmonie, gingen regelmäßig in Museen, bauten sich langsam einen interessanten Freundeskreis auf und flogen mehrmals im Jahr in Urlaub: in ihre Lieblingsmetropole New York, nach Australien, nach Papua-Neuguinea oder nach Island, um in den Geysiren zu baden. Das Leben war nicht nur großartig, sondern perfekt.

In jener Weihnachtsnacht hoch oben auf den Klippen über Xiropigado hockte Evi zusammengekauert in ihrem dünnen Nachthemd auf dem Sofa und las Bertholds Mails. Seine gesamte Korrespondenz der letzten Wochen. Sie fühlte sich so klein, schutzlos und zerbrechlich, fror, obwohl es nicht kalt war, und hatte das Gefühl, ein einziger Hieb würde reichen, sie zu zerschmettern. Wenn Berthold jetzt herunterkäme und vor Wut explodieren würde, könnte sie dem nichts entgegensetzen. Und dennoch las sie weiter.

Liebster, du bist nun schon so lange weg, die Zeit scheint stillzustehen, ich habe solche Sehnsucht nach dir, ich halte es nicht mehr aus. Hast Du mal auf den Kalender geguckt? Es ist jetzt auf den Tag genau anderthalb Jahre her, dass wir uns kennen- und lieben gelernt haben. Weißt Du noch? Das Abendessen bei Hoffmanns in Blankenese? Wir saßen uns gegenüber und haben uns nur angesehen. Und das war bereits der Ehebruch. Für Dich und für mich. Ich habe oft darüber nachgedacht. Wir haben uns ineinander verliebt, ohne ein Wort zu sagen, und dann war unsere Liebesgeschichte, die schönste aller Zeiten, nicht mehr aufzuhalten. Dass unser beider Leben noch einmal – denn wir sind ja beide nicht mehr die Jüngsten – derartig neu durchstartet, ist das größte Geschenk. Ich liebe Dich und freue mich unendlich auf Dich. Auf bald hoffentlich, Birte.

Birte. Dieses Miststück. War immer scheißfreundlich gewesen, wenn sie sich mit Freunden auf Partys, gesellschaftlichen Anlässen oder wo auch immer getroffen hatten. »Ach, meine Liebe!« – »Du siehst fantastisch aus, Evi, wie machst du das bloß?« – »Ich freu mich ja so, dich zu sehen! Wie geht es dir?«

Stundenlang so in der Art. Was für ein verlogenes Biest. Dabei hatte sie schon längst was mit Berthold am Laufen.

Birte war mit einem seit Urzeiten pensionierten Politiker verheiratet. Ein alter Knochen, der sicher keinen mehr hoch kriegte, aber der immer noch hoch dotierte Vorträge hielt und dem das Geld aus den Ohren kam. Und das war Birte wichtig. Das hatte Evi immer schon gewusst. Sie glaubte, Krankheit, körperlichen Verfall und Gebrechen durch Geld kurieren zu können, und lachte sich nur schwerreiche Männer an, die ihr einen Lebensabend mit Dienerschaft und Luxus garantieren konnten.

Wahrscheinlich hatte sie mittlerweile genug von dem alten Sack, der nun nicht mehr um die Welt flog und diplomatische Gespräche führte, sondern nur noch von seinen Erlebnissen in der Vergangenheit zehrte.

Birte war gerade fünfundvierzig geworden, Berthold war

sechsundsechzig, aber sah gut zehn Jahre jünger aus. Er war die perfekte Beute. Reich, gut aussehend, charmant, gesellschaftlich hoch anerkannt. Es konnte also noch einmal interessant werden.

Allmählich dämmerte Evi dies alles.

Es war jetzt Viertel nach vier. Berthold lag sicher im Tiefschlaf und würde so schnell nicht herunterkommen. Sie las weiter. Bertholds Antwort.

Liebste, es dauert nicht mehr lange. Nur noch zweieinhalb Wochen, dann sind wir wieder zusammen. Wie im letzten Jahr werden wir immer wieder Wege finden, uns zu treffen. Weißt Du, dass ich jeden Tag, jede Stunde, jede Minute an Dich denke? Immer! Du gehst mir nicht mehr aus dem Sinn. Du lebst in mir. Ich bin mit Evi zusammen und sehe Dich. Ich rede mit ihr und denke an Dich. Das ist schlimm, wenn Evi es wüsste … Aber es ist so, ich kann es nicht ändern, eine große Liebe kann man nicht leugnen.

Die Antwort kam prompt.

Oh, mein Liebster, ich habe so geweint, als ich Deine Mail gelesen habe. Und die Zeit, die wir noch getrennt sind, erscheint mir wie eine Ewigkeit. So kann es nicht weitergehen, Liebster. Dieses Versteckspiel und diese Heimlichtuerei müssen doch ein Ende haben! Ich will mit Dir leben! Ich will mit Dir morgens aufwachen, und zwar jeden Tag! Ich will mich mit Dir in der Öffentlichkeit zeigen, ohne Angst zu haben, dass uns jemand sieht. Wir müssen einen Weg finden, damit wir ganz offiziell ein Paar sein und dazu stehen können. Bitte!!!

Evi blieb fast das Herz stehen, aber hörte nicht auf zu lesen.

Du hast völlig recht, Birte, Liebe meines Lebens, so geht es wirklich nicht weiter. Lieber ein Ende mit Schrecken als ein Schrecken ohne Ende. Ich werde mit Evi reden. Werde ihr alles sagen. Werde einen Weg für uns finden. Ich werde mich von ihr trennen. Das verspreche ich Dir. Noch bevor wir nach Hause zurückkehren, wird die Sache geklärt sein. Ich will, dass es Evi gut geht. Ich werde alles regeln, dass sie versorgt ist. Wir werden Freunde bleiben, aber Du und ich, wir werden ein neues Leben beginnen. Das verspreche ich Dir wirklich. Ich werde schon einmal anfangen, ein neues Konto für uns beide einzurichten, zu dem Evi keinen Zugang hat. Mach Dir keine Sorgen, ich kriege das alles hin, und bald gibt es nur noch uns beide: Dich und mich. In Liebe, B.

Das reichte. Sie musste sich nicht noch stundenlang weitere Liebesschwüre antun. Sie hatte genug gelesen und alles begriffen. Es war aus und vorbei.

Sie öffnete das Onlinebanking und überprüfte die Konten. Tatsächlich. Ihr wurde übel, und sie glaubte, sich übergeben zu müssen. Berthold hatte von einem ihrer gemeinsamen Konten in mehreren Transaktionen eine verdammte halbe Million auf ein anderes Konto überwiesen. Das war ein Hammer.

Va bene. Aber das ist auch das Letzte, was du getan hast, dachte sie sich.

Sie ging auf die Terrasse. Sah hinaus aufs Meer. Auf die Lichter von Xiropigado. Und sie wusste, dass sie nie wieder hierher zurückkehren, nie wieder hier stehen und aufs Meer blicken würde. Es war vorbei.

Morgen würde sie andere Seiten aufziehen. Sie wusste jetzt, wie sie sich selbst das größte und schönste Weihnachtsgeschenk ever machen könnte. Da waren ihr die vielen kleinen Geschenke und Aufmerksamkeiten, die ihr Berthold konsequent verweigert hatte, egal.

Sie spürte, wie eine ungeheure Kraft sie durchströmte, am liebsten hätte sie noch in dieser Nacht Welten bewegt, aber sie zwang sich, noch ein paar Stunden zu schlafen.

Denn für das, was sie vorhatte, brauchte sie einen klaren Kopf.

Am Morgen des zweiten Weihnachtsfeiertages war Berthold früher auf als sie, hatte Frühstück gemacht und spielte den liebenswertesten Gatten unter der Sonne.

Evi hatte sich voll in der Gewalt. Sie war fröhlich und dankbar, lobte das Frühstück, küsste ihn, setzte sich auf seinen Schoß, kraulte ihn hinter den Ohren und sagte, dass sie so unheimlich gerne in die Kirche gehen würde. Zum Feiertagsgottesdienst um zehn.

»Was ist denn mit dir los?«, fragte Berthold irritiert.

»Gar nichts. Ich finde nur, zu Weihnachten gehört auch ein Gottesdienst. Wir sind, seit wir uns kennen, noch nie in die Kirche gegangen. Und heute ist mir danach.«

Berthold schüttelte fassungslos den Kopf.

»Bitte, komm mit. Oder ich geh allein. Im Ort ist eine wunderschöne kleine Kirche. Und ich hab an Anschlägen gesehen, dass heute ein Gottesdienst stattfindet.«

»Gut, dann geh«, meinte Berthold, »ich setz mich ein bisschen auf die Terrasse und warte auf dich.«

Evi nickte, gab ihm einen Kuss auf die Stirn und ging.

Zwei Stunden später war Evi wieder zurück in der Ferienwohnung. Berthold saß auf der Terrasse, las und sah überrascht auf, als sie kam. »Oh! Du bist schon wieder zurück?«

»Ja. Es war unglaublich toll! Die Gottesdienste in der

orthodoxen Kirche haben etwas ganz Besonderes. Etwas Tiefes, Feierliches, Ernsthaftes. Das war für mich wirklich Weihnachten.«

»Wie schön«, sagte Berthold und klappte das Buch zu. »Gehen wir an den Strand und dann zu Yanis?«

»Ja. Lass uns gehen!«

Sie wartete den ganzen Tag. Aber Berthold sagte keinen Ton. Fing kein ernsthaftes Gespräch an, nach dem Motto: »Ich muss dir was sagen, Liebes, ich habe da jemanden kennengelernt ...« Nichts.

Und sie dachte: Du wirst dich wundern.

Am Abend saßen sie wie immer bei Yanis, hatten den Retsina auf dem Tisch, aber mussten wieder Ewigkeiten auf ihr Essen warten.

»Ich weiß von Birte und dir«, sagte Evi plötzlich völlig unvermittelt, als die Abendsonne gerade im Meer versank. »Ich weiß, dass du mich verlassen willst. Warum sagst du mir davon nichts?«

Berthold spuckte beinah den Retsina über den Tisch und war wie vor den Kopf geschlagen. »Tja ..., nun ..., ich wollte es dir sagen ...«

»Wir sind vierundzwanzig Stunden am Tag zusammen, aber es gab bisher noch keine Gelegenheit, oder wie?« fragte sie scharf.

»Nein«, antwortete er schlicht.

»Und?«

Berthold atmete tief durch. Man sah ihm an, dass sich in seinem Kopf und seinem Innern alles drehte. Dann sagte er leise: »Ja, es stimmt. Ich werde dich verlassen, Evi, weil ich mich in Birte verliebt habe. Kriegen wir das irgendwie gütlich geregelt? Ohne Rosenkrieg?«

»Sicher«, sagte sie. »Gar kein Problem. Das regeln unsere Anwälte. Aber jetzt sollten wir uns nicht noch quälende Tage in unserem Traumhaus antun, sondern möglichst den nächsten Flug nach Hause nehmen. Ich habe nämlich keine Lust mehr, auch nur noch ein einziges Wort mit dir zu wechseln.«

Damit stand sie auf. »Du kannst meine Portion mitessen und meinen Wein mittrinken. Ich gehe schon mal nach oben und packe meine Sachen.«

Als er gegen Mitternacht nach oben kam, schlief Evi bereits auf der Couch im Wohnzimmer.

»Komm, lass uns reden!«, sagte er am nächsten Morgen. »Vielleicht kriegen wir das auch ohne Anwälte hin. Es gibt ein bisschen Vermögen. Das teilen wir. Eine Hälfte für dich, eine Hälfte für mich. Wenn man bedenkt, dass du nichts mitgebracht hast, als wir uns kennenlernten, ist das sehr großzügig. Unser Haus verkaufen wir. Und alles, was wir sonst noch so haben. Klare Kante. Halbe-halbe. Und dann ist alles gut. Und du hast einen ungeheuren Reibach gemacht.«

»Ach ja? Und du hast von dem bisschen Vermögen schon mal fünfhunderttausend auf ein anderes Konto überwiesen! Soviel zum Thema halbe-halbe.«

Berthold schwieg.

Lange sagte niemand ein Wort.

Schließlich lächelte Evi und meinte leise: »Du vergisst, dass die Villa mir gehört, mein Schatz. Sie läuft auf meinen

Namen und gehört mir! Nur mir! Und nicht uns beiden. Da ist nichts mit halbe-halbe. Du hast bereits von unserem Konto die fünfhunderttausend abgezweigt. Das ist mehr als genug. Das ist das, was ich dir mit auf den Weg gebe. Mit freundlichen Grüßen. Mehr nicht. Alles andere ist meins. Und jetzt kannst du abhauen und deiner Birte sagen, dass du ein armer Schlucker bist, der nicht mehr als läppische fünfhunderttausend mitbringen kann. Die gehen ja schon für ein armseliges Nullachtfünfzehn-Reihenhaus in Klein-Knesebeck am Bach hinter der Kastanie drauf. Vielleicht sollte die gute Birte doch lieber bei ihrem Politiker-Sack bleiben, da sitzt sie wenigstens in einer herrschaftlichen Villa! Denn deine sexuelle Attraktivität wird augenblicklich erlöschen, wenn sie deinen Kontostand erfährt und begreift, dass die Supervilla in bester Hamburger Lage nicht dir, sondern mir gehört, mein Lieber! Und jetzt wünsche ich dir alles Gute!«

Berthold sah in den Abgrund seines Lebens. Ihm wurde schwindlig. Er hatte völlig vergessen, dass die Villa nur auf Evis Namen lief. Er war immer der reiche Mann gewesen, der sich alles leisten konnte, er hatte es verdrängt, verdammt noch mal, er hatte keine Sekunde lang daran gedacht, als er Birte kennenlernte.

»Und wenn wir wieder zu Hause sind, dann ziehst du aus der Villa aus. Ich geb dir zwei Wochen. Nimm dir einfach eine Ferienwohnung mit deiner Birte. So was kann ja richtig romantisch sein. Und dann geb ich dir noch mal zwei Wochen, um deinen ganzen Scheiß, deine sämtlichen Klamotten aus dem Haus zu holen. Und dann lass dich nie wieder blicken!«

Berthold wurde schlecht.

Zum Teufel. Er hatte es vergeigt.

Evi fühlte sich glänzend. Sie hatte ihren Rückflug vorziehen können, er ging in drei Tagen. So lange würde sie diesen Mann noch aushalten. Und dann begann ein ganz neues, freies Leben. Sie war fünf oder sechs Millionen schwer. So genau wusste sie das nicht, weil sie keine Ahnung hatte, wie viel sie für die Villa bekommen würde. Vielleicht waren es mittlerweile auch sieben Millionen, aber das war ja egal. Sie würde sich eine kleine, gemütliche Bleibe suchen, vielleicht hier in Griechenland, oder in Italien oder Spanien ... Sie konnte sich kaufen, was sie wollte, tun und lassen, was sie wollte, und musste sich niemals mehr quälenden Diskussionen mit Berthold stellen, der immer das Gefühl hatte, dass sie nur über SEIN Geld verfügte. Der nie begriffen hatte, dass alles ihr gehörte.

Was für ein Glück! Was für eine Freiheit.

Sie freute sich auf dieses Leben.

»Gehen wir zu Yanis?«, fragte Berthold gegen Abend. »Wir haben nichts im Haus, und ich habe Appetit auf Tzatziki, Salat und Lammkoteletts. Und ein Schlückchen Retsina. Du nicht?«

Evi lächelte. »Warum nicht? Gehen wir zu Yanis. Ich lade dich ein.«

Das war ein Scherz, aber er kam bei Berthold schlecht an.

Berthold versuchte es ein letztes Mal.

»Evi, Liebste, guck mal, wir wollen doch eine gerechte Lösung. Als wir uns kennenlernten, hattest du nichts. Und jetzt biete ich dir die Hälfte von allem. Das ist doch ein Traum! Und dann trennen wir uns in Frieden und Freundschaft. Warum kann das nicht möglich sein?«

»Mein Lieber, ich werde den Teufel tun und dir die Hälfte der Villa schenken, nachdem du mich mit dieser gelifteten Schlampe betrogen hast. Das müsste doch eigentlich auch ein Mann wie du kapieren, dass das Schwachsinn ist.«

Berthold schwieg. Sah hinaus aufs Meer. Die Sonne ging gerade unter, schöner konnte ein gemeinsamer Abend nicht sein.

»Bleib bei mir«, sagte Evi leise. »Und alles ist gut.«

Berthold schwieg.

An diesem Abend hatten sie nicht einen, sondern zwei Liter Retsina getrunken und hatten bereits Schwierigkeiten, die Taverne zu verlassen.

»Kalinichta«, hauchte Berthold und hielt sich am Tisch fest.

»Kalinichta«, antwortete Yanis lächelnd. »Kommt gut nach Hause. Bis morgen.«

Evi und Berthold verließen, sich gegenseitig stützend, aber leicht schwankend, die Taverne.

»Trotz allem«, sagte Evi. »Es war ein schöner Abend. Vielleicht unser letzter.«

Berthold antwortete nicht.

»Ich habe übrigens noch ein Geschenk für dich. Ein verspätetes Weihnachtsgeschenk.«

»Wo? Und wieso?«

»Ich weiß noch nicht, wann du es bekommst. Aber du bekommst es auf alle Fälle.« Sie lächelte.

Und dann begann der fürchterliche Aufstieg. An diesem Abend noch so viel schwerer und anstrengender als jemals zuvor, denn zwei Liter Retsina beschwerten Kopf und Beine mehr als ein Zwanzig-Kilo-Rucksack auf dem Rücken.

Berthold ging voran und leuchtete mit seiner Taschenlampe.

Evi schleppte sich schweigend hinterher.

An der steilsten Stelle, dort wo sich die Stufen fast senkrecht in den Himmel bohrten, blieb Berthold plötzlich stehen. Evi lag fast auf der Treppe, auf allen vieren, keuchend.

»Du wirst mich nicht fertigmachen. Du nicht. Du wirst mich nicht vernichten!«

Er sah ihr nicht in die Augen, sondern in den Sternenhimmel, als er ihr einen Fußtritt gegen die Brust gab.

Sie spürte und wusste, was geschah, aber konnte es nicht glauben, daher war sie auch nicht in der Lage zu reagieren, sich festzuhalten oder sonst irgendetwas Rettendes zu tun. Sie stürzte nach hinten in die Tiefe, die Treppe hinab, registrierte noch diese gewaltige Kraft und diese Brutalität, als das Gestein mit ungeheurer Wucht auf ihren Kopf und die Wirbelsäule traf. Sie spürte keinen Schmerz, aber es durchzuckte sie die Erkenntnis, dass dieser Fall ihr Ende bedeutete. Noch niemals war sie sich der Verletzlichkeit ihres Körpers so bewusst gewesen, wie in diesem Moment, als sie starb.

Berthold stand einen Moment mit angehaltenem Atem still. Dann stieg er ganz langsam hinauf bis zum Ferienhaus. Dort drehte er sich um, sah in die Nacht und lächelte.

»Frohe Weihnachten, Berthold«, flüsterte er und fühlte sich großartig und von allem Übel befreit.

Schließlich betrat er das Haus und rief die Polizei.

Die Polizisten holten den Rettungsdienst, der Evis Körper auf einer Trage den Berg hinunterschleppte, ihn vor den entsetzten Augen von Yanis in den Rettungswagen schob und ins Krankenhaus der nächstgrößeren Stadt brauste.

Aber für Evi kam jede Hilfe zu spät.

Berthold schien am Boden zerstört. Etwas Schlimmeres konnte in einem traumhaften Weihnachtsurlaub in der Ägäis nicht geschehen! Die Frau stürzte die Treppe hinunter, weil sie offensichtlich zu viel getrunken und das Gleichgewicht verloren hatte.

Die Griechen sprachen Berthold ihr Beileid aus.

Der Leichnam wurde nach Deutschland überführt.

Zwei Wochen später bekam Berthold Post. Er wurde offiziell darüber informiert, dass in der Jackentasche seiner Frau in der Nacht des Sturzes ein handschriftlich aufgesetztes und eigenhändig unterschriebenes Testament gefunden worden war, das die Kripo zum zuständigen Amtsgericht geschickt hatte.

Berthold hatte ein ganz blödes Gefühl.

Zwei Monate später wurde das Testament intern von einem Rechtspfleger beim Nachlassgericht eröffnet.

Berthold bekam das Protokoll der Testamentseröffnung zugeschickt. Das frühere Testament, das sie gemeinsam gemacht hatten, lag in Kopie bei und war hinfällig. Das neue, schnell am Weihnachtstag hingekritzelte, lag auch in Kopie bei und war allein gültig.

Berthold saß in seiner Küche und las fassungslos, was Evi angeblich im Vollbesitz ihrer geistigen Kräfte verfügt hatte:

»Die Villa soll verkauft werden. Die Hälfte des Erlöses geht an Lydia, denn ungeliebte Kinder haben so viel Leid erfahren und müssen entschädigt werden.

Den Rest bekommt der Gnadenhof Uhlenhort in der Nähe von Hamburg. Alte und gequälte Tiere, Eulen, Esel, Pferde, Ziegen und Schafe, sollen dort ihr Gnadenbrot bekommen und Gras, Sonne und Luft genießen bis an ihr Lebensende.«

Allmählich begriff Berthold, dass Evis Tod vollkommen sinnlos gewesen war. Er war ruiniert und hatte alles verloren. Das hastig hingeschriebene Testament war Evis Rache.

Ihm wurde erst heiß, dann kalt, dann schwarz vor Augen. Konnte nichts dagegen tun, dass er vom Stuhl rutschte und hart auf dem Fußboden aufschlug.

Er fühlte noch, wie sich eine eiserne, eiskalte Hand um sein Herz legte und es langsam und brutal immer mehr zusammendrückte, bis es nicht mehr schlug.

Einfach nicht mehr schlagen konnte.

~ GALOPOULA – GEFÜLLTER TRUTHAHN ~

TRADITIONELLES GRIECHISCHES WEIHNACHTSESSEN
Der Truthahn sollte um die fünf Kilo wiegen.

Den ausgenommenen Vogel mit Olivenöl und Salz, Pfeffer, Salbei, Oregano und ein klein wenig Zimt einreiben.

Dann:

* 500 g gemischtes Hackfleisch
* 3 Äpfel
* 100 g Pinienkerne
* 100 g Rosinen
* 300 g Esskastanien
* 3 große Scheiben gekochter Schinken

und die Innereien des Truthahns anbraten, mit einem viertel Liter Weißwein ablöschen, 15 Minuten köcheln lassen, eventuell noch etwas Wasser dazugeben, und dann die feste, aber geschmeidige Masse würzen und in den Truthahn füllen.

Den Truthahn bei 180 Grad dreieinhalb bis vier Stunden im Ofen braten lassen, ab und zu einpinseln und mit Bratensaft übergießen.

Zum Schluss den Bratensaft mit Likörwein einkochen lassen und die Soße über den Truthahn gießen.

Dazu passen Nudeln oder Reis und Salat.

Καλή όρεξη! Guten Appetit!

CARINE BERNARD

DÉPARTEMENT MORD: OHNE DIE PUTE WÄRST DU TOT!

TATORT: HAUTS-DE-FRANCE

DIE AUTORIN

Carine Bernard wurde 1964 in Niederösterreich geboren und lebt mit ihrem Mann in der Nähe von Düsseldorf. Ihre Liebe zu Frankreich führte sie schon in viele Ecken des Landes, wo sie neben der landschaftlichen Schönheit vor allem die französische Küche genießt.

*D*indeli-Ding, Dindeli-Dong!«

Die Kirchenglocken. Théo Prince stand vor dem Spiegel im Flur. Die Weste aus dunkelrotem Samt mit den glänzenden Messingknöpfen spannte ein wenig um seine Mitte, was in Anbetracht des bevorstehenden Abendessens vielleicht ungünstig war, doch unter der feinen Kaschmirjacke würde das niemand bemerken. Und es war allemal besser als eine Krawatte, fand er und bückte sich ächzend nach den Schuhen. Dabei war noch genug Zeit. Die Glocken erklangen gerade erst zur Kommunion, und da würde der Andrang heute, am Weihnachtsabend, groß sein. So groß, dass ihm noch reichlich Zeit blieb für den Weg durchs Dorf, den Berg hinunter, zu den herrschaftlichen Häusern direkt hinter der Düne.

Madame Lambertins Einladung war ein wenig vage gewesen: »Nach der Messe«, hatte sie gesagt. Nach der Messe solle Monsieur le docteur doch zum réveillon kommen, zum traditionellen Weihnachtsschmaus, man würde sich freuen. Als ob jeder an Weihnachten in die Kirche ging. Das mochte für die anderen gelten, aber nicht für ihn, nicht für Docteur Prince. Als Arzt hatte Théo dem Herrgott schon so oft ins Handwerk gepfuscht, dass er Kirchen weitestgehend mied. Und wenn der Pfarrer etwas von ihm wollte, kam er während der Öffnungszeiten zu ihm in die Praxis.

Das bevorstehende Weihnachtsessen mit seinen sieben

Gängen war jedenfalls eher ein Abendmahl nach Théos Geschmack, und natürlich hatte er freudig zugesagt, auch wenn er von den Lambertins im Grunde seines Herzens nicht viel hielt. Reiche Pariser, die hier in Wissant ein Ferienhaus besaßen. Und zwar nicht einfach ein Häuschen auf dem Land, sondern eine ziemlich pompöse Villa, die die meiste Zeit des Jahres leer stand, trotz der hübschen Säulen am Eingang und den blau glasierten Ziegeln auf dem Dach. Was man natürlich nicht den Lambertins vorwerfen konnte – schließlich hatte selbst ein Mann wie Charles de Gaulle seine Sommer hier verbracht, was Théo wiederum gut nachvollziehen konnte. Die Côte d'Opale war gerade im Sommer wirklich schön. Aber es war eben etwas anderes, wenn man das ganze Jahr über hier lebte. Im Winter, wenn die Luft nass war vom Regen und von der schäumenden Gischt des Ärmelkanals, hatte der Ort seinen ganz eigenen Charme, aber den wussten die Sommerleute offenbar nicht zu schätzen. Selbst Piet Lambertin, von dem man munkelte, er habe neuerdings sogar ein geschäftliches Interesse an Wissant, kam mit seiner Familie nur über die Feiertage her, und meist blieben sie nicht lang. Vermutlich weil Madame es schick fand, die Winterferien an der See zu verbringen, dachte Théo, anstatt im von Touristen überlaufenen Paris.

Er knöpfte den Mantel zu, setzte seinen Hut auf und verließ das Haus.

Es gab keinen Klingelknopf, nur einen altmodischen Seilzug, den Théo zögernd betätigte. Drinnen ertönte ein melodiöses Glockenspiel: »Dindeli-Ding«, was nur ein elektronischer Trick sein konnte, gar nicht ungeschickt gemacht, doch …

Die Tür ging auf, Madame Lambertin stand im Rahmen, das Licht eines Kronleuchters im Rücken, was ihre blonden auftoupierten Haare in eine Art Heiligenschein verwandelte. Théo starrte sie an, in dem Moment ertönten trappelnde Schritte hinter ihm, er riss sich los von dem Anblick und wandte sich um.

Die kleine Maya Florac stand hinter ihm, die sommersprossigen Wangen vom Laufen erhitzt, die roten Locken gebändigt unter einer Mütze. Neben ihr ein etwa gleichaltriges Mädchen, ebenfalls atemlos, doch dunkelhaarig, das herzförmige Gesicht umrahmt von einer pelzverbrämten Kapuze. Mit einem genuschelten »Pardon« drängelten sich die beiden an Théo vorbei durch die Tür.

Madame Lambertin gab den Eingang frei, sichtlich schwankend zwischen der Pflicht zur Begrüßung des Gastes und einer Ermahnung an die Tochter. Die Dunkelhaarige musste ihre Tochter sein, beschloss Théo, denn Madame entschied sich für Letzteres: »Joline! Wo wart ihr nur so lange?«

»In der Kirche.« Das Mädchen, gekränkte Unschuld im Blick, schälte sich aus seinem Mantel und streifte die Schuhe ab.

»Was, bis jetzt?« Madame Lambertin schüttelte irritiert den Kopf. »Selbst der Pfarrer ist schon hier.«

»Wir mussten noch . . .«

Maya hatte die Jacke ebenfalls ausgezogen und stieß ihre Freundin in die Rippen. »Wir haben Papa Noël geholfen«, erklärte sie ernsthaft und nahm die Mütze ab. »Das hat ein bisschen länger gedauert.«

Joline kicherte. »Genau.« Sie griff nach Mayas Hand und zog sie zur gegenüberliegenden Tür.

»Verzeihen Sie, Monsieur le docteur«, wandte sich Madame Lambertin an Théo. »Kinder! Mit zwölf sind sie so …« Theatralisch verdrehte sie die Augen.

Théo nickte wissend, obwohl er nicht wirklich Ahnung hatte. Zumindest nicht aus eigener, nicht aus unmittelbarer Erfahrung, denn er selbst hatte keine Kinder. Zwar hatte er gefühlt das halbe Dorf zur Welt gebracht, nur die eigene Familienplanung war dabei irgendwie zu kurz gekommen. Was nicht weiter schlimm war – sein Arztberuf füllte ihn völlig aus, er hätte doch gar keine Zeit gehabt, auch noch ein guter Ehemann oder gar Vater zu sein.

Er trat ein. Sand knirschte unter seinen Schuhen. Nicht dass ihn das überraschen sollte: In Wissant war alles voll mit dem Sand, der dem Ort seinen Namen gegeben hatte – wit zand, der weiße Sand. Doch hier, in diesem noblen Ambiente auf dem schwarz gekachelten Boden des Entrées …

Eine weiß beschürzte Frau nahm ihm Hut und Mantel ab, Madame Lambertin winkte ihn weiter. »Gehen Sie nur hinein. Die anderen sind im Salon.«

»Die anderen«, das war allen voran Monsieur Lambertin, der Gastgeber, breit und massig, das dunkle Haar sorgfältig über den schütteren Scheitel frisiert. Eine Mode, der sich Théo immer verweigert hatte, er trug lieber seinen Hut, der hielt die Glatze im Winter warm und im Sommer kühl. Dann Pfarrer Benoît, lang und dünn, der ihn mit schmalem Lächeln begrüßte, wusste er doch, dass der Arzt kein treues Schäfchen seiner Gemeinde war. Und zuletzt Didier Florac, breitschultrig und stabil gebaut, Gendarmeriekommandant von Wissant und Vater von Maya, der sich als einziger beim Anblick von Théo ehrlich zu freuen schien. Teilzeitvater, korrigierte sich Théo im Stillen. Didier war geschieden, er hatte seine Tochter nur alle zwei Wochenenden. Und in diesem Jahr offensichtlich auch zu Weihnachten.

Er schüttelte Hände, Lambertins Händedruck war forsch, fast schmerzhaft, der des Pfarrers zurückhaltend und kühl, nur der von Didier warm und herzlich. Lambertin reichte ihm ein Glas mit einer bernsteinfarbenen Flüssigkeit.

»Siebenundzwanzig Jahre alter Cognac«, erklärte er stolz. »Besser kann man so einen Abend doch nicht beginnen.«

»Papperlapapp.« Das war Madame Lambertin. »Gleich gibt es Champagner zum Aperitif. Ihr solltet euch nicht schon vorher den Gaumen verderben.« Hinter ihr betrat ein weiterer Gast den Salon. »Sie kennen Gaspard Grainolle?«, fragte sie, an niemand Bestimmten gewandt.

Grainolle nickte grüßend in die Runde, Théo reichte auch ihm die Hand. Natürlich wusste er, wer Grainolle war, ihm gehörte das Roi pêcheur, das Fischrestaurant am Square du Blanc Nez, das – wie man munkelte – kurz vor seinem ersten Michelinstern stand. Vermutlich stammte ein Teil des heutigen Menüs aus seiner Küche. Austern, Muscheln und Kabeljaufilets erschienen vor Théos innerem Auge, und er begrüßte ihn ob dieser Aussichten etwas herzlicher, als es dem Anlass eigentlich angemessen war.

Lambertin hob sein Glas und prostete seinen Gästen zu. »À la vôtre, Messieurs, und herzlich willkommen!«

Es gab natürlich nicht nur Champagner zum Aperitif, er wurde von eingelegten Oliven, gefüllten Kirschtomaten, gegrillten Paprikastreifen und gerösteten Brotscheiben begleitet. Neumodischer Kram, vermutlich parisien, dachte Théo und hielt sich zurück, obwohl es ihm die schwarzen Oliven wirklich angetan hatten. Aber schließlich wusste er, was noch kommen würde. Das traditionelle Weihnachtsmenü bestand aus sieben Gängen, von denen der letzte aus dreizehn Desserts bestand, und Madame Lambertin hatte extra betont, dass nichts mitzubringen sei. Kein Wein, bloß keine Blumen und schon gar keine bûche de Noël. Den traditionellen Baumkuchen in Form eines Holzscheits, den normalerweise die Gäste beisteuerten, wolle sie nämlich selber backen nach einem Rezept ihrer Großmutter.

Also war Théo ohne Gastgeschenk erschienen und hatte im Stillen gehofft, dass sich die anderen auch daran halten würden. Hätte er gewusst, dass die weiteren Gäste neben Grainolle der Pfarrer und der Commandant sein würden, hätte er sich die Sorgen sparen können. Eilig angelte er noch eine Olive von der Platte, bevor die Haushälterin sie forttrug.

Didier Florac hatte den Platz neben ihm und kaute versonnen. Die beiden Mädchen saßen ihm gegenüber, steckten die Köpfe zusammen und kicherten. Monsieur Grainolle war verschwunden, was Théos Hoffnung bestärkte, dass er wirklich mit dem zweiten Gang zu tun hatte, der traditionell aus Austern bestand. Und so war es. Ein plateau de fruits de mer wurde aufgetragen, Schnecken und Muscheln und Krebsscheren und Langusten und natürlich Austern, appetitlich angerichtet in mehreren Etagen auf einem Bett aus Algen, garniert mit Zitronenscheiben und Kräutern, dazu knuspriges Baguette. Théo seufzte beglückt und lud sich den Teller voll.

Auch und vor allem deshalb, weil der dritte Gang üblicherweise aus Gänsestopfleber bestand, foie gras, was Théo überhaupt nicht mochte, ihn regelrecht anwiderte, seit er im Studium die verfettete Leber eines Menschen auf dem Seziertisch liegen gehabt hatte. Er hielt sich da lieber an die Zwiebelkonfitüre, die dafür ganz ausgezeichnet war und auch zum Brot köstlich schmeckte, und wartete auf den vierten Gang des Menüs, das Hauptgericht des Weihnachtsessens, das eigentlich nur ein Braten sein konnte.

Mit einem auffordernden Nicken zu Monsieur Lambertin läutete ihn die Dame des Hauses ein. »Piet, würdest du bitte?«

Ihr Mann legte Messer und Gabel beiseite und erhob sich. »Natürlich, chérie.«

»Es gibt dinde aux marrons«, erklärte Madame Lambertin. »Piet hat die Pute selbst im Holzofen gebraten.«

Der Hausherr wirkte ein wenig selbstgefällig. »Ich hoffe, sie ist nicht zu trocken geworden«, meinte er. »Sie liegt schon seit heute Mittag in der Glut.«

Beifälliges Gemurmel, Théo verbiss sich ein Grinsen. Offenbar kochte Monsieur Lambertin nur selten und baute schon vor, nur für den Fall, dass der Braten missraten war. Das war allerdings kaum zu erwarten. Nicht in diesem perfekten Haus an diesem perfekten Abend.

»Nun geh schon und bring sie herein.« Madame Lambertin wedelte ihn fort. »Monsieur Grainolle, würden Sie bitte den Wein entkorken?« Sie wandte sich an die anderen. »Monsieur Grainolle hat nicht nur für die Meeresfrüchte, sondern auch für die Weinbegleitung gesorgt.«

»Das war ganz ausgezeichnet«, ließ sich der Pfarrer vernehmen. Er kaute noch immer am letzten Bissen der foie gras, offenbar teilte er Théos Hemmungen nicht.

Monsieur Lambertin kam mit ratlosem Gesichtsausdruck ins Speisezimmer zurück. »Ma chère, hast du sie schon hereingeholt?«

»Aber nein.« Madame Lambertin sah ihn erschrocken an. »Ist sie denn nicht mehr im Ofen?«

»Nein.« Ihr Mann schüttelte den Kopf und runzelte die Stirn. »Ich habe noch nach ihr gesehen, bevor wir in die Kirche gingen. Hab sie schon auf die Servierplatte gelegt, aber zum Warmhalten hab ich sie im Ofen gelassen.«

»Auf die …« Madame Lambertin riss die Augen auf. »Willst du sagen, auch die Servierplatte ist verschwunden?«

Monsieur Lambertin nickte. »Alles ist weg. Die Pute, die Platte und die Cloche.«

Madame Lambertin sprang auf. »Meine Sèvres-Platte ist weg?« Sie schlug die Hände vors Gesicht. »Die war ein Geschenk meiner Mutter! Und du weißt, was sie mir bedeutet.« Ihre Schultern zuckten, sie schluchzte.

Monsieur Lambertin sah sie hilflos an. »Aber chérie, ich konnte doch nicht ahnen …« Er streckte die Hand nach ihr aus.

Wütend stieß sie sie weg. »Wie konntest du nur!« Ihr Blick war anklagend, die Stimme auf einmal eine Oktave höher. »So tu doch was!«

»Was soll ich denn tun?« Piet Lambertin wurde nun ebenfalls laut. »Ich kann doch nicht wissen, dass Diebe in unseren Garten kommen und … und …«, er schüttelte den Kopf, »… und die Pute stehlen!«

»Du hättest besser aufpassen müssen.« Madame Lambertin sank auf ihren Stuhl. »Du hättest sie nicht aus den Augen lassen dürfen.«

»Aber *du* wolltest doch, dass wir alle in die Kirche gehen.« Er wandte sich an die anderen. »Damit konnte doch niemand rechnen, oder?«

Théo Prince verbiss sich mit Mühe ein Grinsen, und auch in Didier Floracs Augen funkelte es verdächtig. Einzig dem Pfarrer schien der Irrwitz der Situation zu entgehen, er starrte mit aufgerissenen Augen die Gastgeber an. »Heißt das, der Hauptgang fällt aus?«

»Wir haben ja noch die Fischsuppe.« Das war Grainolle, pragmatisch. »Nur der Rotwein passt nicht dazu.« Er drückte den Korken zurück in die Flasche.

Madame Lambertin warf dem Pfarrer einen zornigen Blick zu. »Wie können Sie nur jetzt ans Essen denken, Monsieur le curé! Meine Sèvres-Platte ist weg, und das ist eine Katastrophe.«

»Aber …« Der Pfarrer wurde tatsächlich rot.

»Commandant Florac, können Sie denn nichts tun?« Piet Lambertin wandte sich an Didier.

»Nun, ich …« Ihm war deutlich anzumerken, dass er keine Lust hatte, am heiligen Weihnachtsabend beruflich tätig zu werden. Théo hatte ihn ohnehin in Verdacht, dass er sich um die Stelle als Postenkommandant nur beworben hatte, weil er dann mehr Zeit im Warmen hinter seinem Schreibtisch verbringen konnte. Nein, das war unfair. Didier war ein feiner Kerl, er konnte ihn wirklich gut leiden.

»Genau!« Madame Lambertin sah ihn auffordernd an. »Sie sind doch Polizist. Können Sie die dreisten Diebe nicht fangen?«

»Wie stellen Sie sich das vor, Madame?«, erwiderte Didier

und warf Théo einen Hilfe suchenden Blick zu. »Die sind doch schon längst über alle Berge.«

»Aber Sie könnten wenigstens Spuren sichern. Vielleicht entdecken Sie ja einen Hinweis.«

»Hm.« Didier brummte, dann stand er widerwillig auf. »Na gut, zeigen Sie mir, wo es passiert ist.«

Théo hatte die ganze Zeit nichts gesagt, hatte nur beobachtet. Auch die beiden Mädchen waren verstummt. Théo warf einen Blick zu ihnen hinüber. Maya saß stocksteif auf ihrem Stuhl und starrte Madame Lambertin an, auf Jolines Wangen brannten rote Flecken, ihre Finger kneteten die Serviette. Fast könnte man denken, sie hätte ein schlechtes Gewissen, dachte Théo. Wobei … Der Sand im Flur kam ihm in den Sinn. Die beiden Mädchen, die kichernd hinter ihm zur Tür hereingekommen waren, eine gute halbe Stunde nach dem Ende der Messe, obwohl der Weg von der Kirche zum Haus der Lambertins keine fünfzehn Minuten dauerte. Und auch nicht über sandige Pfade führte, egal welchen Weg man einschlug. Und was hatte Maya gesagt? Sie hatten Papa Noël geholfen.

Er setzte seine strengste Miene auf, die eigentlich nur unwilligen Patienten vorbehalten war, die nicht auf ihn hören wollten. »Was habt ihr beide damit zu tun?«

Die roten Flecken auf Jolines Gesicht schienen sich auf Mayas Wangen auszubreiten. Mit aufgerissenen Augen starrte sie ihn an. »Woher wissen Sie …«

»Aber wir …« Joline, gleichzeitig.

»Nun, es ist ganz offensichtlich, dass ihr zwei etwas darüber wisst. Dazu der Sand an euren Schuhen, eure Verspätung …«

Madame Lambertin fuhr auf. »Joline!« Ihre Stimme war schrill. »Was habt ihr getan?«

»Wir haben es doch nur gut gemeint.« Tränen traten in Jolines Augen, sie senkte den Kopf.

Maya setzte sich aufrecht hin und holte tief Luft. »Wir haben die Pute verschenkt«, erklärte sie ernst.

»Ihr habt ... was?« Monsieur Lambertin sah von Maya zu seiner Tochter. »Seid ihr verrückt geworden? Ihr könnt doch nicht unseren Weihnachtsbraten verschenken!«

»Und schon gar nicht mitsamt meiner Sèvres-Platte!« Das war Madame, die Stimme erhoben. Offenbar bedeutete ihr diese Platte tatsächlich sehr viel. Natürlich, Sèvres-Porzellan war nicht billig, aber sich deshalb so ...

»Wir wussten das doch nicht, Maman.« Joline. »Oder wir haben nicht daran gedacht«, fügte sie kleinlaut hinzu, als ihre Mutter Luft holte für die nächste Tirade.

»Nun, dann ist es ja kein Problem, wenigstens die Platte wiederzubekommen.« Didier Florac setzte sich wieder und sah die beiden Mädchen auffordernd an. »Wem habt ihr die Pute denn geschenkt?«

Joline und Maya sahen sich an. Maya ergriff schließlich das Wort. »Da ist ein alter Mann auf dem Campingplatz«, begann sie. »Der hat keine Wohnung und lebt in einem Wohnwagen.«

»Was, jetzt, im Winter?« Der Pfarrer sah Maya verblüfft an. »Ist das denn nicht viel zu kalt?«

»Natürlich.« Joline zog die Nase hoch. »Deshalb dachten wir, dass wir ihm mit der Pute eine Freude machen.«

»Damit er zu Weihnachten wenigstens etwas Gutes zu essen bekommt«, ergänzte Maya.

»Wie habt ihr den Mann denn kennengelernt?«, wollte Théo wissen.

Das Rot auf den Wangen von Joline vertiefte sich. »Wir waren auf dem Spielplatz.«

»Auf dem Campingplatz«, ergänzte Maya.

»Aber der ist doch im Winter geschlossen.« Didier sah sie streng an. »Das heißt, ihr seid da eingebrochen.«

Joline nickte, das schlechte Gewissen war ihr ins Gesicht geschrieben. »Da ist ein Loch im Zaun.«

»Und da haben wir diesen alten Mann getroffen«, fuhr Maya fort. »Er war auch gar nicht böse, weil wir auf dem Campingplatz waren. Er hat uns erzählt, dass normalerweise immer viele Kinder da sind.« Sie sah Joline an, und ihre Freundin ergriff wieder das Wort.

»Natürlich nur im Sommer, wenn der Campingplatz geöffnet hat. Dann arbeitet er da und wohnt in einem dieser Wohnwagen. Im Winter hat er eine Wohnung im Dorf, aber aus der hat man ihn jetzt rausgeworfen, und er hat kein Geld für eine neue.«

»Und weil sein Chef ihm nicht helfen wollte«, schloss Maya, »ist er in seinen Wohnwagen gezogen.«

»Ich glaube, dann weiß ich, wer das ist«, warf Théo ein. »Antoine Fortas ist ein guter Kerl. Der gibt die Platte sicherlich zurück, wenn man ihm die Sache erklärt.«

»Und was ist mit der Pute?« Das war Lambertin. »Die hätten wir auch gern wieder.«

»Er wird sie ganz bestimmt noch nicht aufgegessen haben«, sagte Théo.

»Also los, worauf wartet ihr dann noch?« Madame Lambertin klatschte in die Hände. »Los, los. Ihr beiden holt jetzt die Pute und die Platte zurück.«

»Du willst sie ernsthaft in der Dunkelheit allein zum

Campingplatz laufen lassen?« Piet Lambertin schüttelte den Kopf. »Da komme ich mit, und ihr beiden zeigt mir den Weg.« In der Tür drehte er sich noch einmal um. »Commandant Florac, würden Sie mich vielleicht begleiten? Nur für den Fall, dass der Mann widerspenstig ist und sie nicht herausrücken will.«

Didier schnitt eine Grimasse, aber er erhob sich. Théo stand ebenfalls auf. »Ich komme besser auch mit. Immerhin kennt mich Antoine, und ein Verdauungsspaziergang ist vielleicht gar nicht verkehrt.«

Es war dunkel, es war kalt, ein böiger Wind zerrte an Théos Mantel, und er bereute schon nach wenigen Schritten, dass er mitgekommen war.

Das Haus der Lambertins befand sich am Ende einer Sackgasse, wo ein Trampelpfad begann, ausgetreten von Hundebesitzern und Strandläufern, die sich den Umweg über die Promenade zum Strand sparen wollten. Er mündete nach wenigen Metern in den Dünenweg, der die Dune d'Aval entlang verlief und irgendwann am Meer endete, weit draußen in der Bucht, wo man ganz allein war mit dem Sand, dem Wind und den Wellen. Mehrere Wege zweigten davon ab, und einer davon führte direkt auf den Campingplatz. Dieser Zugang war zwar im Winter verschlossen, doch irgendwie musste es den Mädchen gelungen sein, die Absperrung zu überwinden.

Der Nachteil des Dünenwegs war, dass man knöcheltief im Sand versank, jenem Sand, der in Wissant allgegenwärtig war. Théo stapfte schweigend hinter Didier und Lambertin her. Der Gendarm hatte eine starke Taschenlampe aus dem

Auto geholt, schon fast ein Scheinwerfer, und beleuchtete damit den Pfad. Geisterhaft irrlichterte der Strahl über die dornigen Sträucher am Wegesrand. Endlich kam eine Weggabelung in Sicht, die Männer vor Théo wandten sich nach links. Nach wenigen Metern ging es nicht mehr weiter. Vor ihnen erhob sich ein stabiler Bauzaun, an dem Platten aus Pressspan befestigt waren, die ein Überklettern verhindern sollten. Aber das war gar nicht nötig, denn der Zaun, der sich an die Gitterstäbe anschloss, war aufgebogen, sodass jemand von der Statur der beiden Mädchen problemlos hindurchschlüpfen konnte. Anders sah die Sache bei den Männern aus: Lambertin und Florac waren groß und kräftig und Théo eindeutig zu dick. Der Gendarm winkte Théo heran, und unter Einsatz ihrer vereinten Kräfte zogen sie kurzerhand das ganze Zaunelement zur Seite.

»Wohin jetzt?«, fragte Didier und ließ die Taschenlampe kreisen. Bäume sprangen aus dem Dunkel, ihre Schatten bewegten sich wie vielarmige Gespenster und verschwanden wieder in der Nacht.

»Da entlang«, sagte Maya und übernahm die Führung.

Ein Gebäude schälte sich aus der Dunkelheit, offenbar ein Waschhaus, die Türen geschlossen und die Fenster dunkel. Der ganze Campingplatz wirkte wie ausgestorben. Zwar standen vereinzelt Wohnwagen auf umzäunten Flächen entlang der geschotterten Straße, an einer Stelle war eine Grube mit Flatterband markiert und eine Schubkarre stand daneben, doch niemand war zu sehen.

Maya wandte sich nach links zu einer Treppe, die nach unten führte. Hier gab es asphaltierte Wege zwischen den leeren Parzellen und Straßenlaternen, die natürlich jetzt nicht brannten. Außerhalb des Lichtkreises von Didiers Lampe war es stockfinster. Erst als sie um die nächste Straßenecke bogen, tauchte hinter einer Buschreihe ein gelblich leuchtender Schein auf.

»Da vorne«, sagte Joline und schloss zu Didier auf. Unwillkürlich beschleunigte auch Théo seine Schritte.

Der Wohnwagen unterschied sich in nichts von den anderen, die sie auf dem Hinweg gesehen hatten. Es war ein älteres Modell, die ehemals weißen Seitenwände fleckig und streifig von den Jahren im Freien. Es gab kein Vorzelt, nur ein kleiner Tisch und ein klappriger Stuhl wiesen auf den winterlichen Bewohner hin. Und auf diesem Tisch …

»Da ist sie ja.« Die Erleichterung in Monsieur Lambertins Stimme war deutlich zu hören. Er griff nach der Abdeckung aus Porzellan und hob sie hoch, Théo reckte sich auf die Zehenspitzen. Was für ein Glück, die Pute war noch da, nein, mehr noch, sie war unversehrt.

Lambertin setzte die Haube wieder auf die Platte, mit einem satten Klingen rutschte sie an ihren Platz: »*Dindeli-Dong.*«

Maya sah sich um. »Komisch, dass er sie nicht reingeholt hat«, bemerkte sie. »Er ist doch da.« Sie wies auf den schmalen Lichtstreifen, der aus einem Spalt in der Fensterverdunkelung fiel.

»Vielleicht hat er von eurem … Geschenk gar nichts bemerkt.« Lambertin zuckte mit den Achseln. »Ist vielleicht auch besser so.«

»Aber spätestens jetzt müsste er uns doch hören«, widersprach Maya. Sie stieg auf den Schemel, der vor der Eingangstür stand, und spähte hinein. »Ich kann nichts sehen.« Fragend sah sie Théo an. »Soll ich klopfen?«

»Nein, lass das.« Lambertin wedelte mit der Hand. »Komm runter da, wir gehen und nehmen die Pute wieder mit.«

»Aber können wir ihm nicht wenigstens ein Stück davon abgeben?« Joline sah ihren Vater bittend an. »Er soll doch nicht hungern.«

»Also ich weiß nicht.« Lambertin schüttelte den Kopf.

Didier Florac war an das Fenster getreten, aus dem der Lichtschein fiel. Er legte den Kopf schief, um etwas zu erkennen, dann hob er die Hand und klopfte gegen die Scheibe. »Monsieur? Können Sie mich hören?«

Etwas in seiner Stimme alarmierte Théo. »Was ist los?«

»Ich sehe nur ein Bein«, sagte Didier. »Ich glaube, der Mann schläft.«

»Oder es ist etwas passiert.« Théo rüttelte an der Tür. »Antoine? Kannst du mich hören?«

»Lass mich mal.« Didier hatte auf einmal ein Taschenmesser in der Hand. Mit einer raschen Bewegung hebelte er die Tür auf und trat zurück.

Ein Schwall warmer Luft drang nach draußen, Théo musste husten. Mit einem Schritt war er in der Tür und blickte in den Wagen. Alle Fenster sowie die Dachluke waren von innen mit Pappkarton und Panzerband zugeklebt, ein kleiner Gasofen glühte, es war warm drinnen, eigentlich schon zu warm. Antoine lag ausgestreckt auf dem Bett, das Gesicht gerötet, und Théo erfasste mit einem Blick die Situation. So fest konnte kein Mensch schlafen, auch nicht nach der Flasche Rotwein, die er offenbar geleert hatte, und schon gar nicht so reglos.

Théo holte tief Luft. »Didier, schnell, hilf mir!«

Mit angehaltenem Atem stieg er in den Wohnwagen, trat ans Bett und fühlte nach dem Puls des Mannes. Antoines Hand war warm, doch Anzeichen von Kreislauf, von Leben waren nicht zu spüren. »Raus mit ihm«, rief er. »Schnell!«

Didier war neben ihm und umfasste die Schultern des Mannes, Théo ergriff die Füße, und gemeinsam schafften sie ihn nach draußen. »Lambertin, holen Sie eine Decke«, befahl Théo.

Scheppernd stellte Lambertin die Pute wieder auf den Tisch, aber Maya war schneller. Schon breitete sie die Bettdecke auf dem nackten Boden aus, Théo und Didier legten den Mann darauf. Théo ging neben ihm in die Knie und fühlte nach der Halsschlagader. Nichts. Oder doch? Wenn, dann war das Pochen viel zu schwach, unendlich weit entfernt.

»Ruf den Notarzt an!« Im Stillen verfluchte er, dass er seine Tasche nicht bei sich hatte. Aber wie sollte er auch ahnen, dass er statt zum Festtagsbraten zu einem Notfall gerufen würde? Abgesehen davon hätte ihm hier auch seine Tasche nicht geholfen. Ohne Rücksicht auf die Knöpfe riss er Antoines Hemd auf und begann mit der Herzmassage.

»Was fehlt ihm denn?«, fragte Lambertin.

»Sauerstoff«, antwortete Théo knapp und beugte sich über Antoines Gesicht. Seine Atemluft war alles, was er hatte, um den Mann vielleicht lange genug am Leben zu erhalten, bis der Rettungswagen eintraf. »Er hat wahrscheinlich eine Kohlenmonoxidvergiftung.«

Didier zog das Telefon aus der Tasche, und Théo hörte, wie er mit der Notrufzentrale sprach. Schließlich steckte er das Handy wieder ein. »Sie sind in fünfzehn Minuten hier.«

Théo biss die Zähne zusammen. Fünfzehn Minuten waren womöglich zu lang. Antoine brauchte Sauerstoff, und zwar so schnell wie möglich.

»Wie kommen die denn hier rein?«, wollte Lambertin wissen. »Das Tor vorne ist doch zu.«

»Die Feuerwehr hat einen Schlüssel.« Didier trat an den Wohnwagen und spähte nach oben in die Dunkelheit. »Das mit dem Kohlenmonoxid wundert mich nicht«, meinte er. »Er hat auch die Dachentlüftung zugeklebt.«

Théo folgte seinem Blick. »So dumm kann er doch nicht sein«, brummte er, während er mit der Herzdruckmassage fortfuhr. »Antoine ist ein erfahrener Camper, er muss doch wissen, dass man das nicht tun darf. Schon gar nicht, wenn man mit einer offenen Flamme heizt.«

»Hat er aber.« Didier kletterte über die Leiter nach oben, die am Heck des Wohnwagens befestigt war, und löste das Klebeband von dem pilzförmigen Dachlüfter. Er war mit dem gleichen Klebeband umwickelt, das Antoine auch zum Abdichten der Fenster verwendet hatte. Darunter kam ein schmutziges Stück Stoff zum Vorschein. »Dabei weiß das doch wirklich jedes Kind«, sagte Didier und sprang herab. Mit einer angeekelten Geste warf er den Lappen auf den Tisch.

Maya nickte ernsthaft. »Das haben wir sogar in der Schule gelernt.«

»Denkst du, er hat es absichtlich getan?« Der Gendarm ging neben Théo in die Hocke. Er hatte die Stimme gesenkt, er wollte wohl nicht, dass die beiden Mädchen ihn hörten.

»Du weißt schon. Ein alter Mann, der niemanden hat, und dann ist auch noch Weihnachten …«

Théo schüttelte den Kopf. »Nein, das passt nicht zu ihm. Ich kenne Antoine, der ist nicht depressiv.« Erneut beugte er sich über Antoines Gesicht.

»Vermutlich war ihm einfach nur kalt.« Lambertin trat ungeduldig von einem Bein auf das andere. »Müssen wir eigentlich alle hierbleiben, bis die da sind? Kann nicht Monsieur le docteur …«

»Wir warten.« Didier schnitt ihm das Wort ab.

Maya kniete sich neben Théo und griff nach Antoines Hand. »Glauben Sie, er wird wieder gesund?«

Théo hob den Kopf. Die Sorge stand Maya ins Gesicht geschrieben. »Es kommt darauf an, wie lange er schon bewusstlos war«, sagte er. »Wenn wir ihn rechtzeitig gefunden haben, wird er sich wieder erholen. Wenn nicht …«

In Mayas Augen traten Tränen. »Als wir vorhin hier waren, haben wir ihn drinnen gehört, aber wir haben uns nicht getraut, bei ihm anzuklopfen«, sagte sie leise. »Wenn wir das getan hätten …«

»… hätte es gar nichts geändert«, gab Théo zurück und holte tief Luft für die nächste Atemspende. »Ohne eure Aktion mit der Pute hätte er die Nacht auf keinen Fall überlebt.«

Die Zeit bis zum Eintreffen des Rettungswagens wollte und wollte nicht vergehen. Inzwischen hatte Didier Théos Platz eingenommen und führte die Herzmassage fort, während Théo Antoine weiter beatmete. Der Zustand des Mannes änderte sich dadurch nicht, er blieb bewusstlos, aber aufzuhören war keine Option.

Endlich war Motorengeräusch zu vernehmen. Didier schickte die Mädchen nach vorn zur Straße, um den Helfern den Weg zu weisen, und dann ging es ganz schnell. Antoine wurde auf eine Trage verfrachtet, einer der Sanitäter stülpte ihm eine Atemmaske übers Gesicht und schloss den Ambubeutel und eine Sauerstoffflasche an. Der andere befestigte die Elektroden eines EKGs an Antoines Brust, Théo hielt den Atem an, und tatsächlich, ein schwacher Ausschlag auf dem kleinen Monitor bewies, dass ihre Bemühungen vielleicht doch nicht umsonst gewesen waren.

Er erhob sich ächzend, seine Knie schmerzten. Didier streckte ihm helfend die Hand hin, doch er ignorierte sie. Vor dem Gendarm wollte er keine Schwäche zeigen, doch im nächsten Augenblick fand er den Gedanken selber dämlich. Entschuldigend lächelte er Didier an. »Danke, es geht schon.«

Didier wandte sich zu den Sanitätern. »Wo bringt ihr ihn hin?«

»Nach Boulogne. Das ist zwar ein Stück weiter, aber die haben eine Druckkammer. Und beatmen können wir ihn auch unterwegs.«

Théo nickte. »Das ist gut.« Er drückte den Rücken durch, die Wirbel knackten vernehmlich. Inzwischen wurde er zu alt für so etwas, das ließ sich nicht länger verleugnen.

Während Didier die Formalitäten klärte, trat er an den Tisch, der draußen stand und untersuchte den Lappen, der Antoine um ein Haar das Leben gekostet hätte. Ein quadratisches Stück Stoff, dicht gewebt, aber fleckig und geschwärzt. Vielleicht war es einmal weiß gewesen, doch nun war es so schmutzig, dass die eingestickte Krone in der Ecke nur noch zu fühlen, aber kaum noch zu erkennen war. Théo legte das Tuch zurück auf den Tisch und wandte sich zum Wohnwagen. Offenbar hatte Antoine versucht, die einfachen Kunststoffscheiben mithilfe der Pappkartons zu isolieren, um seine Behausung warm zu halten. Das war sicher nicht verkehrt, aber was hatte ihn nur geritten, die Dachentlüftung zu verstopfen? Und dann diesen vorsintflutlichen Gasofen mit offener Flamme zu benutzen? Théo hätte Antoine wirklich für klüger gehalten. Vermutlich wusste der Mann, wie gefährlich das war, aber in seiner Not, den Wohnwagen warm zu bekommen, hatte er das Risiko in Kauf genommen. Bestimmt hatte er vorgehabt, zwischendurch zu lüften, das Fenster über der Spüle war wohl aus genau diesem Grund nicht komplett abgeklebt. Und dann war er nach dem Genuss der Flasche Rotwein eingeschlafen – die leere Flasche Château Beauregard und das Glas legten beredtes Zeugnis ab, wie Antoine den Weihnachtsabend verbracht hatte. Andererseits konnte ihm das auch niemand verdenken.

Théo stellte den Gasofen aus, löschte das Licht und verließ den Wohnwagen. Er drückte die Tür hinter sich zu, doch sie sprang sofort wieder auf. Stirnrunzelnd betrachtete er das Schloss. »Ich fürchte, du hast es kaputt gemacht«, meinte er zu Didier.

»Sonst wäre er jetzt tot«, gab Didier zurück. Er stieg nochmals in den Wohnwagen, Théo hörte ihn eine Schublade öffnen, und er kam mit einer Rolle Panzertape zurück. Rasch riss er drei Streifen ab und fixierte damit die Tür. »Das sollte reichen. Falls Antoine das übersteht, muss man ohnehin eine andere Lösung für ihn finden.«

Théo nickte. »Der Campingplatz gehört doch der Stadt, oder nicht? Wieso kümmert sich nicht die Kommune um ihn?«

»Das weiß ich nicht.« Didier hob die Schultern. »Aber das lässt sich herausfinden.« Er sah sich auf der unbeleuchteten Parzelle um. »Denn hier kann er auf keinen Fall bleiben.«

»Wir könnten die Fischsuppe vorziehen«, schlug Monsieur Grainolle vor, als alle wieder bei Tisch saßen. »Bestimmt möchten Sie gleich etwas Warmes in den Bauch bekommen, und bis wir sie gegessen haben, ist die Pute auch wieder heiß.«

»Wie können Sie jetzt ans Essen denken, solange wir nicht wissen, ob der arme Mann …« Madame Lambertin tupfte sich die Augen mit einem Taschentuch.

Théo hob verwundert die Brauen. So viel Mitgefühl hätte er der manchmal etwas überkandidelten Frau gar nicht zugetraut.

»Nun, immerhin ist Weihnachten«, ließ sich ihr Mann vernehmen. »Und es wäre wirklich schade um das Menü.«

»Das sehe ich auch so.« Der Pfarrer. Er sah nicht nur verhungert aus, offenbar war er immer noch hungrig, trotz der Unmengen an foie gras, die er vorhin in sich hineingestopft hatte.

Madame Lambertin schniefte geziert. »Nun, wenn ihr meint?« Sie nickte zu Grainolle hin. »Dann die Suppe bitte.«

Grainolle stellte das Weinglas ab, aus dem er gerade getrunken hatte. Ein tiefdunkler Rotwein, vermutlich die Weinbegleitung zur Pute.

Théo schaute hinüber zur Anrichte, wo mehrere Weinflaschen standen. Château Beauregard, Jahrgang 2016. Genau so eine Flasche, wie er vorhin im Wohnwagen gesehen hatte. Er wandte sich an die Mädchen: »Habt ihr Antoine auch etwas von diesem Wein da mitgebracht?«

Lambertin folgte Théos Blick und hob die Brauen, dann sah er seine Tochter böse an. »Wisst ihr eigentlich, was so eine Flasche kostet?«

Joline schüttelte den Kopf. »Nein, natürlich nicht. Er sollte nur etwas zu essen bekommen.«

»Die Pute hätte ja für ein paar Tage gereicht.« Maya, genauso pragmatisch wie ihr Vater. »Und aus den Knochen hätte er sich noch eine Suppe kochen können.«

Théo verbiss sich ein Grinsen, von Didier kam ein glucksendes Geräusch.

»Der Wein war doch noch gar nicht da, als die Mädchen die Pute genommen haben«, warf Madame Lambertin ein. »Den hat Monsieur Grainolle erst mitgebracht.«

»Was habe ich mitgebracht?« Grainolle trug eine Suppenterrine herein. Sie war groß und weiß, und um den Knauf des Deckels war eine blütenweiße Serviette geknotet. Der Restaurantbesitzer stellte sie auf den Tisch, nahm den Deckel ab und legte ihn daneben. Aromatischer Dampf stieg auf.

»Den Wein«, antwortete Lambertin. »Monsieur le docteur ist aufgefallen, dass der Mann in seinem Wohnwagen offenbar ein Weinkenner ist. Zumindest hat er den gleichen Wein getrunken wie wir.«

Théo wies auf den Deckel der Schüssel. »Und das Tuch, das um seine Dachentlüftung gewickelt war, trug die gleiche eingestickte Krone wie Ihre Serviette.«

Im Raum war es so still, dass man eine Stecknadel hätte fallen hören können. Dann begannen alle gleichzeitig zu reden.

»Was wollen Sie damit sagen?« Grainolles Organ übertönte die aufgeregten Stimmen der anderen.

»Was haben Sie mit Antoine Fortas zu tun?«, fragte Didier mit beruflicher Strenge.

»Er arbeitet für mich.« Grainolle wandte sich dem Gendarm zu und machte eine wegwerfende Handbewegung. »Ich betreibe doch den Campingplatz, und heute Nachmittag habe ich Antoine eine Flasche Wein vorbeigebracht. Weil doch Weihnachten ist.«

»Also sind Sie schuld, dass der Mann mitten im Winter in diesem Wohnwagen wohnen muss?« Maya sah ihn anklagend an.

»Nun, genau genommen …«

»Er hat uns erzählt, dass er normalerweise im Winter in einem Haus wohnt, das seinem Chef gehört«, ergänzte Joline. »Aber der hat ihn rausgeworfen.«

»Das Haus wird gerade renoviert«, stellte Grainolle richtig und sah die Mädchen finster an. »Die Arbeiten haben länger gedauert als geplant, deshalb sollte er für die paar Wochen auf den Campingplatz ziehen. Ich konnte doch nicht wissen, dass die so lange brauchen.« Er warf Lambertin einen Hilfe suchenden Blick zu. »So sag doch was, Piet!«

»Also an mir liegt's nicht.« Lambertin hob in einer Geste der Unschuld die Hände. »Von dieser Vereinbarung höre ich heute zum ersten Mal. Du hast mir gesagt, dass das Haus leer ist.«

Grainolle machte ein finsteres Gesicht. »Deine Leute haben viel länger gebraucht als vereinbart. Mir ist dadurch das komplette Weihnachtsgeschäft durch die Lappen gegangen.«

Didier Florac schlug mit der Faust auf den Tisch. »Was ist das für eine windige Sache?«

»Da ist gar nichts windig, Monsieur le commandant«, entgegnete Lambertin. »Meine Baufirma hat von Grainolle den Auftrag bekommen, ein Apartmenthaus an der Promenade zu renovieren. Dass es Verzögerungen gab, liegt unter anderem auch daran, dass Monsieur Grainolle nachträglich die Pläne geändert hat. Erst war nur von einer einfachen Sanierung die Rede, aber dann sollte auf einmal der Standard angehoben werden. Und ich wusste doch nicht, dass da Verbindlichkeiten bestehen.«

»Tun sie ja auch nicht.« Grainolle verzog das Gesicht. »Die Kommune ist für die Unterbringung von Antoine Fortas zuständig. Aber als die Bauarbeiten bis in den Winter andauerten, weigerte man sich, für ihn einen Ersatz zu beschaffen. Der Bürgermeister sagte, das wäre meine Sache. Aber Fortas hat seinen Arbeitsvertrag mit der Gemeinde geschlossen, nicht mit mir. Ich kann doch nichts dafür, wenn er jetzt auf der Straße sitzt.«

»In einem schlecht isolierten Wohnwagen«, korrigierte ihn Théo. »Und wie kommt eine Serviette aus Ihrem Restaurant an Antoines Dachentlüftung?«

»Die wird er in meinem Restaurant geklaut haben.« Grainolles Gesicht hatte sich verfinstert. »Das sähe dem alten Gauner ähnlich.«

»Das glaube ich nicht.« Théo schüttelte den Kopf. »Die

Entlüftung auf diese Weise zu verstopfen, das sieht Antoine dagegen gar nicht ähnlich.«

Grainolles Augen schleuderten wütende Blitze in Théos Richtung. »Was Sie da andeuten, ist eine böswillige Unterstellung.« Er schnaubte. »Ich habe es gut gemeint und wollte dem alten Mann eine Freude machen. Und Sie drehen mir jetzt einen Strick daraus.«

Théo sah ihn nachdenklich an. Er wusste ganz genau, dass Grainolle in diesem Augenblick log. Nach dreißig Jahren als Arzt hatte er ein untrügliches Gespür dafür entwickelt, was ihm die Leute erzählten. Aber im Unterschied zu medizinischen Befunden ließ sich das hier nicht beweisen. »Warten wir einfach ab, was Antoine zu der Sache sagt«, antwortete er. »Und jetzt hätte ich gern etwas von dieser Suppe.«

Eine Woche später saß Théo in seinem Lieblingssessel im Wohnzimmer, eine Kaffeetasse in der Hand, und blickte durch das große Ostfenster über die Dächer hinweg auf das sturmgraue Meer, das unter dem regenverhangenen Himmel kaum zu erkennen war. Behaglich streckte er die Beine aus und war mehr als froh, das Haus heute nicht mehr verlassen zu müssen.

Ein Klopfen an der Haustür ließ ihn zusammenfahren. Ächzend stemmte er sich aus dem Sessel, schlüpfte in die Pantoffeln und schlurfte zur Tür. Kurz hatte er Sorge, dass man ihn doch noch zu einem Notfall rief, doch sofort verwarf er den Gedanken wieder. Seit es die moderne Notfallambulanz in Marquise gab, die rund um die Uhr mit einem Arzt besetzt war, kam das nicht mehr vor. Und schon gar nicht, seit jeder ein Auto hatte, mit dem er die Klinik in Calais erreichen konnte. Die Zeiten, in denen der Dorfarzt bei Wind und Wetter hinaus zu seinen Patienten musste, waren zum Glück vorbei. Er öffnete die Tür.

»Bonjour, Monsieur Prince!« Maya strahlte ihn an. »Ich wollte mich von Ihnen verabschieden!«

Didier Florac tauchte hinter seiner Tochter auf. »Verzeih, Théo. Sie fährt heute Abend zurück zu ihrer Mutter, und sie ließ es sich nicht ausreden.«

»Aber das ist doch in Ordnung.« Théo lächelte und trat von der Tür zurück. »Ich trinke gerade einen café. Möchtest du auch einen? Maya, du vielleicht einen chocolat chaud?«

»Nein, danke.« Didier schüttelte den Kopf. »Wir haben auch nicht so viel Zeit.« Er nahm die Mütze ab. »Aber ich wollte dir noch erzählen, was bei der Sache mit Antoine Fortas herausgekommen ist.«

»Ach.« Théo sah ihn neugierig an. »Wie geht es ihm denn?«

»Den Umständen entsprechend gut.« Der Gendarm nickte bekräftigend. »Die Ärzte sind zuversichtlich, dass nichts zurückbleiben wird.«

»Sehr gut.« Théo seufzte erleichtert. »Was sagt er denn zu der Sache mit der verstopften Entlüftung?«

»Das habe ich ihn gar nicht mehr gefragt.« Didier schmunzelte. »Der Schuldige hat bereits gestanden und sitzt in Untersuchungshaft.«

»Also war es doch Grainolle.« Théo war nicht überrascht. »Ich wusste gleich, dass er etwas mit der Sache zu tun hat.«

»Und das ist wirklich erstaunlich.« Didier sah Théo neugierig an. »Wie bist du nur auf die Idee gekommen, dass

Grainolle dahintersteckt? Es gab doch gar keinen Hinweis auf Fremdverschulden.«

»Für mich war sonnenklar, dass er log«, antwortete Théo. »Aber natürlich konnte ich es nicht beweisen.« Er hob die Schultern. »Es war nur so ein Bauchgefühl.«

»Das hat dich jedenfalls nicht getäuscht«, sagte Didier. »Ich bin gleich am nächsten Tag noch mal auf den Campingplatz. Komischerweise war der Lappen, den ich vom Dach geholt hatte, nicht mehr da. Das erschien mir tatsächlich verdächtig. Also habe ich mich weiter umgesehen und unter dem Wagen das Klebeband gefunden, mit dem er befestigt gewesen ist. Das habe ich unseren Kriminaltechnikern zur Untersuchung gegeben, und die haben innen auf der Klebeseite einen Fingerabdruck gefunden, der nicht von Fortas stammt.«

»Sondern von Grainolle.« Théo nickte. »Dass Antoine die Entlüftung selbst verstopft hat, habe ich keine Sekunde geglaubt.«

»Und damit hattest du völlig recht.« Der Gendarm schüttelte den Kopf. »Es ging am Ende natürlich um Geld. Grainolle wollte sein heruntergekommenes Apartmenthaus zu einer Luxusherberge umbauen. Dachte wohl, dass er mit seinem Michelinstern auch das entsprechende Publikum an Feriengästen anziehen würde.«

»Und in so einem noblen Ambiente hätte Antoine dann gestört?« Théo schnitt eine Grimasse. Zwar wirkte Antoine Fortas vielleicht ein wenig heruntergekommen, aber er war ein guter Kerl, und ihn auf diese Weise loswerden zu wollen, war ungeheuerlich.

»Vermutlich. Aber vor allem ist die Wohnung ja bares Geld

wert, wenn Grainolle sie statt an ihn an zahlende Gäste vermieten kann.« Didier schüttelte den Kopf. »Mit diesem ›Unfall‹ hätte er auch das Problem beseitigt, für Antoine kurzfristig eine neue Bleibe suchen zu müssen.«

»Ich hoffe, man konnte auch dafür eine Lösung finden«, hakte Théo nach.

»Aber ja.« Maya hatte bisher stumm zugehört, nun lachte sie übers ganze Gesicht. »Joline hat ihren Vater überredet, Monsieur Fortas in der Dienstbotenwohnung über der Garage wohnen zu lassen. Ihre Mutter meint, es ist gut, wenn jemand ein Auge auf das Haus hat, wenn sie nicht da sind. Nicht dass noch jemand etwas klaut.« Sie kicherte.

»Ich vermute, Lambertin war am Ende nicht ganz so unschuldig an der Situation, wie er behauptet hat.« Didier grinste. »Das soll wohl eine Art Wiedergutmachung sein.«

»Dann hat sich ja alles in Wohlgefallen aufgelöst«, brummte Théo. »Sehr schön.«

»Bis auf euren Diebstahl.« Commandant Florac drehte sich zu seiner Tochter und drohte ihr mit dem Zeigefinger. »Das wird noch ein Nachspiel haben.«

»Aber nicht doch.« Théo schüttelte den Kopf. »Hätten die Kinder die Pute nicht gestohlen, wäre Antoine jetzt tot.«

»Diebstahl bleibt Diebstahl. Und die Tochter eines Gendarmen darf so etwas einfach nicht tun.«

»Wir haben es doch nur gut gemeint.« Maya verdrehte die Augen.

»Und das ist es, was zählt.« Théo zwinkerte ihr zu. »Am Ende ist doch alles gut ausgegangen. Wir hatten unseren Weihnachtsbraten, Antoine hat wieder ein Dach über dem Kopf, und der Bösewicht kommt ins Gefängnis.«

»Nun, wenn du das so siehst …« Didier stülpte sich die Mütze über den runden Schädel und wandte sich zur Tür.

»Natürlich. Wie sollte man es sonst sehen?«

Théo blickte den beiden nach, wie sie durch den Regen zu Didiers Auto liefen. Die Türen schlugen zu, der Motor sprang an, die Rücklichter verschwanden um die Kurve. Nachdenklich ging er nach drinnen. Sein Kaffee war inzwischen kalt geworden, angewidert kippte er ihn in den Ausguss und schaute aus dem Küchenfenster. Weit unter ihm tanzten weiße Schaumkronen wie junge Schafe auf den aufgewühlten Wellen, der Wind peitschte den Regen in Schauern gegen die Scheibe. Hier drinnen war es trocken und warm. Antoines zugiger Wohnwagen kam ihm in den Sinn, und eine Gänsehaut lief ihm über den Rücken.

»Dindeli-Ding, Dindeli-Dong.«

Die Kirchenglocken riefen die Menschen zum Gottesdienst. Kurz entschlossen griff Théo nach Hut und Mantel. Nicht nur Antoine Fortas hatte allen Grund, dankbar zu sein, sondern auch er. Und vielleicht war es an der Zeit, dem Herrgott genau das zu sagen.

∽ DINDE AUX MARRONS –
PUTE MIT MARONENFÜLLE ∽

ZUTATEN

* 1 Pute (~ 5 kg) oder 1 großes Huhn (~ 2 kg)

Füllung (halbe Menge für ein Huhn):

* 400 g Maronen
* 2 Brötchen
* 2 große Zwiebeln
* 2 säuerliche Äpfel (Boskop)
* 350 g Sellerie
* 250 ml Milch
* 2 Eier
* Butter zum Anbraten und Bestreichen
* Salz, Pfeffer, 1 Bund Petersilie (frisch), Rosmarin, Thymian.

ZUBEREITUNG

Die Eier in der Milch verklopfen, die Brötchen darin einweichen.

Die Zwiebeln fein hacken und in der Butter anschwitzen.

Die Maronen klein schneiden, Äpfel und Sellerie würfeln. Alles zugeben, weich dünsten.

Das eingeweichte Brötchen mitsamt der Flüssigkeit mit der Masse vermischen. Mit Salz, Pfeffer, Petersilie, Rosmarin, Thymian und etwas Zimt abschmecken. Wenn die Füllung zu fest ist, noch Milch oder Apfelsaft zugeben.

Den Braten mit der Farce füllen und gut verschließen, mit zerlassener Butter bestreichen. Mit der Brust nach oben in eine Auflaufform setzen, weitere Zwiebeln, Äpfel und Sellerie rundherum verteilen, mit Wasser oder Hühnerbrühe angießen. Im Heißluftofen bei 180 Grad braten (pro Kilo etwa eine Stunde), während der ersten halben Stunde mehrmals mit Butter lackieren.

Nach Ende der Garzeit den Fleischsaft mit dem Gemüse und eventuellen Resten der Farce pürieren, mit Wasser oder Calvados verdünnen, nochmals aufkochen und abschmecken.

Zu Reis oder Kartoffeln servieren.

LILLY ALONSO

DER WEISE UND DAS KINDLEIN

TATORT: MALLORCA

DIE AUTORIN

Geboren und aufgewachsen in Hannover, hat Lilly Alonso in Berlin studiert und gelebt, bis die Liebe sie schließlich nach Mallorca geführt hat. Hier genießt sie seit fast zwanzig Jahren das Inselleben, arbeitet als Zahnärztin, beobachtet Land und Leute und schreibt Krimis.

Leuchtende Gummistiefel, pinke Daunenjacke, glitzernde Sternenhose – ein Flummi in Rosa hüpfte vor Sargento Lluc Casasnovas in der Menge auf und ab, zupfte aufgeregt am Ärmel der Mutter. »Mamá, warum sind die Reyes Magos mit einem Boot gekommt?«, fragte das kleine Mädchen.

»*Gekommen*, heißt das. Weil die Heiligen Drei Könige bei ihrer Reise von ganz weit her das Meer überqueren müssen.« Die Frau lächelte und ließ ihren Blick über die Zuschauermenge wandern, die sich wie jedes Jahr am fünften Januar zum Dreikönigsumzug versammelt hatte, um besagte Ankunft der drei Weisen aus dem Morgenland zu feiern: größtenteils Kinder, die die traditionellen Überbringer ihrer Weihnachtsgeschenke persönlich treffen wollten.

Ein Kinderchor trällerte lautsprecherverstärkt Weihnachtslieder in die milde Hafenluft.

»Der Stern leuchtet so hell und führt sie zum Kindlein?«, fragte das Mädchen und sah suchend hinauf in den babyblauen Himmel von Port Sóller, wo nur eine ungewöhnlich warme Januarsonne niedrig am Firmament stand.

»Ganz genau. Sie folgen dem Stern zum Kindlein.«

»Die Reyes Magos sind zum Kindlein gekommt.« Die Kleine presste den Satz in die Melodie des Refrains von »Gloria in excelsis Deo« des Kinderchors und sang in Dauerschleife.

Begleitet von Trommelschlägen und den engelsgleichen

Stimmchen legte das Schiff der Heiligen Drei Könige an der Mole an.

Lluc Casasnovas lehnte sich an die Absperrung und blinzelte gegen die leuchtende Sonne an. Das Meer glitzerte türkisgrün, und auch der wolkenlose Himmel schien sich über das Eintreffen der drei Weisen zu freuen.

Neben Lluc ließ seine Kollegin Fina García eine Kaugummiblase platzen. »Gott sei Dank ist der Spuk übermorgen endlich vorbei.«

»Ich finde es schade. Glücklicherweise leben wir in einem Land, das zwei Wochen lang Weihnachten feiert.« Noch länger, wenn man die Vorweihnachtszeit miteinrechnete. Außer Futtern und Feiern geschah bis zum sechsten Januar nicht viel. Selbst die Verbrecher machten einen auf Urlaubsstimmung: Abgesehen von einem Einbruch in der Dorfapotheke Ende November waren keine nennenswerten Straftaten erfolgt. Dafür hatte ein Starkregen mit daraus resultierenden Überschwemmungen den Ort auf Trab gehalten.

»Furchtbar«, murmelte Fina und ließ erneut eine Blase platzen, während sie dem Spektakel auf der Molenbühne folgte, wo die Heiligen Drei Könige in prunkvollen Kostümen Süßigkeiten in die Menge warfen. Die Kinder im Publikum kreischten vor Freude, als der Bonbonregen begann. »Dieses Weihnachtsgedöns ist allein für Kinder erfunden: Papá Noel, der seit Neuestem den Heiligen Drei Königen Konkurrenz macht, Silvester, dann Reyes Magos. Und alle bringen sie Geschenke.«

»Erwachsene haben auch etwas davon«, warf Lluc ein.

»Was denn?«

Nun war Kreativität gefragt, mit romantischem Im-Kerzenlicht-lieben-wir-uns-alle-und-bald-ist-Weltfrieden musste er der abgeklärten Kollegin nicht kommen. »Na, die Weihnachtsziehung des *El Gordo* am zweiundzwanzigsten Dezember. Und morgen die Jesuskind-Lotterie des *El Niño*. Und weil wir so brav waren, gab es heute zusätzlich den *El Niñito*.«

Bei dem sie alle leider leer ausgegangen waren, obwohl Lluc fünf Lose besorgt hatte. Erstmalig in diesem Jahr hatte Sóller einen Mini-Ableger der großen spanischen Dreikönigslotterie veranstaltet und ihn wegen der kleineren Reichweite und Gewinnspanne *El Niñito*, das Kindlein, genannt.

»Außerdem leckeres Essen und guten Wein ohne schlechtes Gewissen«, schwärmte Lluc weiter.

Fina murmelte etwas Unverständliches und wandte sich wieder dem Geschehen auf der Bühne zu.

Die Könige schüttelten Kinderhände, lauschten zugerufenen Geschenkwünschen, verteilten Bonbons und winkten. Mit ihren Turbanen und seidigen Gewändern wirkten sie ehrfurchtgebietend. Sie nahmen auf den vorbereiteten Thronen Platz, ein letztes Päuschen, bevor die bunte Festwagenparade durch den Ort begann.

Neben der Bühne machte Llucs zweite Assistentin Gual winkend auf sich aufmerksam. Sie lächelte, hob den Daumen und ließ den Blick zur ersten Reihe des Publikums schweifen. Nicht zu übersehen, in einer knallgelben Jacke, grinsend über beide Ohren, folgte dort ihre vierjährige Tochter Carolina an der Hand ihres Vaters dem Spektakel. Guals Kleine platzte sichtlich vor Stolz, weil ihre Mutter zu einer Art Secret Service der Reyes Magos persönlich gehörte – so zumindest hatte Gual ihren Arbeitseinsatz an diesem für Kinder wichtigen Tag erklärt.

Der dunkelhäutige Weise – Melchior? Oder war es Balthasar? Lluc brachte die drei ständig durcheinander – winkte wie die Queen majestätisch in die Menge, während der König mit dem angeklebten grauen Rauschebart müde in seinem Sitz zusammensackte, als hätte er tatsächlich eine beschwerliche Reise hinter sich gebracht.

Der Bürgermeister wünschte in seiner Rede allen Sóllerics zum zehnten Mal an diesem Morgen frohe Weihnachten. Lluc klinkte sich aus, betrachtete die hohen Berge der Tramuntana, die sich hinter dem Hafen auftürmten, und spekulierte über das morgige Dreikönigsmenü seiner Mutter. Lechona mit Kartoffeln und Gemüse oder selbst gefangener Dentón des Vaters?

Die Stimme des kleinen Mädchens vor ihm holte ihn zurück in die Realität. »Mamá, warum schläft der alte König?«

Llucs Blick schnellte zu dem Rauschebartweisen, der seine Lider geschlossen hielt, als würde er ein Nickerchen halten. Als sich die Haltung des Mannes nach einigen Sekunden nicht änderte, antwortete Lluc anstelle der Mutter: »Die weite Reise macht müde. Er ruht sich nur ein wenig aus.«

Hier stimmte etwas nicht.

»Ich weiß, er ist dem Stern gefolgt und ist zum Kindlein gekommt. *Gekommen*«, verbesserte sich das kleine Mädchen schnell selbst.

So beiläufig wie möglich setzte Lluc sich in Bewegung und signalisierte Fina, die ihn fragend ansah, die Stellung zu halten.

Wenige Sekunden später hatte er die Throne erreicht. Der verdutzte Veranstaltungsmanager setzte an, ihn aufzuhalten, erkannte Lluc und ließ ihn passieren.

Die anderen zwei Weisen schienen bemerkt zu haben, dass Rauschebart vom einstudierten Skript abwich, und kompensierten den Umstand mit heftigerem Winken und breiterem Lächeln.

Lluc platzierte sich vor dem König, sodass sein Körper den des Mannes vollständig verdeckte, schüttelte ihn an der Schulter – keine Reaktion.

Er beugte sich vor, lachte und nickte, als würde er den Worten des Königs lauschen. Das Allerletzte, was sie brauchten, waren traumatisierte Kinder, die Zeuge eines Notfalls wurden. Die Seifenblase der Existenz der Reyes Magos und des Weihnachtsmanns würde schon früh genug platzen, nur wollte Lluc nicht dafür verantwortlich sein.

Der Hals des Mannes war warm und feucht, doch kein Puls schlug unter Llucs suchenden Fingern.

Er fing Guals besorgten Blick auf und schüttelte den Kopf.

Verdammter Mist, der Mann war tot.

Seine Kollegin erreichte in drei Schritten die flache Bühne und flüsterte unauffällig in das Ohr des jüngsten Königs. Dieser nickte heftig, erhob sich vom Thron und lenkte mit umhangschwingender Geste die Aufmerksamkeit aller auf sich. Er zauberte eine Handvoll Süßigkeiten aus den Tiefen seines Wams hervor und warf sie ins Publikum. Der dunkelhäutige König, Melchior oder Balthasar, tat es ihm gleich, vollendete eine weitere Runde Händeschütteln und signalisierte den Aufbruch.

Auch die Veranstalter schienen nun endlich den Notfall zu begreifen. Lautstark hallte »Noche en paz«, »Stille Nacht, heilige Nacht« aus den Mündern des Kinderchors über die ganze Hafenbucht und lenkte die Besucher vorzeitig zu den wartenden Festwagen. Der Prozessionszug durch den Ort konnte beginnen.

Lluc und Gual bildeten eine solide Wand um den zusammengesackten König.

»Was ist das denn für eine Scheiße?«, fragte Gual durch zusammengebissene Zähne, ohne dass ihr aufgesetztes Lächeln verrutschte. Sie winkte ihrer kleinen Tochter zum Abschied zu, die, vom Vater mitgezogen, der Menge in Richtung Promenade folgte.

»Ich weiß es nicht, aber er ist auf jeden Fall tot.«

»Herzinfarkt?«

»Wir werden sehen, die Rechtsmedizinerin ist unterwegs. Aber er erscheint mir ein bisschen zu jung dafür.«

Während die Polizeimaschinerie in vollem Gange war, kehrten Fina, Gual und Lluc zur Lagebesprechung ins Revier zurück, wo sie den Bericht der Forensik erwarteten.

Jemand war eingesprungen, um die Rolle des toten Weisen zu übernehmen, sodass Sóller den Dreikönigsumzug überstand, ohne größeres Aufsehen zu erregen.

Die Rechtsmedizinerin hielt ihr Versprechen und ließ nicht lange auf ihren Bericht warten – nur wenige Stunden später hatten sie Doctora Gomez persönlich an der Strippe und die Ergebnisse der Untersuchung vorliegen.

»Zuerst bin ich von einem Herzinfarkt ausgegangen.« Doctora Gomez räusperte sich. »Alles sah nach einem Tod durch Herzstillstand aus.«

Luc presste den Telefonhörer ans Ohr und sah in die erwartungsvollen Gesichter seiner Kolleginnen. »Das klingt nach einem *Aber*?«

»Und tatsächlich erfolgte ein Herzstillstand, doch war ein Thrombus nicht der Auslöser für seinen Tod.«

»Was sonst?«

»Ich hätte es fast nicht bemerkt. Doch nachdem ich seinen Mageninhalt untersucht habe, bin ich stutzig geworden.«

Lluc blätterte in der vorliegenden Akte, die Gual in der Kürze der Zeit vorbereitet hatte. Der Tote hieß Valentín Sánchez, 37 Jahre alt, verheiratet, keine Kinder. Telekommunikationstechniker – was auch immer das bedeutete. »Bevor der Dreikönigsumzug begann, nahmen die drei Reyes an einem Weihnachtsbrunch im Rathaus teil.« Gual hatte gleich nach dem Vorfall die Frau des Verstorbenen aufgesucht. Trotz des schweren Schicksalsschlags hatte die Arme eine akribische Auflistung der morgendlichen Aktionen ihres Mannes geben können.

»Das passt. Wir haben Reste von coca mallorquina und pa amb oli in seinem Magen gefunden. Doch letztendlich war es die Weihnachtsschokolade, die mich stutzig gemacht hat.«

»Warum der Turrón?«

»Anstatt der üblichen Mandeln enthielt er Pekannüsse.«

»Pekannüsse?« Lluc ging im Kopf die Bilder aller Nussarten durch, bis er eins abrief, auf das die besagte Sorte passen konnte. »Wusste gar nicht, dass es Turrón mit Pekannüssen gibt. War er allergisch dagegen?«

»Keine allergische Reaktion. Und nein, laut der Recherche, die ich daraufhin durchgeführt habe, ist im Handel kein

Pekannuss-Turrón erhältlich, was mich dazu bewog, mir die Nüsse etwas genauer anzuschauen. Bislang liegt nur der vorläufige Schnelltest vor, aber es sieht ganz danach aus, als sei die Schokolade vergiftet gewesen. Ich tippe auf Aconitin. Blauer Eisenhut. Schon wenige Milligramm bewirken Arrhythmien, also Herzrhythmusstörungen, und diastolischen Herzstillstand. Ein gut versteckter Mord, sehr clever«, fügte sie nach einer kurzen Pause hinzu.

Lluc bedankte sich für die gründliche Arbeit und legte auf.

Draußen hatte sich der Himmel verdunkelt, und die leuchtenden Weihnachtssterne der Straßendekoration machten Lust auf einen gemütlichen Kaminabend, den es für ihn und das Ermittlungsteam der Guardia Civil heute jedoch nicht geben würde.

Lluc fasste seinen Kolleginnen das Gespräch mit der Pathologin zusammen. »Es muss heute Morgen geschehen sein. Entweder zu Hause oder bei diesem Weihnachtsbrunch. Gual, lade bitte alle vor, die daran teilgenommen haben. Und seine Ehefrau.«

»Ich habe bereits eine Liste erstellt.« Gual bearbeitete ihre Tastatur und rief eine Seite im Computer auf. »Fünf Personen, unser Opfer nicht eingerechnet, sehr überschaubar: die drei Könige, Bürgermeister Cadena, seine Sekretärin Marga und der funcionario Oscar. Er ist Beamter des Rathauses und Veranstaltungsmanager des diesjährigen Dreikönigsumzugs. Mit Valentíns Frau dann sechs.«

»Gute Arbeit. Ich möchte sie alle hier versammelt sehen. Unser Täter weilt unter diesen sechs Personen. Kein Wort über die Autopsie-Ergebnisse und den Mordverdacht. Sie sollen in dem Glauben kommen, dass die Vorladung reine Routine ist. Wir sollten ihnen das Gefühl eines ungezwungenen Treffens vermitteln – natürlich mit traurigem Anlass.«

Nur wenige Stunden später waren alle im Polizeirevier eingetroffen. Fina führte die Brunchteilnehmer in den Konferenzraum, wo sie alle am langen Holztisch Platz nahmen und ihre Personalien mit der Kollegin abglichen. Valentíns Ehefrau Dolores sollte separat in Llucs Büro verhört werden. Mitte dreißig, klein und dunkelhaarig saß sie neben Gual vor dem winzigen Schreibtisch, rutschte bei seinem Eintreten auf der Stuhlkante vor und knetete nervös die Handtasche auf ihrem Schoß.

»Mein herzliches Beileid zu Ihrem Verlust. Ich bin Sargento Casasnovas«, stellte Lluc sich vor. »Es tut mir leid, Sie in Ihrer Trauer stören zu müssen, doch wir hätten noch ein paar Fragen. Sagen Sie, hatte Ihr Mann vor seinem Tod Streit mit jemandem?«

Dolores' rotgeränderte Augen weiteten sich, als ihr der Grund der Frage zu dämmern schien. »Streit? Nein. Mit wem?« »Wurde er ... wurde Valentín umgebracht?«

»Die Ermittlungen laufen noch. Er ist jedenfalls keines natürlichen Todes gestorben.«

Die Frau holte tief Luft und schloss einen Moment die Lider. »Wir sind ein ganz normales Ehepaar. Kleine Eigentumswohnung, Hypothek, keine Feinde, keine Kinder – obwohl wir daran gearbeitet hatten. Warum sollte uns jemand etwas Böses wollen?« Ihre Augen füllten sich mit Tränen. »Wie ist er gestorben?«

Lluc antwortete mit einer Gegenfrage: »Hat Valentín heute etwas gegessen, bevor er das Haus verließ?«

»Ich kann es nicht mit Sicherheit sagen, da ich schon zur Arbeit gegangen war – ich verkaufe Unterwäsche im Carrer de Sa Lluna. Doch für gewöhnlich trank er morgens nur einen Kaffee und aß dann eine Kleinigkeit außerhalb. Warum fragen Sie?«

»Sie haben nicht zufällig Turrón im Haus oder gaben ihm welchen mit?«

»Um Gottes willen! Das Zeug rühre ich nicht an. Ich bin hochallergisch auf Erdnüsse, reagiere auch auf Mandeln. Aus Sicherheitsgründen meiden wir alle Nusssorten wie Vampire den Knoblauch. Man weiß ja nie, ob es nicht zu Kontaminationen während der Lagerung kam oder so.«

»Kann das jemand bestätigen?«

Sie warf Gual einen verwirrten Blick zu, die ihr beruhigend die Hand auf den Arm legte. »Natürlich. Ich habe meinen Allergiepass immer dabei.« Dolores' Hand zitterte, als sie in den Tiefen ihrer Handtasche wühlte, ein Portemonnaie herausfischte und ein gefaltetes Papier entnahm.

Lluc bedankte sich, überließ die arme Witwe Guals tröstender Obhut und begab sich in den Konferenzraum. Er schloss die Tür und sah in die Runde.

Der geschniegelte Bürgermeister Cadena lächelte freundlich. Seine erstklassigen Manieren harmonierten mit seinem aus dem Ei gepellten Äußeren: dunkler Anzug, schneeweißes Hemd, silberne Manschettenknöpfe.

Seine Sekretärin Marga, eine ältere Dame mit Blumenwiesenprint auf dem Kleid, der thematisch zu ihrem süßlichen Parfüm passte, gab Fina gerade die Einzelheiten ihres Entsetzens über die Geschehnisse des Nachmittags wieder.

Der funcionario des Rathauses mit Namen Oscar, jung

und strebsam, auch wenn seine äußerlichen Ambitionen nicht an Bürgermeister Cardenas Perfektion heranreichten, schwieg. Ein gelblicher Fleck auf dem hellen Hemd zerstörte die Eleganz seines Anzugs.

Ebenfalls in Schweigen hüllten sich die zwei verbliebenen Heiligen Könige, Melchior und Balthasar, die im richtigen Leben Carlos und Juan hießen. Ersterer stammte ursprünglich aus der Dominikanischen Republik und war Geschäftsführer eines Autohauses. Juan führte die größte Apotheke im Dorf.

»Bon dia, die Herrschaften. Wenn ich mir auch gewünscht hätte, euch unter anderen Vorzeichen zu begrüßen«, sagte Lluc. »Ihr wundert euch bestimmt, wieso wir euch hierherbestellt haben. Wahrscheinlich seid ihr zu dem Schluss gekommen, dass es etwas mit Valentíns Tod zu tun hat.« Lluc sah der Reihe nach von einem der Vorgeladenen zum anderen. »Und ihr habt recht.«

»Tragisch, tragisch.« Bürgermeister Cadena schüttelte den Kopf. Sein Ton klang ernst und irgendwie abwesend, als hätte sich ein Schatten über seine makellose Freundlichkeit gelegt – wenig verwunderlich in Anbetracht der Umstände.

Juan und Carlos, die Heiligen Könige, blickten betreten auf ihre gefalteten Hände. Sie hatten sich beide umgezogen, die pompösen Kostüme und Turbane abgelegt, und trugen jetzt Jeans, Sakkos und Freizeitschuhe.

»Was macht die Apotheke, Juan?«, fragte Lluc.

Juan lächelte. »Danke der Nachfrage, ein bisschen knapp mit dem Personal wegen der Grippewelle, doch ansonsten läuft sie gut.« Er wischte sich eine kleine Schweißperle von der Stirn – entweder war der Mann nervös, oder das Gebläse der Klimaanlage heizte ihm ordentlich ein.

Natürlich stach er unter den Anwesenden als Experte mit Zugriff auf alle möglichen Arzneimittel heraus – was erklären würde, wie der Täter an das Gift gekommen war. Die Tat zeugte von Sachverstand, Intelligenz und akribischer Planung. Ohne die smarte Doctora Gomez, die über die Pekannüsse gestolpert war, hätten sie einen weiteren Namen auf die Liste der eines natürlichen Todes Gestorbenen gesetzt.

Für einen ausgebildeten Apotheker wäre es ein Leichtes gewesen, auch wenn es ein wenig zu simpel erschien. Doch die Erfahrung hatte Lluc gelehrt, dass meist das Naheliegendste im Leben der Wahrheit entsprach. Getreu dem Prinzip von Ockhams Rasiermesser war die einfachste Theorie allen anderen vorzuziehen.

»Entschuldigt meine Sprachlosigkeit. In der Aufregung des heutigen Tages hatte ich noch keine Gelegenheit, mich bei euch zu bedanken.« Cadena fand zu seiner Eloquenz zurück, sah von Fina zu Gual, und lenkte dann seinen ehrlichen Blick auf Lluc. »Einfach großartig, wie ihr das so skandalfrei und unauffällig gelöst habt. Ich glaube, keines der Kinder hat mitbekommen, was für ein Drama sich vor ihren Augen abgespielt hat.«

»Wir haben es zumindest versucht.« Lluc nickte, erleichtert über seine erfolgreichen Bemühungen. »Eine Kleine vor mir hat bemerkt, dass der König sich ausruhen müsse, immerhin sei er ja von weit hergekommen.«

Die Reyes Magos sind zum Kindlein gekommt – die Zeile drängte sich in Liedform in seine Gedanken und drehte dort eine leise Endlosschleife.

»Es war gewiss ein Herzinfarkt«, sagte der junge Mann, der sich mit Oscar vorgestellt hatte. »Valentín war ein Schleckermäulchen und konnte keiner Cholesterinbombe widerstehen. Er hat den Käse und jamón ibérico förmlich verschlungen und auch vor der coca mallorquina nicht Halt gemacht.« Der irritierende gelbliche Fleck unterhalb Oscars Hemdkragen zog Llucs Blick an wie eine Kompassnadel und ließ die Dauerwiederholung des Kindergesangs in seinem Kopf verstummen.

Marga, Bürgermeister Cadenas rechte Hand, machte ein betretenes Gesicht und strich die Chrysanthemen auf ihrem Kleid platt. »Der arme Mann.«

»Ja furchtbar«, meldete sich nun auch Carlos, der Autoverkäufer. »So plötzlich aus dem Leben gerissen … Ich kann es immer noch nicht fassen.« Carlos wirkte blass um den Mund, den Schock tief in seine symmetrischen Gesichtszüge gebrannt, die großen Augen glänzend vor Traurigkeit. »Valentín hatte sich so auf sein neues Motorrad gefreut. Sozusagen ein Weihnachtsgeschenk an ihn selbst – das sind immer die besten.« Er lächelte bitter. »Erst letzte Woche haben wir die Bestellung aufgegeben. Die kann ich dann wohl stornieren.« Entsetzt hielt er die Hand vor den Mund. »Entschuldigung, das war pietätlos.«

Lluc hakte die Eckdaten des Mannes auf seiner inneren Liste ab. Geschäftsführer eines Autohauses im Polígono Son Castelló in Palma. Tüchtig, fair, sehr beliebt.

»Wie ist denn der Morgen verlaufen?«, fragte Fina und setzte sich rittlings auf den Stuhl, was ihr Margas Stirnrunzeln einbrachte.

»Wir hatten ein nettes Frühstück im Rathaus. Haben uns

auf den Tag gefreut – als wir noch dachten, er würde gut werden«, sagte Marga und musterte abschätzend Finas schmale Gestalt.

»Was gab es denn zu essen?«, ergriff Lluc das Wort. »Wir haben vorhin darüber gesprochen, dass das ungezügelte Weihnachtsfuttern und Trinken glücklicherweise bald ein Ende hat.«

Die Vorgeladenen lächelten höflich, schienen verunsichert über die Ernsthaftigkeit der Frage, bis Marga mit der Auflistung loslegte. »Coca mit Trampógemüse und pa amb oli mit Käse und jamón. Natürlich Kaffee, Wasser, Orangensaft und ein Gläschen Cava zum Anstoßen. Habe ich etwas vergessen?«

Cadena lächelte. »Danke meine Liebe, deine Liste ist wie immer akkurat.«

Lluc strich über seinen spannenden Gürtel. »Hat Valentín vielleicht zu viel gegessen?«

»Ich habe definitiv mehr gefrühstückt als gewöhnlich und auch keinen Herzinfarkt erlitten«, sagte der Bürgermeister und wandte sich an Oscar. »Wusste gar nicht, dass Valentín anfällig war. Er wirkte so fit.«

Lluc seufzte, holte eine Tafel Turrón Mandelnougat aus der Schublade, öffnete die Packung und reichte sie in der Runde herum.

Alle lehnten höflich ab, nur Gual und er selbst bedienten sich mit einem Riegel. »Ich kann leider nicht widerstehen.« Gual zuckte die Schultern. »Kein Weihnachten ohne Turrón.« Nach genüsslichem Kauen fügte sie hinzu: »Gab es bei eurem Weihnachtsbrunch nichts Süßes?«

Lluc behielt seine Gäste genau im Auge, doch außer Marga

blickten die anderen weiterhin betreten auf ihre Hände, ohne dass ihre Mimik viel preisgegeben hätte.

Wieder war es die Sekretärin, die antwortete. »Außer dem eingeschweißten Karamellkeks zum Kaffee gab es nur Salziges. Obwohl … jetzt, da wir davon reden, fällt mir ein, dass Valentín Schokolade auf seiner Untertasse hatte. Ich fand das etwas befremdlich, da sie nicht eingewickelt war und neben der heißen Tasse schon Schmelzflecken hinterließ.«

»Und dann?«

»Nichts weiter. Wir haben alle auf einen erfolgreichen Tag angestoßen und natürlich auf Oscar.« Marga lächelte und prostete ihrem Kollegen mit einem imaginären Glas zu.

»Oh, haben Sie Geburtstag?«, fragte Lluc. Was für eine schreckliche Art, einen unvergesslichen Geburtstag zu verbringen.

Der junge Beamte setzte zu einer Antwort an, doch Marga kam ihm erneut zuvor. »Aber nein«, sagte sie lachend. »Oscar hat heute früh den *Niñito* gewonnen.«

»Gratuliere«, stimmte Lluc mit ein. »Ich habe fünf Lose gekauft und bin trotzdem leer ausgegangen. Wohl ein fairer Ausgleich, wenn man unverschämtes Glück in der Liebe hat«, scherzte er und dachte an seine neue Freundin.

Fina verdrehte die Augen. »Dieser Theorie zufolge hätte der erste Preis an mich gehen müssen. Doch auch meine Lose waren allesamt nur Nieten.«

Die Anwesenden lächelten höflich und kehrten zurück zu betretenem Schweigen.

»Wer hat den Kaffee zubereitet?«, fragte Fina.

Cadenas buschige Brauen zuckten zu der polierten Hochebene seiner Glatze. »Was soll das hier eigentlich, Señores? Das sind doch keine normalen Routinefragen?«

Bevor Lluc auf die Frage eingehen konnte, klingelte das Telefon des Bürgermeisters. Er runzelte besorgt die Stirn, als er den Namen auf dem Display las, presste die Lippen zu einem Strich und wechselte einen vielsagenden Blick mit seiner Sekretärin. »Meine Lieben, etwas Unangenehmes, dem ich mich leider einen Moment widmen muss. Bin sofort wieder zurück.«

Stille herrschte im Raum, als die Tür einen Tick zu heftig hinter Cadena ins Schloss fiel. Das Klacken seiner handgefertigten Budapester mit Ledersohlen hallte laut beim Auf- und Abgehen auf den Keramikfliesen im Flur.

Marga senkte vertraulich die Stimme. »Die Arbeit nimmt auf Weihnachten keine Rücksicht.«

Lluc fing Finas Blick auf, nahm ihre hochgezogene Augenbraue zur Kenntnis und bestätigte mit einem Nicken. Ärger im Paradies. Cadena galt als bodenständig, gewissenhaft und einer der aufrichtigsten Bürgermeister, die Sóller je gewählt hatte. Im Flurfunk gab es einige Gerüchte – nichts Konkretes, Getratsche über vermeintliche Unstimmigkeiten, die allerdings je nach der Quelle der Information dermaßen variierten, dass Lluc sie als Unsinn abgetan hatte.

»Also, wer hat jetzt den Kaffee serviert?«, fragte er und klatschte sich auf die Schenkel. Das Geräusch ließ Carlos und Juan zusammenzucken.

»Na, ich. Wer sonst?« Marga schüttelte den Kopf über eine offensichtlich dämliche Frage. »Oder glauben Sie, der Bürgermeister kocht den Kaffee selbst?«

»Warum nicht? So schwer ist das Bedienen einer Kaffee-maschine nicht.« Um sich nicht auf der Blumenwiese von Margas Kleid zu verlieren, starrte Lluc auf den gelben Fleck des Gewinners Oscar.

Solange sie hier zusammengepfercht saßen, würde er nichts Brauchbares aus ihnen herausbekommen. Die Vorgeladenen hüteten ihre Worte, als handelte es sich um verdammte Kronjuwelen. Alle außer Marga, natürlich.

Sie mussten sich aufteilen.

»Apropos Kaffee. Wer möchte welchen? Im Eifer des Gefechts haben wir ganz vergessen, euch Getränke anzubieten.« Lluc schob seinen Stuhl zurück und zählte fünf erhobene Hände. Er bat Marga, bei der Zubereitung zu helfen, was ihm einige exklusive Momente mit der geschwätzigsten Informationsquelle sicherte.

Während Gual in Llucs Büro noch immer die Ehefrau mit subtilen Fragen und viel Trost bearbeitete, konnte Fina vielleicht etwas aus den drei Herren herausquetschen, bevor sie die Brunchteilnehmer offiziell über die Mordermittlung aufklärten und jeden einzeln befragten.

»Der Kapselkaffee ist sicherlich nicht so gut wie Ihrer im Rathaus«, sagte Lluc, als er mit der älteren Dame am Kaffeeautomaten des Reviers stand. Ungeachtet ihrer Ausstattung und Größe hatten Küchen immer etwas Geselliges und Zungenlösendes, das die Leute magnetisch anzog. »Was ist denn mit dem Bürgermeister los?«

Marga sah sich um, als würde die Wand Lauscher verstecken und senkte konspirativ die Stimme. »Er ist ganz aufgebracht. Für einen so gewissenhaften Menschen wie Cadena ist das alles ein Drama.«

»Was genau meinen Sie?«

»Es fehlen Gelder in der Spendenkasse. Bilanzdiskrepanzen der üblen Art. Die Buchhalter sprechen von Veruntreuung und nehmen gerade alles auseinander. Wenn sich das Durcheinander nicht aufklärt, wird es zu einer öffentlichen Untersuchung kommen. Sehr peinlich, das wäre eine mittlere Katastrophe.«

Also stimmten die Gerüchte. Lluc bemühte sich um eine unbeteiligte Miene und wählte seine Worte mit Bedacht. »Das tut mir leid. Sie haben sicherlich viel zusätzliche Arbeit deswegen. Und das zu Weihnachten!«

»Fragen Sie nicht. Zwei ganze Urlaubstage habe ich verloren. Aber ich will nicht klagen, der arme Oscar wälzt seit Tagen freiwillig Buchhaltungsunterlagen und jammert auch nicht herum.«

»Bei so viel Pech, wie der hatte, scheint Oscars Glückssträhne von heute regelrecht angemessen zu sein«, sagte Fina, die lautlos hinter Lluc in der Küche erschienen war. Sie schob sich an ihm vorbei, öffnete eine Schublade der Einbauzeile und entnahm einen Blister Schmerztabletten. »Carlos hat Kopfschmerzen. Ich wusste, dass hier noch welche herumfliegen.«

»Was meinst du mit Pech?«, fragte Lluc.

»Oscars Haus lag in dem Gebiet oben am Hang, wo die Überschwemmung Anfang November zu dem Erdrutsch geführt hat.«

Marga presste sich die Hand auf die Brust. »Ja, schrecklich. Bürgermeister Cadenas Haus war auch betroffen. Die ganze Familie musste ins Hotel ziehen, mitsamt Kindern und dementer Schwiegermutter, die sie pflegen. Es war eine

harte Zeit. Sie können sich vorstellen, was für eine Zerreiß-
probe diese Krankheit für die Familie darstellt.« Sie schüttelte betroffen den Kopf. »Und der arme Oscar hatte gerade
sein neues Haus aufwendig umgebaut. Er musste die Hälfte
der Arbeiten wiederholen.«

Fina spitzte die Lippen und wedelte mit der Alupackung,
während sie die Sekretärin mit einem intensiven Blick be-
dachte. Dann lächelte sie, winkte mit dem Tablettenblister
und verschwand in Richtung Konferenzraum.

Nachdenklich goss Lluc Milch in seine Tasse und sah zu,
wie die Färbung den richtigen Cremeton annahm. Wie
so oft vergaß er dabei, auf den Flüssigkeitspegel zu achten,
und füllte den Becher randvoll. Beim Anheben der Tasse
schwappte der Kaffee über und hinterließ einen Fleck auf
seinem Hemd. »Mist.«

Marga kicherte.

Lluc griff nach einem Küchentuch, sog den braunen
Flüssigkeitsüberschuss aus der Baumwolle, bis der Kleckser
eine blassere Variante angenommen hatte. Mit einem feuch-
ten Lappen aus der Spüle setzte er für einen letzten Wischer
an, stockte dann.

Der Fleck.

Er starrte die Sekretärin an. Erkenntnis lichtete das Dunkel in seinem Kopf. So konnte es geschehen sein! Die Nachfrage bei der verdutzten Marga bestätigte Llucs Theorie.

Während die ältere Dame ein mit Tassen, Zucker und
Milch beladenes Tablett zu den anderen in den Konferenzraum trug, kehrte Lluc zu Gual in sein Büro zurück, öffnete
die Tür einen Spaltbreit und bat die Kollegin für einen
Moment heraus.

»Und? Konnte die Frau etwas Neues beitragen?«, fragte er mit gesenkter Stimme.

Gual schüttelte den Kopf und blinzelte mit azurblau getuschten Wimpern. »Der arme Valentín hat sein Leben gar nicht genießen können. Sogar sein geliebtes Motorrad musste er verkaufen, weil die Wirtschaftskrise auch vor Durchschnittsfamilien keinen Halt macht. Nur Arbeit, von morgens bis abends, und manchmal selbst danach.«

»Was soll das denn heißen?«

»Dass er nach seiner eigentlichen Arbeit viele karitative und ehrenamtliche Aufgaben übernommen hat. Hat in der Gemeinde ausgeholfen, wenn etwas anfiel, Stadtfeste organisiert, solche Dinge eben.«

Lluc nickte. Soweit bestätigte alles seine Theorie.

»Und obwohl er keine Schokolade mochte, liebte Valentín Pekannüsse«, fuhr Gual fort. »Keine Mandeln, Macadamia oder Cashewkerne. Nur Pekannüsse. Nur gab es diese zu Hause auch nicht.«

»Eindeutig alles geschickt geplant. Was ist mit dem Motorrad?«

Gual schüttelte den Kopf und setzte ihre dunkelblonde Dauerwelle in Bewegung. »Dolores behauptet, er habe seine Yamaha verkaufen müssen, weil sie Geld für die Anzahlung eines neuen Autos brauchten. Das alte sei kaputt. Da macht es ja nicht viel Sinn, sich auch noch ein neues Motorrad zu bestellen, oder?«

»Unter normalen Umständen nicht.« Nur waren diese in ihrem Fall nicht gegeben. »Entweder ist die Frau nicht informiert, oder Carlos, der Autoverkäufer, lügt.«

»Zu welchem Zweck?«

Lluc zuckte die Schultern, beauftragte Gual mit einer letzten Frage an die Ehefrau des Opfers und kehrte anschließend zurück zum Konferenzraum. Von der Antwort hing die Bestätigung seines Verdachts ab – oder er musste seine Theorie abhaken.

Draußen vor der Tür schritt Bürgermeister Cadena noch immer mit ernster Miene auf und ab. Obwohl er sich bemühte, leise zu telefonieren, war die Sorge in seiner Stimme nicht zu überhören.

Lluc bedeutete ihm mit einem Zeichen, sobald wie möglich wieder zu ihnen zu stoßen.

Juan, Carlos, Oscar und Fina sahen von einem jovialen Schwätzchen auf, die Schockstarre und anfängliche Sprachlosigkeit hatten sich offensichtlich gelöst. Marga verteilte in der Zwischenzeit die Kaffeetassen, an denen sich die Anwesenden festklammerten wie Schiffbrüchige an losen Holzplanken.

Lluc sammelte seine Gedanken.

»Ich denke, dass wir die Vorfälle des heutigen Tages rekonstruieren können.«

Carlos betrachtete seine Schuhe, Juan schien eine Faszination für Finas Kettenanhänger entwickelt zu haben, und Oscar klemmte seinen Blick konzentriert in die linke Deckenhälfte unter die Querbalken. Nur Marga starrte direkt zurück und schien Lluc zum Fortfahren aufzufordern.

»Und weil heute Weihnachten ist, werde ich euch eine Geschichte erzählen. Eine Geschichte über einen Weisen, der dem Glanz des Kindleins folgte.«

Fina runzelte die Stirn und sah Lluc fragend an. Er bedeutete ihr mit einem Nicken, sich zu gedulden. Guals Info stand aus, und die Zeit bis dahin galt es zu überbrücken. Ein bisschen Schmoren hat noch keinem Verhör geschadet.

Schweigend folgte er der Umlaufbahn des Sekundenzeigers der großen Wanduhr, während sie fünf kleine Sprünge vollzog.

Die verlegene Stille stellte sich wieder ein, die Anwesenden nippten geräuschlos an ihrem Kaffee, und als er schon dachte, nach Gual sehen zu müssen, öffnete sich die Tür, und die Kollegin erschien im Rahmen. »Entschuldigt, wenn ich euch … beim Schweigen störe.« Sie trat ein, nickte Lluc zu. »Deine Anfrage ist erledigt. Du hattest recht mit deiner Vermutung.«

Lluc legte gedanklich das letzte Puzzlestück an die bisher leere Stelle und fuhr fort. »Alles begann wohl am 25. November, als in Juans Apotheke eingebrochen wurde. Außer einigen Antibiotika und homöopathischen Mitteln wurde nicht viel gestohlen, dabei aber genug von einer Substanz, die richtig dosiert zum Tod führen kann: der Blaue Eisenhut.«

»Wollen Sie etwa andeuten, Valentín wäre vergiftet worden?« Marga setzte sich aufrecht.

»Geduld, Marga. Alles fügt sich nachher logisch zusammen. Aber ja, ich kann Ihnen bestätigen, dass der arme Valentín einer Vergiftung zum Opfer gefallen ist. Unser Täter steckte in Schwierigkeiten.« Lluc nickte Fina dankend zu, die das fehlende Puzzlestück zum Motiv geliefert hatte. »Vielleicht nicht einmal selbst verschuldet. Ich vermute, er hat sich an der Kasse des Bürgermeisters bedient und brauchte dringend Geld, um das Defizit wieder aufzufüllen, nachdem die Veruntreuung aufgefallen war. Und zwar schnell, bevor ihm mit dieser außerordentlichen Untersuchung alles um die Ohren fliegt.«

Sechs Köpfe drehten sich zur Tür, hinter der die klackenden Schritte Cadenas im Flur hallten.

»Doch glücklicherweise war Abhilfe nahe: die neue Weihnachtslotterie von Sóller, der *Niñito*. Unser Täter musste nur sicherstellen, dass die richtige Nummer gezogen wird. Und dafür sucht man sich einen Sachkundigen, der bei der Programmierung und Organisation der ganzen Geschichte beteiligt ist. Der Programmierer und Telko-Techniker Valentín. Man bietet ihm ein Stück vom Kuchen an, was diesem gewiss sehr gelegen kam in Anbetracht der Tatsache, dass er knapp bei Kasse war und sein geliebtes Motorrad verkaufen musste.«

Geschirr klirrte, als Marga ihre Tasse heftig auf dem kleinen Unterteller abstellte. Sie vergaß, den Mund zu schließen.

Die anwesenden Herren starrten Lluc ebenso entsetzt an.

»Entweder hatte der Täter nicht vor zu teilen, oder Valentín war nicht so verschwiegen wie erhofft. Jedenfalls bereitete unser Mörder den Turrón vor, extra mit Pekannüssen, genau so wie das Opfer ihn gerne aß, um sicherzustellen, dass die Vergiftung beim Frühstück erfolgte.«

Lluc wandte sich an die Sekretärin. »Und hier kommen Sie ins Spiel, Marga.«

Die Frau schloss verblüfft ihren Mund, zum ersten Mal an diesem Tag um Worte verlegen. »Ich?«

Die Blicke der Anwesenden schossen in Richtung der Sekretärin, deren Gesichtsfarbe sich dem Ton der Chrysanthemen auf ihrem Kleid angenähert hatte.

Lluc nahm eine leere Tasse in die Hand und schwenkte

sie in ihre Richtung. »Sie haben vorhin dem Gewinner des *Niñito* zugeprostet: Oscar.«

Marga nickte, ihr Blick wanderte von einem zum anderen.

»Alle stießen mit an. Dabei kleckerte Oscar mit seinem Sekt und hinterließ diesen gelblichen Klecks auf seinem Hemd.«

Der irritierende Fleck, der sich von Anfang an in Llucs Blick gebohrt hatte und ihm eine Story zu erzählen schien.

»Er folgte Marga in die Küche, um sich das Hemd abzuwischen, und bot ihr seine Hilfe mit dem Kaffee an. Es war ein Kinderspiel, Valentíns Keks durch den Weihnachtsnougat auszutauschen. Den Rest der Geschichte kennen Sie, ganz Sóller war Zeuge der traurigen Geschehnisse am Hafen.«

Alle Blicke hafteten nun an Oscar, der zur Salzsäule erstarrt war.

Margas Mund entschlüpften Laute, die nach einem krächzenden Lachen klangen. »Und jetzt müssen wir nicht einmal mehr die Polizei rufen, denn wir sind ja schon hier.« Der schwere Tag forderte auch von der alten Dame seinen Tribut.

Finas Finger spielten mit dem leeren Pillenblister und erzeugten ein Klacken, das die überraschte Stille durchbrach. »Oscar, Ihre Unglückssträhne scheint nicht abzureißen. Die Sache mit Ihrem Haus war echtes Pech und hat wohl die Kette der Ereignisse ausgelöst. Sie brauchten Geld für die erneute Instandsetzung. Doch der Rest ist selbst verschuldet.«

Oscar fand seine Sprache wieder. »Ohne meinen Anwalt sage ich kein Wort.«

Lluc nickte, so verlangte es das Gesetz.

Bevor er etwas erwidern konnte, öffnete sich die Tür, und Cadena betrat den Raum. Sein Gesicht spiegelte die für ihn gewohnte souveräne Eleganz eines ehrlichen Menschen, dem keine Schuld angelastet werden konnte.

»Marga, das Problem hat sich gelöst.« Sichtlich erleichtert, schien es Cadena nicht zu kümmern, dass alle ihm zuhörten. »Die Buchhalter haben einem Weihnachtswunder gleich einen Weg gefunden, die Diskrepanz zu erklären. Es wird keine Untersuchung geben.«

Lluc lächelte. Vielfältig waren die Wege des Kindleins, die Menschen in der Weihnachtszeit zu beschenken. Dem Ehrlichen bescherte es die Lösung eines Problems, dem Gierigen eine kostenlose Unterkunft in Palmas Gefängnis und fleißigen Ermittlern wie ihm einen frühen Feierabend am Kamin.

ZUTATEN

* ✳ 200 g Honig
* ✳ 200 g Zucker
* ✳ 1 Eiweiß (Größe M oder L)
* ✳ 300 g ganze, blanchierte Mandeln
* ✳ 1 TL Vanillearoma
* ✳ 10 große, eckige Oblaten

ZUBEREITUNG

Die Mandeln mit kochendem Wasser überbrühen, kurz stehen lassen und häuten. Anschließend in der trockenen Pfanne oder bei 200 Grad im Backofen hellgelb rösten, abkühlen lassen.

Ein Backblech dicht mit den Oblaten auslegen.

Den Honig und den Zucker in einem Topf bei schwacher Hitze mischen und rühren, bis sich der Zucker aufgelöst und gut mit dem Honig vermischt hat. (Temperatur ca. 115–120 Grad)

Das Eiweiß mit der Küchenmaschine steif schlagen, Vanilleessenz daruntermischen. Die heiße Honig-Zucker-Mischung langsam, unter ständigem Rühren hineinträufeln. Dadurch entsteht eine dicke, weiße, klebrige Masse, die die Basis für den Nougat bildet. Die Masse dann 25 Minuten bei höchster Stufe aufschlagen und dabei abkühlen lassen. Zum Schluss die gerösteten Mandeln untermischen.

Die Turrónmasse mit zwei Esslöffeln auf den Oblaten verteilen. Mit einer Schicht aus Oblaten abdecken, dabei etwas andrücken. Über Nacht abkühlen und fest werden lassen.

Am nächsten Tag den Turrón in kleine Stücke schneiden und in einem luftdichten Behälter aufbewahren. Vor Feuchtigkeit schützen.

⌘ WEICHER TURRÓN ⌘

ZUTATEN

* ✳ 6 runde Eules (Oblaten)
* ✳ 500 g Mandeln (roh und ungeschält)
* ✳ 400 g Zucker (besser ist Bio-Mandelblüten-Zucker)
* ✳ 1 Bio-Orange mittelgroß (Saft und geraspelte Schale)
* ✳ 1 Bio-Zitrone klein (geraspelte Schale)
* ✳ Zimt gemahlen (Menge nach Gusto)

ZUBEREITUNG

Die Mandeln mit heißem Wasser übergießen, kurz einweichen lassen und enthäuten, danach (je nachdem wie groß oder klein man die Mandeln haben will) mit Mörser zerstoßen oder mit Hammer klein hacken.

Anschließend die Mandelmasse mit dem Saft und Schale der Orange und der geraspelten Zitronenhaut vermischen und den Zucker hinzufügen. Dann den Zimt darübergeben und alles gut durchkneten. Die Masse auf drei Eules (Ränder ca. 4 cm frei lassen) verteilen und glatt streichen.

Unbedingt die Ränder der Eules um die Masse herum mit einem Pinsel mit Wasser bestreichen. Die oberen Eules darauflegen, sanft andrücken und die Ränder fest zusammendrücken. Schließlich in Stücke oder Streifen schneiden.

Guten Appetit!

MARCEL HÄUßLER

WIEDERSEHEN IM ALENTEJO

TATORT: ALENTEJO

DER AUTOR

Marcel Häußler wurde 1970 in Essen geboren. Um die Jahrtausendwende arbeitete er in Köln als Kameraassistent und Cutter, als ihn die Liebe aus der Großstadt in ein bayerisches Dorf verschlug. Zwei Jahre später zog es ihn aus der Provinz nach München, wo er bis heute wohnt. Er veröffentlichte mehrere Kurzgeschichten, schrieb an Drehbüchern mit und übersetzte über dreißig Romane aus dem Englischen. 2021 erschien der erste Band seiner Kommissar-Kant-Reihe, der für den Friedrich-Glauser-Preis nominiert war.

Dona Aurelia redet und redet. Die kleine Gärtnerei im Dorf, in der sie seit dreißig Jahren Setzlinge für ihren Garten kauft, ist seit dem Herbst geschlossen. Der Schwager der Nachbarin hat bei den Waldbränden im letzten Jahr beinahe sein Haus verloren. Senhor Vicente hätte nicht so eine junge Frau heiraten sollen, dann spräche jetzt nicht der halbe Ort über ihre Affären.

Obwohl Diogo sich, wenn überhaupt, nur schwach an diese Leute erinnert, hört er seiner Mutter zu und lächelt und nickt, sobald sie ihn ansieht. Immerhin hat sie eine Menge nachzuholen. Die Bilanz eines ganzen Jahres. Es ist der Morgen des fünfundzwanzigsten Dezembers, und sie sitzen am offenen Kamin im Wohnzimmer und trinken Kaffee. Seit sein Vater vor fünf Jahren gestorben ist, verbringt Diogo jedes Weihnachten bei seiner Mutter und seinen Geschwistern im Alentejo.

Die ersten Sonnenstrahlen fallen durch die niedrigen Fenster und lassen die bunten Bodenfliesen leuchten, aber in den Balken unter dem Dach nistet noch die Dunkelheit. Außer ihm selbst und seiner Mutter, die immer um sechs aufsteht, liegen alle noch im Bett. Diogo hatte letzte Woche Frühschicht, und sein Schlafrhythmus muss sich erst wieder normalisieren. Er ist Kommissaranwärter bei der Münchener Kriminalpolizei.

»Erinnerst du dich noch an Isabel?«, fragt Dona Aurelia

ohne Überleitung. Diogo nickt. Er weiß schon, was jetzt kommt. »Warum gehst du sie nicht mal besuchen? Sie wohnt noch bei ihren Eltern. Früher habt ihr euch doch immer gut verstanden.«

»Das war in der Grundschule, Mama.«

Dona Aurelia kippt ihren Kaffeesatz in die Flammen. »Wenn die deutschen Frauen so kompliziert sind …«

Das Klopfen an der Tür erspart Diogo den Rest. Kalter Wind weht ihm ins Gesicht, als er öffnet. Vor ihm steht ein Mann in der hellblauen Uniform der portugiesischen Nationalgarde. Groß, drahtig, kurzgeschoren und glattrasiert. Es ist Fernando, ein weiteres Gespenst aus der Vergangenheit. Der Polizist nimmt sein Barett ab und dreht es in den Händen.

»Guten Morgen, Diogo«, sagt er förmlich. »Tut mir leid, dass ich an Weihnachten stören muss. Meine Vorgesetzten schicken mich.« Offenbar hat sich schnell herumgesprochen, dass Diogo im Dorf ist.

Fernando wendet sich zu dem Streifenwagen um, der mit laufendem Motor in der Einfahrt steht. »Wir brauchen jemanden, der Deutsch spricht. Es ist dringend.« Er betrachtet seine blank polierten Stiefelspitzen. Diogo kennt ihn gut genug, um ihm anzumerken, wie unangenehm ihm die Situation ist.

Dona Aurelia ist aus dem Sessel aufgestanden. »Fernando, bist du das?«, ruft sie aus dem Wohnzimmer. »Komm doch auf einen Kaffee rein.«

Diogo überlegt, einfach die Tür zuzuschlagen und sich von der lauschigen Wärme des Kaminfeuers einhüllen zu lassen, aber dann gewinnt die Neugier die Oberhand. Er nimmt seine Lederjacke vom Haken an der Wand. »Ich bin zum Mittagessen wieder da.«

Während sie über die unbefestigte Straße durch den Pinienhain fahren, denkt Diogo an ihre letzte Begegnung vor fast zehn Jahren. Damals konnte Fernando ihm nicht einmal in die Augen sehen, und auch jetzt scheint er ganz damit beschäftigt, den knietiefen Schlaglöchern auszuweichen.

»Am Strand wurde eine Leiche angespült«, beginnt Fernando schließlich. »Der alte Paulo hat sie gefunden, als er zum Angeln wollte. Ungefähr vor einer Stunde. Der Mann hat eine Stichwunde an der Brust. Anscheinend lag er noch nicht lang im Wasser. Jedenfalls haben die Fische sein Gesicht noch nicht angefressen. Jeder kennt ihn hier. Er ist Deutscher. Wir müssen mit seiner Freundin reden.«

In den endlosen Sommern ihrer Kindheit, als sie zwischen den Felsen Taschenkrebse fingen, barfuß auf der Straße Hockey spielten und nachts aus dem Fenster kletterten, um heimlich Zigaretten zu rauchen, hatten sie sich ausgemalt, wie es wäre, wenn sie zusammen Verbrecher jagten. Mit achtzehn bewarben sie sich bei der Nationalgarde. Fernando wurde angenommen. Diogo scheiterte am Einstellungstest, weil er den Kopf voller anderer Dinge hatte.

»Wieso?«, fragt er. »Ich meine, wieso du? Ich dachte, du regelst hier den Verkehr.«

Fernando zuckt mit den Schultern, als wollte er demonstrieren, dass die Herabwürdigung an ihm abprallt. »Die Kriminalpolizei schickt jemanden aus Faro. Soll heute Nachmittag ankommen. Bis dahin machen wir die Drecksarbeit.«

»Ich will zuerst die Leiche sehen.«

»Was?«

»Das ist mein erster Mordfall. Entweder du zeigst mir die Leiche oder ich steige aus.«

Fernando hält an der Kreuzung zur Hauptstraße. Links geht es zum Strand, rechts zum Dorf. Die Kuppen der Hügel hinter den niedrigen Häusern leuchten im ersten Sonnenlicht, während in den Tälern noch Nebel hängt. Fernando sieht ihn jetzt zum ersten Mal mit seinen dunklen Augen an. »Es wird Zeit, dass du drüber hinwegkommst. So viel Verbitterung ist ungesund.«

»Also?«, fragt Diogo.

Unter den Reifen spritzt Sand auf, als Fernando nach links abbiegt. Fünf Minuten später erreichen sie den gekiesten Parkplatz, auf dem schon zwei Geländewagen der GNR stehen. Eine steile Treppe führt im Zickzack zum Strand hinab. Meterhohe Wellen schlagen gegen die Felsen, die den schmalen Sandstreifen einrahmen, und lassen die Stufen unter ihren Füßen vibrieren. An der Linie, wo die Flut auf ihrem Höchststand Algen, Treibholz und Teile von Fischernetzen hinterlassen hat, flattert ein weißes Zelt im Wind. Drei Polizisten stehen davor und rauchen. Diogo spürt ihre neugierigen Blicke, als er Fernando ins Zelt folgt.

Im nassen Sand liegt ein toter Weihnachtsmann.

Der Bart ist echt, denkt Diogo, sonst wäre er weggespült worden. Die Stiefel passen nicht zur Verkleidung; sie sehen aus, als wären sie vom Militär. Diogo geht in die Hocke und betrachtet das aufgequollene Gesicht. Der Mann muss zwischen vierzig und fünfzig Jahre alt sein. Da der Mund halb offensteht, kann man seine schlechten Zähne sehen. Die Haut ist grobporig wie die eines Trinkers.

»Bist du jetzt zufrieden?«, fragt Fernando.

Unter dem roten Mantel trägt der Mann ein kariertes Hemd, das in der Mitte der Brust aufgerissen ist. Das Wasser hat das Blut abgespült, sodass die Wunde gut zu erkennen ist. Es sieht aus, als hätte ihm jemand nicht nur ein Messer in die Brust gerammt, sondern mit der Klinge regelrecht im Fleisch herumgestochert. Diogo zieht den zerknitterten Mantel glatt.

»Spinnst du?«, sagt Fernando. »Nicht anfassen.«

An der Stelle, wo der Stoff die Brust des Opfers bedeckte, ist ein kleines Loch zu sehen. Diogo steht auf. »Fahren wir.«

Die Straße führt über brachliegende Felder, vorbei an von Brombeeren überwucherten Ruinen, und schlängelt sich in die Hügel hinauf. Je weiter sie sich vom Meer entfernen, desto weniger bewohnte Häuser gibt es. Geld verdienen kann man hier nur mit Touristen, und Touristen tummeln sich am Strand. Zumindest im Sommer.

»Der Tote heißt Stefan Küpper.« Fernando setzt die Sonnenbrille auf, da sie jetzt genau ins gleißende Licht fahren. »Jeder kennt ihn hier. Aber ich glaube nicht, dass ihm viele nachtrauern. Wie man hört, hatte er ständig Ärger mit seinen Nachbarn. Und wenn er mehr als drei Bier getrunken hat, also praktisch jeden Tag, hat er gerne Schlägereien angefangen. Ich weiß gar nicht, wie oft wir ihn schon über Nacht auf der Wache behalten haben.«

Die niedrigen Äste von Korkeichen kratzen über den Lack des Streifenwagens, als sie auf einen Feldweg abbiegen. Stefans Haus, wenn man es so nennen will, versteckt sich in einer Senke hinter einem verwilderten Olivenhain. Es hat allen Grund dazu. Die alten Feldsteinmauern wurden mit modernen Ziegeln ausgebessert, aber den Putz hat man sich gespart. Wellblechplatten bilden ein notdürftiges Dach. Aus der ungemähten Wiese, die bis zum Fenstersims reicht, ragen Sandhaufen, ein museumsreifer Betonmischer und ein Stapel morscher Balken auf.

»Man wundert sich«, sagt Fernando. »Warum kommt man aus einem reichen Land hierher, um zu leben wie ein Schwein?«

Sie steigen aus. Drei Hunde kommen hinter dem Haus hervorgeschossen und umringen sie kläffend. Aus der Wiese stieben Vögel auf, als das verbeulte Blech der Haustür über den Boden kratzt. Eine Frau im Morgenmantel blinzelt in die Sonne, entdeckt sie, gähnt und streicht sich durch ihr wirres blondes Haar.

»Die hatte ich mir schlimmer vorgestellt«, sagt Fernando leise, bevor er seine offizielle Miene aufsetzt und die Todesnachricht überbringt. Diogo übersetzt. Silke – so heißt die Frau – schluchzt ein paar Mal, fängt sich aber schnell wieder. Fernando will wissen, wann sie ihren Freund zuletzt gesehen hat.

»Gestern«, sagt Silke. »Gegen Mittag. Er wollte in die Tasca do Miguel fahren.«

»An Heiligabend?«

»Auf ein Bier, hat er gesagt.«

»Und Sie haben sich nicht gewundert, dass er nicht zurückgekommen ist?«

Silke setzt sich auf die schmutzige Betonstufe vor dem Haus, zieht ein Päckchen Tabak aus der Tasche und dreht sich mit zittrigen Fingern eine Zigarette. »Es war ja nicht das erste Mal«, erklärt sie. »Wenn er zu viel getrunken hat, hat er manchmal im Auto geschlafen. Oder was weiß ich wo.«

»Hatte er mit jemandem Streit?«, übersetzt Diogo für Fernando.

»Er hatte mit allen Streit. Mit dem Nachbarn da drüben wegen der Grundstücksgrenze.« Silke wühlt in den Taschen ihres Morgenmantels. Sofort tritt Fernando einen Schritt nach vorn und gibt ihr Feuer. Gierig saugt sie den Rauch ein. »Mit Thiago, dem Mechaniker, weil der ihm diese Schrottkarre verkauft hat.« Sie zeigt auf einen R4 mit platten Reifen, der neben dem Haus vor sich hin rostet. »Mit diesen Jungs, die auf unserem Grundstück nachts Wildschweine geschossen haben. Aber deswegen bringt man doch niemanden um.« Ihre Zigarette löst sich auf, und die Glut fällt zu Boden. »So eine Scheiße«, sagt sie.

Fernando bedankt sich für ihre Hilfe.

»Eine Frage noch«, sagt Diogo. »Wissen Sie, ob er ein Weihnachtsmannkostüm hatte?«

Silke sieht ihn an, als hätte er den Verstand verloren. Langsam schüttelt sie den Kopf. »Er war nicht der Typ, der Süßigkeiten an kleine Kinder verteilt.«

»Komm«, sagt Fernando. »Lass uns einen Kaffee in der Tasca trinken.«

Sie fahren zurück zur Hauptstraße, die das Dorf in der Mitte durchschneidet. Vorbei an der Tankstelle, einem neuen Restaurant, dem Angelladen, an dessen Schaufenster sie sich als Kinder die Nase platt drückten. Diogo fühlt sich fremd und zugleich zu Hause. Er merkt, dass Fernando ihm immer wieder Seitenblicke zuwirft.

»Ich bin wirklich froh, dass du es auch geschafft hast«, sagt Fernando. »Davon haben wir doch immer geträumt. Wir beide zusammen im Streifenwagen.«

»Dann hättest du die Finger von Filipa lassen sollen.«

Fernando verzieht das Gesicht und schweigt, bis sie auf dem gekiesten Parkplatz vor der Tasca do Miguel halten. »Damals sah es aus, als hätte ich gewonnen. Heute denke ich anders darüber. Du bist in der Welt rumgekommen, und ich sitz immer noch hier. Mit drei Kindern und einer Frau, die mich nicht liebt.«

Auf der Straße, die von Lagos nach Lissabon führt, donnert ungebremst ein Lastwagen vorbei. Bis die Touristen einfielen, hielt man hier nur zum Tanken oder Pinkeln. Diogo denkt an sein schmales Bett in der Einzimmerwohnung in München. An die kalten einsamen Nächte. Vielleicht wäre er ja mit Filipa glücklich geworden. Oder vielleicht hat Fernando recht, und er hat die ganze Zeit nur einem Traumbild nachgehangen.

»Lass uns nicht mehr darüber reden.«

»Okay.« Fernando grinst und boxt ihm gegen die Schulter. »Gehen wir rein.«

Hinter den Planen, die die Terrasse vor dem ewigen Wind schützen, sitzen drei alte Männer an einem Plastiktisch und spielen Karten. Es riecht nach Zigarettenrauch und Frittierfett. Diogo folgt Fernando ins eigentliche Lokal. In dem gekachelten Speisesaal ist es ungefähr so gemütlich wie in einem Kühlschrank. Nur nicht so warm. Kein Mensch hat sich an diesem strahlenden Weihnachtsmorgen hierher verirrt.

Sie setzen sich auf die Barhocker an der Theke und warten, bis Miguel, ein kleiner dünner Mann in einer Daunenjacke, aus der Küche kommt. »Hallo, Jungs«, sagt er, als hätten sie sich gestern erst gesehen. Diogo erinnert sich, wie er seinen neunzehnten Geburtstag hier gefeiert hat. Mit Filipa und Fernando und seinen Eltern. Seitdem hat er das Restaurant nicht mehr betreten.

»War der Deutsche gestern hier?«, fragt Fernando. »Stefan?«

Miguel lässt die Kaffeemaschine zischen und knallt zwei winzige Tassen auf die Metalltheke. »Kurz. Wieso? Hat er was angestellt?«

»Wann ist er gegangen?«

»Gegen vier, schätze ich. Ein Schnäpschen dazu?«

Fernando winkt ab. »Allein?«

»Soweit ich weiß. War ja eh keiner hier außer den Stammgästen.«

Fernando notiert sich die Namen. Plötzlich zieht er die Augenbrauen hoch. »Thiago? Der Automechaniker?«

»Seit seine Frau gestorben ist, ist der fast jeden Tag hier.«

»Haben Stefan und Thiago miteinander geredet?«, fragt Fernando.

Miguel schaltet den kleinen Fernseher ein, der in der Ecke unter der Decke hängt. Eine Reporterin berichtet mit wehendem Haar von den Überschwemmungen im Norden. »Die reden nicht. Beide saßen allein am Tisch und haben getrunken. Ein ganz normaler Nachmittag. Dann ist Stefan gegangen. Paar Minuten später ist Thiago raus.«

»Dann könnten sie auch zusammen weggefahren sein?«

»Was weiß ich. Worum geht es überhaupt?«

»Danke.« Fernando fischt Münzen aus seiner Hosentasche.

»Geht aufs Haus«, sagt Miguel grinsend. »Ist ja schließlich Weihnachten.«

»Hat Stefan vielleicht gesagt, wo er hinwollte?«, fragt Diogo, während Fernando schon auf dem Weg zur Tür ist.

Miguel schaltet den Sender um. Das Gespräch scheint ihn zu langweilen. »Wo soll der schon hinwollen? Er hat gesagt, er muss los. Ich dachte, er meint, nach Hause. Weil seine Frau oder Freundin wartet.«

Als Diogo auf den Parkplatz kommt, sitzt Fernando schon am Steuer und lässt den Motor an. »Ich bringe dich zurück zu deinen Eltern«, sagt er, sobald Diogo eingestiegen ist, »und dann fahre ich zu Thiago.«

Fernando wendet und rast zurück ins Dorf. Diogo fällt auf, wie er das Lenkrad umklammert, wie angespannt sein Gesicht ist, wie eckig sein Fahrstil. »Bist du sicher, dass du das alleine machen willst?«, fragt er.

»Ich brauche keinen Dolmetscher mehr.«

»Aber vielleicht einen Zeugen.«

»Deine Mutter wartet mit dem Essen.«

»Es ist erst elf.«

An der Abzweigung, die zu Diogos Elternhaus führt, bremst Fernando so scharf, dass Diogo sich am Handschuhfach abstützen muss. Fernando hält auf dem Seitenstreifen, nimmt die Sonnenbrille ab und sieht Diogo in die Augen. »Kann ich mich auf dich verlassen?«, fragt er. »Oder wartest du nur auf eine Gelegenheit, mir in den Rücken zu fallen?«

»Vergessen wir, was passiert ist. Zumindest für heute.«

Fernando lässt Diogos Blick nicht entweichen, als er ihm die Hand hinstreckt. Diogo schlägt ein. Die Berührung löst etwas in ihm aus. Ein Kribbeln wie am ersten Frühlingstag nach einem langen Winter.

»Schnappen wir uns das Arschloch«, sagt Fernando.

»Wenn er es denn war.«

Fernando schnalzt mit der Zunge. »Bei uns sind die Dinge nicht so kompliziert wie in der Stadt.«

Fünf Minuten später parken sie gegenüber dem rostigen Tor von Thiagos Werkstatt. Diogo kennt Thiago nicht, weil dieser erst vor acht Jahren aus Brasilien gekommen ist und die Werkstatt übernommen hat. Nach dem Tod seiner Frau, hat Fernando ihm gerade erzählt, gab Thiago seine Wohnung auf und richtete sich im Büro hinter der Hebebühne ein.

Diogo steht zwischen den halb zerlegten Autos, die am Straßenrand auf Ersatzteile warten, um das Tor im Blick zu behalten, während Fernando über einen niedrigen Zaun klettert und den Seiteneingang nimmt. Sie sind jetzt ein Team, wie sie es sich immer gewünscht haben. Diogos Atem beschleunigt sich. Der Herzschlag pocht in seinen Ohren. Das ist der Grund, warum er Polizist geworden ist.

Ein Poltern dringt aus der Werkstatt. Jemand stößt einen Schrei aus. Sofort zieht Diogo mit beiden Händen an dem Griff, und das Rolltor öffnet sich kreischend. Ein Strahl Sonnenlicht durchschneidet die dunkle Werkstatt. Auf dem Boden neben der Hebebühne kniet Fernando auf dem Rücken eines halb nackten Manns. Er legt ihm Handschellen an. Der Mechaniker stöhnt. Durch die schwarzen Locken, die ihm ins Gesicht hängen, kann Diego die Panik in seinen Augen sehen.

»Der Schwachkopf hat mit einem Schraubenschlüssel nach mir geschlagen.« Fernando zerrt Thiago auf die Beine und stößt ihn vor sich her zu einem Holzverschlag hinter der Hebebühne. Diogo schaltet die Neonbeleuchtung an. Auf dem Boden liegt eine Matratze mit einer zerwühlten Decke, Thiagos Hose und Pullover hängen über dem Schreibtisch. Als er eintritt, stolpert Diogo über leere Bierflaschen. Fernando setzt den Mechaniker auf den einzigen Stuhl.

»Ich dachte, du wärst ein Einbrecher«, stammelt Thiago.

»Wo hast du ihn getötet?«, fragt Fernando. »Hier in der Werkstatt?«

»Was?«

»Wir wissen, dass du Streit mit Stefan hattest und dass ihr gestern zusammen die Tasca verlassen habt.«

Thiago reibt sich über die verquollenen Augen. »Ich habe nichts gemacht.«

»Dann hast du bestimmt nichts dagegen, wenn wir uns ein bisschen umsehen.« Fernando reißt die Schreibtischschublade auf, kippt den Inhalt auf den Boden, wirft Aktenordner von den Regalbrettern, dreht die Matratze um. »Wo hast du das Messer versteckt?«

Thiago antwortet nicht. Diogo verlässt das kleine Büro und sieht sich in der Halle um. An der rechten Wand steht eine Werkbank, in den Ecken stapeln sich Autoreifen, ein Regal voller Ersatzteile nimmt die linke Wand ein. Die Kartons und die Fächer sind von einem Film aus Öl und Metallspänen bedeckt. Neben einer der Pappschachteln zeichnet sich ein heller Streifen auf dem Brett ab, als wäre sie vor kurzem verschoben worden. Er klappt den Deckel auf. Darunter liegt ein schmutziges Tuch, das Diogo mit einer Spitzzange auseinanderzieht. Die Klinge eines Jagdmessers blitzt auf. Die dunklen Anhaftungen könnten Blut sein.

»Hast du was gefunden?«, hört er Fernandos Stimme hinter sich.

Diogo fotografiert das Beweisstück mit seinem Handy.

»So ein Idiot.« Der Triumph in Fernandos Stimme ist unüberhörbar. »Zu besoffen, um das Messer zu entsorgen.« Er dreht sich zu dem Büro um. »Hey, Thiago, guck mal, was wir hier haben!«

Thiago kommt mit hängendem Kopf angeschlichen. Als er das Messer sieht, bleibt er abrupt stehen. »Das gehört mir nicht.«

»Und wie kommt es dann in deine Werkstatt?«, fragt Fernando.

Obwohl es in der Halle kalt ist und Thiago nur Boxershorts trägt, rinnt ihm Schweiß über die Brust. »Ich sag nichts mehr.«

Fernandos Handy klingelt. »Was?«, sagt er. »Nein, lass die Kollegen ruhig Weihnachten bei ihrer Familie feiern. Ich kümmere mich darum.«

Er legt auf und sieht Thiago an. »Stefans Auto wurde gefunden. In der Nähe des Leuchtturms. Aber das brauche ich dir ja nicht zu sagen. Ich hoffe für dich, dass du gründlich sauber gemacht hast.«

Thiago kneift die Lippen zusammen und schweigt. Diogo holt die Decke aus dem Büro und legt sie ihm über die Schultern, dann bringen sie ihn zur Wache.

»Wenn die PJ kommt, ist der Fall schon eingetütet«, sagt Fernando auf der Fahrt zum Leuchtturm. Er wirkt jetzt fröhlich und aufgedreht. Bei Diogo hingegen hat der kurze Adrenalinrausch einen schlechten Geschmack im Mund hinterlassen. Er will ihre wieder aufkeimende Freundschaft nicht damit belasten, aber er hat Zweifel, dass der Automechaniker Stefan getötet hat. Sie wissen nicht einmal, ob das Blut an dem Messer wirklich von dem Deutschen stammt. Und was hat es mit dem Weihnachtsmannkostüm auf sich?

Kurz vor dem Leuchtturm biegen sie auf einen Feldweg. Immer tiefer versinken die Reifen in dem sandigen Boden. Sträucher und niedrige Bäume ducken sich vor dem Wind, der unaufhörlich vom Atlantik über die Steilküste streicht. Als sie eine kleine Anhöhe überwinden, steht das Auto plötzlich vor ihnen. Ein rußgeschwärztes Gerippe vor dem tiefblauen Abgrund des Meeres. Die Reifen und Polster sind verbrannt, die Scheinwerfer gesplittert, die Bleche von der Hitze des Feuers verformt.

»Hätte ich Thiago gar nicht zugetraut«, sagt Fernando, als er aus dem Streifenwagen steigt. »In dem Wrack brauchen wir nicht mehr nach Spuren zu suchen.«

Gemeinsam nähern sie sich der Steilküste. Zwanzig oder dreißig Meter unter ihnen hämmern die Wellen unermüdlich gegen die Felsen. Falls der Mörder die Leiche vom Auto zur Kante geschleift hat, wurden alle Spuren vom Wind verweht.

Fernando sieht mit zusammengekniffenen Augen in die Ferne. »Normalerweise treibt die Strömung hier alles aufs offene Meer raus. Es war reines Pech, dass die Leiche am Strand angespült wurde.«

»Wie ist der Mörder danach hier weggekommen? Zu Fuß? Oder hatte er Hilfe?«

Fernando zuckt die Achseln. »Die Details kann die PJ dann klären.« Er legt Diogo eine Hand auf die Schulter. Eine Weile stehen sie nebeneinander und sehen auf das Meer, als wären sie immer noch zwei Sechzehnjährige, die gleich zum Surfen hinauspaddeln. »Wir sollten deine Mutter nicht länger warten lassen. Danke für deine Hilfe.«

Auf dem Rückweg zum Streifenwagen umrundet Diogo Stefans Pick-up. Zwischen den verkohlten Brettern und geschmolzenen Plastikflaschen auf der Ladefläche blitzt ein kleiner metallischer Gegenstand im Sonnenlicht auf. Ein Fünfeck mit einem Ring an der Spitze. Mit einem Kugelschreiber fischt Diogo das Objekt aus dem Schutt.

»Was ist das?«

Fernando sieht ihm über die Schulter. »Ein Schlüsselanhänger?«

Jetzt erkennt Diogo, dass das Fünfeck ein Haus darstellen soll. Auf der Rückseite ist ein Schriftzug eingraviert: MEGACASA. Es die Firma von Gabriel Vicente. Diogo erinnert sich, dass Senhor Vicente einer der ersten war, der Grundstücke von Bauern aufkaufte, um sie dann als Bauland für Ferienhäuser weiterzuverkaufen. Sein Reichtum hat Senhor Vicente im halben Alentejo bekannt gemacht.

»Was hatte Stefan Küpper mit Senhor Vicente zu schaffen?«

»Keine Ahnung«, sagt Fernando. »Das ist nur ein Werbegeschenk. Würde mich nicht wundern, wenn bei uns zu Hause auch so was rumliegt.«

Wenn der Täter Stefans Leiche auf der Ladefläche transportiert hat, ist der Schlüsselanhänger vielleicht unbemerkt aus der Manteltasche gerutscht, überlegt Diogo. In diesem Moment fällt ihm etwas ein.

»Veranstaltet Senhor Vicente nicht jedes Jahr eine Weihnachtsfeier? Für Kinder aus armen Familien?«

»Ich glaub schon«, sagt Fernando.

»Wir müssen mit ihm reden. Vielleicht war Stefan auf der Feier und hat den Weihnachtsmann gespielt.«

Fernando schnaubt ungeduldig. »Oder dieser besoffene Idiot Thiago fand es einfach nur lustig, dem Toten den Mantel überzuziehen.«

»Es gibt nur eine Möglichkeit, das rauszufinden«, sagt Diogo.

»Du willst unangemeldet zu Senhor Vicente fahren? An Weihnachten?«

»Genau.«

Sie steigen ein. Fernando steckt den Schlüssel in die Zündung und reibt sich die Schläfen, als hätte er Kopfschmerzen. »Also gut«, sagt er schließlich. »Aber tu mir einen Gefallen und benimm dich.«

Senhor Vicente wohnt auf einem Hügel zwischen der Kreisstadt und dem Meer. Mitten im Naturschutzgebiet. Nachdem Fernando sie an der Kamera am Rolltor angemeldet hat, müssen sie noch einen Olivenhain und weitläufige Wiesen voller Zitrusbäume durchqueren, bevor sie das Haus erreichen. Sie steigen die Marmorstufen zur Veranda hinauf, und Senhor Vicente begrüßt sie mit einem Handschlag, den man eher von einem Bauarbeiter erwartet hätte. Er ist ein untersetzter Mann mit breitem Kinn und Augen, die ständig auf der Suche nach etwas zu sein scheinen.

Fernando entschuldigt sich für die Störung und erklärt ihm, dass Stefan Küpper tot aufgefunden wurde. Senhor Vicente nimmt eine Flasche Wasser von dem Marmortisch und gießt sich ein Glas ein, ohne ihnen etwas anzubieten.

»Wir würden gerne wissen, ob Stefan gestern auf Ihrer Weihnachtsfeier war«, sagt Fernando.

»Ganz sicher nicht.« Senhor Vicente sieht zu dem Pool unterhalb des Hauses, in dem eine trotz der Jahreszeit braun gebrannte Frau ihre Bahnen zieht. Einen Moment lang beobachten alle drei, wie sie in ihrem weißen Badeanzug untertaucht und am Beckenrand wendet wie eine Profischwimmerin. Diogo muss an den Tratsch seiner Mutter am frühen Morgen denken: Alle wissen, dass sie ihren Mann betrügt.

»Also kennen Sie Stefan Küpper«, stellt Diogo fest.

Senhor Vicente sieht ihn irritiert an, bevor er sich zu einem schwachen Lächeln durchringt. »Nicht persönlich. Er hat vor einigen Jahren ein Grundstück bei uns gekauft.«

»Aber Sie wissen, wie er aussieht?«

»Jeder hier weiß, wie er aussieht.«

»Gut«, sagt Fernando, »dann wäre das ja geklärt.«

Unter ihnen klettert Senhora Vicente aus dem Pool, schlüpft in ihren Bademantel und kommt die Treppe zur Veranda herauf. Sie geht so dicht an ihnen vorbei, dass Diogo ein Hauch von Chlor und Parfüm in die Nase weht, schafft es jedoch, sie dabei komplett zu ignorieren. Erst an der Glastür zum Haus bleibt sie kurz stehen und dreht sich zu ihrem Mann um. »In einer halben Stunde kommen meine Eltern«, sagt sie. »Es wäre schön, wenn dann kein Polizeiwagen vor der Tür steht.«

Sie sehen ihr nach, bis sie im Inneren verschwunden ist.

»Wir wollen alle zu unserer Familie«, sagt Fernando lahm.

Diogo zeigt auf das Zelt, das auf der anderen Seite des Parkplatzes auf einer frisch gemähten Wiese steht. »Hat da die Feier stattgefunden?«

»Ja.«

»Und hatten Sie jemanden, der den Weihnachtsmann gespielt hat? Für die Kinder, meine ich.«

»Wie jedes Jahr. Der Manuel.« Senhor Vicente wendet sich Fernando zu. »Was tut das zur Sache? Und wer ist der Kollege überhaupt?«

»Ich bin nur der Dolmetscher«, sagt Diogo.

»Auf Wiedersehen.« Fernando schiebt Diogo in Richtung Auto. »Ich wünsche Ihnen noch ein schönes Fest. Und entschuldigen Sie nochmals die Unannehmlichkeiten.«

Sobald sie das Anwesen verlassen haben, dreht Diogo sich auf dem Beifahrersitz um. Hinter den Baumkronen glitzert die verglaste Fassade in der Sonne. Senhor Vicente steht reglos auf der Veranda und sieht ihnen nach.

»Bist du jetzt zufrieden?«, fragt Fernando. »Oder willst du noch jemandem an Weihnachten ans Bein pinkeln?«

»Wir sollten mit Manuel sprechen.«

»Nein, wir haben unsere Arbeit erledigt. Ich bring dich jetzt nach Hause. Um den Rest soll sich die PJ kümmern.«

Schweigend fahren sie über die leeren Straßen. Fernando lässt den Motor laufen, als er vor Diogos Elternhaus hält. »Danke noch mal für deine Hilfe«, sagt er. »Vielleicht solltest du zurück nach Portugal kommen. Gute Leute können wir immer gebrauchen. Grüß deine Eltern von mir.«

Der Geruch von aufgewärmtem Stockfisch nimmt Diogo in Empfang. Am Tisch ist die ganze Familie versammelt und macht sich über die Reste vom Vortag her. Weingläser klirren, Besteck klappert, Stuhlbeine scharren. Diogo wird mit Fragen überhäuft, aber Dona Aurelia verbietet, dass in

Gegenwart der Kinder über Tote gesprochen wird. Diogo fragt sie, ob sie Manuel kenne.

Den Tankwart? Jeder kennt den Tankwart. Man kann ja kaum sein Benzin bezahlen, ohne sofort mit Dorftratsch überhäuft zu werden, beklagt sich Dona Aurelia. Außerdem trinkt Manuel zu viel.

Diogo zwängt sich ein paar Gabeln Stockfisch hinein, nippt an seinem Wein und steht auf. Er fragt, ob er den alten Motorroller seines Vaters ausleihen darf. Dona Aurelia kann ihre Enttäuschung nicht verbergen. Eine Woche im Jahr, und dann ist Diogo die ganze Zeit unterwegs. Wenn er nicht zum Abendessen kommt, wird er enterbt, sagt sie nur halb im Scherz.

Die Tankstelle ist der wichtigste Treffpunkt im Dorf. Dort gibt es Kaffee, Bier, Schnaps, Brennholz, Lottoscheine, Gasflaschen und vor allem Informationen. Manchmal kommt auch jemand zum Tanken. Der dunkle Qualm aus dem Auspuff weht in den Verkaufsraum, als Diogo den Roller vor der Tür abstellt. An den beiden Holztischen unter dem Vordach sitzt nur eine alte Frau mit ihrem Hund auf dem Schoß.

Manuel steht in der Tür und beobachtet den Verkehr auf der Straße. Er ist ungefähr zehn Jahre älter als Diogo und hat ein breites, gemütliches Gesicht mit buschigen Augenbrauen. Obwohl Diogo sich nicht an ihn erinnern kann, hat er das unangenehme Gefühl, dass Manuel ihn kennt. Der Vorteil der Daheimgebliebenen.

»Ich unterstütze die örtliche Polizei bei ihren Ermittlungen«, beginnt Diogo förmlich.

»Ach ja?«

»Wie man hört, treten Sie gelegentlich als Weihnachtsmann auf?«

»Ho, ho, ho«, sagt Manuel. Heute scheint er nicht so gesprächig zu sein, wie Diogos Mutter angedeutet hat.

»Waren Sie gestern auf der Feier von Senhor Vicente?«

Manuel verschränkt die Arme vor der Brust und sieht ihn jetzt mit offener Abneigung an. »Warum?«

»Ich sammle nur Informationen«, sagt Diogo.

»Ja. Ich habe Geschenke an die Kinder verteilt.«

»Würden Sie mir Ihr Kostüm zeigen?«

»Das hängt zu Hause im Schrank. Ich kann jetzt nicht weg hier. Die Leute müssen schließlich tanken.«

Diogo zieht sein Handy aus der Tasche und wählt eine Nummer.

»Was machen Sie da?«, fragt Manuel.

»Ich rufe Fernando an. Damit er einen Durchsuchungsbeschluss beantragt.«

Manuel wirft der alten Frau einen nervösen Blick zu und schiebt Diogo ein paar Meter von ihr weg. »Warten Sie. Kann das unter uns bleiben?«

Diogo steckt sein Telefon wieder ein. »Kommt drauf an.«

»Wenn Senhor Vicente das erfährt, kriege ich Ärger.« Er zieht einen öligen Lappen aus der Tasche und wischt sich damit die Hände ab. »Ich bin so ein Idiot, dass ich mich darauf eingelassen habe. Vorgestern war der Deutsche bei mir. Stefan. Er hat mir zwei Flaschen Schnaps geboten, wenn ich ihm das Kostüm gebe und ihm den Auftritt überlasse. Da dachte ich mir, lieber besoffen frei haben, als nüchtern arbeiten.«

»Wieso wollte Stefan den Job übernehmen?«

»Keine Ahnung«, sagt Manuel. »Ich dachte, er wollte Senhor Vicente vielleicht einen Streich spielen.«

»Und jetzt ist er tot.«

»Was?« Manuel klammert sich mit beiden Händen an den Holztisch, dann lässt er sich auf die Bank sinken. »Der Tote, der angespült wurde, das war Stefan?«

Diogo schwingt sich auf den Roller, startet den Motor und knattert von der Tankstelle. Er fragt sich, ob Senhor Vicente sie angelogen hat oder ob er wirklich nicht wusste, dass Stefan in dem Kostüm steckte. Aller Wahrscheinlichkeit nach wurde Stefan auf der Feier ermordet, aber niemand will sich mit dem Immobilienspekulanten anlegen, auch Fernando nicht. Diogo muss herausfinden, was Stefan dort wollte, bevor er auf die Hilfe der örtlichen Polizei setzen kann. Und ihm fällt nur eine Person ein, die es wissen könnte.

Ein Ziegelstein blockiert von außen die verbeulte Blechtür von Stefans Haus, damit der Wind sie nicht aufstößt. Ein Fenster, das am Morgen noch offen war, ist mit Brettern vernagelt. Diogo klopft und ruft nach Silke, obwohl er schon weiß, dass sie nicht mehr da ist. Sogar die Hunde sind schon ausgezogen. Die Ruine, die fast ein Haus geworden wäre, wird bald wieder eine Ruine sein, denkt er.

Auf dem Rückweg ins Dorf sieht er sie an der Bushaltestelle sitzen. Eine zusammengekauerte Gestalt mit einer Reisetasche und zwei Plastiktüten. Sie blickt ihn misstrauisch an, als er auf den Randstreifen fährt. Er nimmt den Helm ab und setzt sich neben sie.

»Sie schon wieder«, sagt sie und wischt sich das fettige Haar aus dem Gesicht.

»Wollen Sie verreisen?«

»Was soll ich hier noch? Stefan ist tot, mein Erspartes ist weg, und an eine Baugenehmigung brauche ich gar nicht mehr zu denken.« Sie klingt so verzweifelt, dass Diogo nach tröstenden Worten sucht. Er findet keine. Auf der Landstraße keucht ein altersschwacher Laster vorbei, der meterhoch mit Kork beladen ist. Staub und Erde wehen ihnen ins Gesicht.

»Ich weiß, dass Sie das Grundstück von Senhor Vicente gekauft haben«, sagt Diogo schließlich.

»Er hat uns betrogen. Ohne Baugenehmigung ist das Land doch nichts wert.«

Diogo nickt. »Und Stefan hat sich auf der Weihnachtsfeier eingeschmuggelt, um sich an ihm zu rächen?«

Silke lässt den Kopf hängen, und Diogo denkt, dass sie weint, aber als sie ihn wieder ansieht, sind ihre Augen trocken und hart. »Stefan war kein schlechter Mensch. Er wollte keine Rache. Er wollte nur unser Geld zurück. Ich habe ihn angefleht, es sein zu lassen, aber er war so überzeugt von seinem Plan. Er wollte sich ins Haus schleichen, wenn alle im Festzelt versammelt sind. Jemand hat ihm erzählt, dass Senhor Vicente im Schlafzimmer einen Koffer voller Schwarzgeld stehen hat.« Sie zieht eine Bierdose aus einer ihrer Tüten, reißt sie auf und trinkt in langen Zügen. »Er war ein Träumer, der nie kapiert hat, wie das Leben läuft«, sagt sie. »Wenn man sich mit den Mächtigen anlegt, landet man im Knast oder auf dem Friedhof.«

Auf der Landstraße nähert sich der Bus. Diogo steht auf und geht zu seinem Roller. »Danke, dass Sie mir die Wahrheit gesagt haben.«

»Wollen Sie mich nicht verhaften?«, fragt Silke. »Wegen Mitwisserschaft oder so?«

Diogo lächelt. »Ich habe hier keine Amtsgewalt. Gute Reise.«

Der Bus klaubt Silke auf, und Diogo sieht ihm nach, bis er hinter eine Anhöhe verschwindet. Dann ruft er Fernando an und berichtet, was er herausgefunden hat.

»Vielleicht war Stefan auf der Feier, vielleicht auch nicht«, sagt Fernando. »Auf jeden Fall hat Thiago ihn erstochen. Wir haben die Tatwaffe bei ihm gefunden. Das wird die Blutanalyse zeigen.«

»Ich rede noch mal mit Senhor Vicente.«

Fernando schnaubt in sein Telefon. »Das würde ich an deiner Stelle lieber lassen.«

Diogo legt auf.

Die Wintersonne versinkt wie ein Stein im Meer, als er den Roller vor der Treppe zur Villa parkt, und die rosafarbenen Schlieren am Himmel spiegeln sich in den Panoramafenstern. Senhor Vicente kommt in einem hellen Leinenanzug auf die Veranda.

»Was soll das?«, sagt er. »Ich habe Ihnen schon alles gesagt und meine Schwiegereltern sind zu Besuch.« Stimmen und Musik schweben aus der halb offenen Tür.

»Gehen wir ein paar Schritte spazieren. Oder wollen Sie, dass Ihre Schwiegereltern von dem Schwarzgeld in Ihrem Schlafzimmer erfahren?«

Senhor Vicente stößt mit seinem Lederschuh die Tür zu. Er ballt die Fäuste, und Diogo glaubt schon, dass er auf ihn losgehen will, aber dann entspannt sich der Immobilienhändler wieder und zieht ein Zigarettenetui aus der Tasche. »Also gut. Ich wollte sowieso gerade eine rauchen.«

Sie gehen in der Dämmerung auf das Zelt zu. »Ihre Geschäftspraktiken interessieren mich nicht«, sagt Diogo. »Ich will nur wissen, wer Stefan Küpper ermordet hat. Er war gestern hier, verkleidet als Weihnachtsmann. Und hat versucht, Sie zu bestehlen.«

Senhor Vicente geht voran in das dunkle Zelt. »Davon weiß ich nichts. Ich dachte, Manuel steckt in dem Kostüm.« Auf der Bühne hinter den verlassenen Stuhlreihen stehen noch Lautsprecherboxen und Mikrofonständer. Lichterketten bilden Schlingen unter der Decke. In der Luft hängt der Geruch von Esskastanien und abgestandenem Bier. »Dieser Abschaum hat sich also in mein Haus geschlichen.«

»Wann und wo haben Sie den Weihnachtsmann zuletzt gesehen?«

»Hier.« Senhor Vicentes Zigarette glüht auf, während er nachdenkt. »Vielleicht so gegen sechs. Er ist gegangen, ohne sich zu verabschieden. Ich habe überhaupt nicht mit ihm gesprochen.«

»Und Sie waren die ganze Zeit im Festzelt?«

»Ja.«

»Könnte Stefan ins Haus gegangen sein?«

»Die Türen stehen meistens offen.«

»Aber es wurde nichts gestohlen?«

»Nein.«

»War sonst jemand im Haus?«

»Nur meine Frau, soweit ich weiß. Sie hat sich eine halbe Stunde zurückgezogen, weil sie einen Migräneanfall hatte, als die Feuerwehrkapelle spielte.« Senhor Vicente wirft seine Kippe ins Gras und tritt sie aus. »Ich muss jetzt wieder zu meiner Familie. Warum fragen Sie nicht einfach Ihren Kollegen?«

Diogo kann seine Miene im schwachen Licht nicht deuten. Er fragt sich, ob Senhor Vicente sich über ihn lustig machen will. »Fernando? Wieso?«

»Wir haben jedes Jahr eine Polizeistreife hier. Für alle Fälle. Gestern war es Fernando. Hat er Ihnen das etwa nicht gesagt? Ich dachte, Sie sind alte Freunde?« Jetzt ist der Hohn in seiner Stimme unüberhörbar.

Diogo lässt ihn grußlos stehen und schwingt sich auf den Roller. Der Motor röchelt asthmatisch, als er ihn auf dem Weg zur Polizeiwache mit Vollgas die Steigungen hinaufpeitscht. Am Himmel funkeln die ersten Sterne. Diogo zittert im kalten Wind. Fernando hat ihn von Anfang an getäuscht.

Das Loch in dem Kostüm.

Das Messer in Thiagos Werkstatt.

Sein Desinteresse an allen anderen Spuren.

Seine Unterwürfigkeit gegenüber Senhor Vicente.

Strich für Strich entsteht ein Bild in Diogos Kopf. Er weiß nicht, wie genau es die Wirklichkeit abbildet.

Auf der Wache hält er sich nicht lang auf. Er lässt sich bestätigen, dass Fernando wirklich bei der Weihnachtsfeier im Einsatz war, und spricht kurz mit der Kommissarin von der PJ, die mittlerweile aus Faro eingetroffen ist, bevor er sich wieder auf den Weg macht.

Fernandos Haus, das er von seinem Vater geerbt hat, liegt auf halber Strecke zwischen Dorf und Meer. Auf der einen Seite schmiegt sich ein Schilffeld an die weiße Mauer, auf der anderen umgibt eine Hecke den Vorgarten. Die Luft riecht nach Salz und frisch gemähtem Gras. Mondlicht erhellt den Weg aus Bruchsteinen, der zur Tür führt. Die Brandung grollt, als wollte sie die Steilküste überwinden, um alles Menschengemachte wegzuspülen.

Vor dem Wohnzimmerfenster bleibt Diogo stehen. Er sieht Fernando, der in einem Sessel sitzt, die Füße hochgelegt hat und in einer Zeitung blättert. Zwei der drei Kinder spielen am Tisch Karten. Filipa kommt aus der Küche, stellt eine dampfende Schüssel neben sie und spricht mit ihnen. Sie packen die Karten ein und beginnen, den Tisch zu decken. Die Szene strahlt eine Vertrautheit und Friedlichkeit aus, bei der sich Diogo der Magen zusammenzieht.

Da dreht sich Filipa in seine Richtung und sieht ihn direkt an, als spürte sie, dass sie beobachtet wird. So still, wie er in der Dunkelheit steht, kann sie ihn unmöglich bemerken. Ihr Gesicht ist nicht mehr so, wie er es sich in den schlaflosen Nächten in Deutschland ausgemalt hat. Sie wirkt härter, entschlossener, abgeklärter. Gut so.

Er löst sich aus seiner Starre, überwindet die zehn Meter bis zur Tür, klopft. Fernando öffnet. Er scheint weniger überrascht, als Diogo erwartet hat. »Komm doch rein«, sagt er mit einem kaum merklichen Schwanken in der Stimme.

Diogo schüttelt den Kopf. Er sollte etwas sagen, bringt aber kein Wort heraus.

»Das Essen steht auf dem Tisch.« Fernando tritt einen Schritt zur Seite, um ihn in die Diele zu lassen. Sein Lächeln wirkt angestrengt. »Es kann alles wieder werden wie früher.«

Diogo kann unmöglich dieses Haus betreten. »Sag mir die Wahrheit. Hast du Stefan Küpper getötet?«

»Natürlich nicht.«

Im Wohnzimmer lacht eines der Kinder. Durch den Türspalt sieht Diogo Filipa vorbeihuschen. Er hofft nur, dass sie nicht nachsehen kommt, wer um diese Uhrzeit an der Tür klopft. »Du hast das Messer in Thiagos Werkstatt platziert. Das Messer, mit dem du die Kugel aus Stefans Brust entfernt hast. Leider hast du das Einschussloch im Mantel übersehen. Sobald die Kriminaltechnik deine Dienstwaffe untersucht, kommt alles raus.«

Fernando sieht ihn schweigend an. In seinen Augen liegt ein flehentlicher Ausdruck. »Ich konnte nichts dafür«, sagt er leise. »Es war ein Unfall. Wenn dieser Idiot sich nicht in Senhor Vicentes Schlafzimmer geschlichen hätte, wäre das alles nicht passiert.«

»Das Schlafzimmer, in dem du dich gerade mit Senhora Vicente vergnügt hast.«

»Joana ist durchgedreht, als er uns überrascht hat«, sagt Fernando. »Mein Halfter hing über der Stuhllehne. Sie hat sich die Pistole geschnappt und geschossen, bevor ich reagieren konnte.«

»Und dann hast du ihr geholfen, alles zu vertuschen.«

»Was sollte ich denn machen? Zugeben, dass ich in Senhor Vicentes Schlafzimmer war? Dann hätte ich gleich meine Dienstmarke abgeben können.«

Diogo spürt, wie die Wut, die er so lange zurückgehalten hat, sich einen Weg nach außen bahnen will. Er kämpft gegen den Impuls, Fernando ins Gesicht zu schlagen. »Vielleicht hättest du zur Abwechslung mal nachdenken sollen, bevor du deinen Schwanz aus der Hose holst«, sagt er.

Fernando sieht sich nervös um. Als er antwortet, klingt

seine Stimme gepresst. »Darum geht es also. Du willst dich rächen, indem du meine Familie zerstörst.«

»Nein. Ich will nur Gerechtigkeit. Deine Familie hast du selbst zerstört. Willst du dich noch von Filipa und den Kindern verabschieden, bevor wir zur Wache fahren?«

Fernando schüttelt langsam den Kopf. »Ich hole nur meine Jacke.«

Er dreht sich zu dem Kleiderschrank um und klappt ihn auf. Einen Augenblick lang versperrt die Tür Diogo die Sicht. Als Fernando wieder auftaucht, hält er eine Schrotflinte in der Hand. Diogo weicht einen Schritt zurück. Er erinnert sich an die Waffe. Damit hat Fernandos Vater Hasen geschossen, damals, als sie noch beste Freunde waren. Jetzt richten sich die beiden dunklen Löcher auf seine Brust. Fernandos Augen sind ausdruckslos, an seiner Wange zuckt ein Muskel. »Machen wir einen Spaziergang«, sagt er.

Rückwärts geht Diogo auf das Gartentor zu. Fernando folgt ihm, vorbei an dem Oleanderstrauch. Plötzlich rascheln die Zweige. Diogo wirft sich zu Boden. Bevor Fernando reagieren kann, wird ihm die Flinte aus der Hand geschlagen. Die Kommissarin von der PJ ist einen Kopf kleiner als er, aber die Dienstwaffe liegt ruhig in ihrer Hand. Widerstandslos lässt sich Fernando Handschellen anlegen.

An der Hauswand flackert eine Lampe auf. Filipa steht in der Tür und sieht zu, wie ihr Mann zum Streifenwagen gebracht wird. »Mach dir keine Sorgen«, ruft Fernando. »Ich bin gleich wieder da.«

Sie antwortet nicht. Mit verschränkten Armen beobachtet sie, wie ihr Mann im Fond einsteigt. Dann frisst sich ihr Blick an Diogos Gesicht fest. Er ist nicht sicher, ob sie ihn erkennt. In diesem Moment ist es ihm egal. Bevor seine Gefühlslage umschlagen kann, steigt er ein und zieht die Tür zu.

Das Haus seiner Mutter ist voller Licht, Wärme und Lachen. Kaum hat Diogo seine Schuhe ausgezogen, wird er schon von seinen Geschwistern an den Tisch gezerrt. Alle reden auf ihn ein und wollen wissen, ob der Mörder schon gefasst ist, ob es einer von außerhalb war, ob das Dorf jetzt ins Fernsehen kommt. Diogo lächelt nur und macht sich über den gefüllten Truthahn her. Wahrscheinlich klingelt die Kriminalpolizei gerade bei Senhor Vicente, um seine Frau festzunehmen.

Nach dem Festmahl serviert Dona Aurelia Brandy. Sie bleibt hinter Diogo stehen und legt ihm eine Hand auf die Schulter. »Willst du Fernando nicht für morgen zum Essen einladen?«, fragt sie.

Diogo sieht zu ihr auf. »Ach«, sagt er, »ich dachte, dass ich morgen vielleicht mal bei Isabel vorbeigehe.«

Seine Mutter lächelt glücklich und wuschelt ihm durchs Haar.

⟨⟨⟨ BACALHAU À BRAS ⟩⟩⟩

Dieses beliebte Gericht ist angeblich benannt nach dem In-
haber einer Taberna in Lissabons Bairro Alto. Der Stockfisch kann durch Seehecht oder Lachs ersetzt werden. Für
Vegetarier lässt es sich stattdessen auch mit Gemüse aller
Art zubereiten.

ZUTATEN
* 400 g Stockfisch
* 500 g festkochende Kartoffeln
* 4 Eier
* 1 Zwiebel
* 3 Knoblauchzehen
* 15 schwarze Oliven
* 3 EL Olivenöl
* Frittieröl
* 1/2 Bund Petersilie
* Salz, Pfeffer

ZUBEREITUNG
Den Stockfisch in Stücke schneiden und mindestens 24 Stunden wässern, dabei dreimal das Wasser wechseln. Anschließend Haut und Gräten entfernen und die Stücke zerrupfen.

Die Kartoffeln schälen, in dünne Stifte schneiden und
eine halbe Stunde in Wasser einweichen. Abgießen und tro-
ckentupfen. In heißem Öl frittieren.

Zwiebeln in halbe Ringe schneiden, Knoblauch hacken. Beides in Olivenöl anbraten. Stockfisch hinzufügen. Bei mittlerer Hitze schmoren lassen, bis der Stockfisch weiß ist. Kartoffelstifte hinzufügen. Mit Salz und Pfeffer abschmecken. Eier schlagen und vorsichtig unterrühren, sodass alle Zutaten umhüllt sind. Das Ei nicht ganz stocken lassen. Mit der gehackten Petersilie und den Oliven dekorieren.

Bom apetite!

LUIS SELLANO

PORTUGIESISCHE WEIHNACHTEN

TATORT: LISSABON

DER AUTOR

Luis Sellano ist das Pseudonym eines deutschen Autors. Auch wenn Stockfisch bislang nicht als seine Leibspeise gilt, liebt Luis Sellano Pastéis de Nata und den Vinho Verde umso mehr. Schon sein erster Besuch in Lissabon entfachte seine große Liebe für die Stadt am Tejo. Luis Sellano lebt mit seiner Familie in Süddeutschland. Regelmäßig zieht es ihn auf die geliebte Iberische Halbinsel, um Land und Leute zu genießen und sich kulinarisch verwöhnen zu lassen.

Was das Besorgen der Weihnachtsgeschenke anging, war ich wie üblich spät dran. Bislang konnte ich mich damit beruhigen, dass ich dafür noch zwei Wochen Zeit hatte. Kein Grund, jetzt schon in Panik zu verfallen. Ohnehin lag mein Problem vielmehr am Ideenmangel. Ich wusste schlichtweg nicht, was ich *ihr* schenken sollte. So war es zum wiederholten Male die Ratlosigkeit, die mich an diesem trüben Dezembermorgen beschäftigte, als der Mann das Antiquariat betrat, begleitet von einem frostigen Luftzug, der mit ihm hereinwehte.

Während er auf den Verkaufstresen zusteuerte, erinnerte mich seine Langsamkeit und die geduckte Haltung an eine Schildkröte. Sein dunkler Mantel glänzte fadenscheinig im Licht der Deckenlampen. Der Wollschal, den er um seinen Hals geschlungen hatte und der ihm bis unter die gerötete Nase reichte, wies ein paar löchrige Stellen auf. Gleiches galt für die braune Strickmütze, deren ausgeleierter Bund ihm bis zu den buschigen Augenbrauen gerutscht war. Die ausgetretenen Lederschuhe hatten deutlich zu dünne Sohlen, um sich bei der durchaus winterlichen Temperatur nicht eiskalte Füße zu holen. Der kleine Ausschnitt, der auf Grund seiner Vermummung von seinem faltigen Gesicht zu sehen war, wirkte grau und schuppig, was den Schildkrötenvergleich untermauerte. Ich hatte ihn noch nie zuvor hier im Antiquariat gesehen. Im Grunde genommen ging ich in diesem Moment davon aus, dass er nur in den Laden gekommen war, um sich aufzuwärmen. Womit ich kein Problem hatte. Mein Onkel, der mir das Haus in der Rua do Almada samt dem zugehörigen Antiquariat im Erdgeschoss vererbt hatte, war in dieser Hinsicht recht sozial eingestellt gewesen. Er hatte den Leuten hier in der Stadt Zeit seines Lebens geholfen – wenn auch mitunter auf ungewöhnlich Weise – und ich hegte nicht die Absicht, mit dieser Tradition zu brechen. Außerdem war bald Weihnachten. Und auch wenn sich das Fest der Liebe von seiner ursprünglichen Bedeutung her heutzutage doch deutlich verändert hatte, war es trotz allem noch immer Balsam für die Seele. Also zumindest für meine.

Ich spielte bereits mit dem Gedanken, ihm einen heißen Tee anzubieten, als ich die ausgefranste Stofftasche über seiner hängenden Schulter bemerkte. Noch immer war kein Wort gesprochen. Mit einer enervierenden Gemächlichkeit holte er ein Buch aus dieser Tasche und legte es behutsam zwischen uns auf den Tresen. »Was geben Sie mir dafür?«, fragte er mit leiser, ein wenig zittriger Stimme. Einer Mitleidsstimme gewissermaßen, die er – ohne, dass ich ihm etwas unterstellen wollte – womöglich gezielt einzusetzen wusste.

Ich hatte mir diesmal wirklich vorgenommen, das Weihnachtsgeschäft voll mitzunehmen. Beabsichtigte, noch Geld in die Kasse zu bringen, um die Bilanz für diese Jahr ein wenig besser aussehen zu lassen. Verwegen wie ich war, strebte ich an, den diesjährigen Geschenketrend hin zum antiquarischen Buch zu setzen. Weshalb ich mir extra die Mühe gemacht hatte, meine beste Ware, die seltensten Erstausgaben und ältesten Raritäten im Bestand, in einem weihnachtlich dekorierten Angebotsregal zusammenzustellen. Meine Kunden quasi mit ausgefeilten psychologischen Marketing- und Verkaufstricks darauf zu stoßen und zum Erwerb zu animieren. Mit dem Start der Adventszeit sollte niemand an diesem Regal vorbeikommen, ohne dort nach dem ein oder anderen Geschenk für seine Liebsten zu stöbern. Die Theorie war gut, die Praxis ernüchternd. Bisher blieb der Umsatz bescheiden. Aber, was ich eigentlich damit sagen wollte: Ich war bestrebt, Umsatz zu machen. Was ich nicht vorhatte, war, mir noch mehr Bücher ins Geschäft zu holen.

Natürlich kam man als Betreiber eines Antiquariats nicht darum herum, auch einen Ankauf anzubieten. Und mittlerweile traute ich mir durchaus zu, den Wert oder vielmehr Wiederverkaufswert eines antiquarischen Werks einigermaßen realistisch einzuschätzen. Und was der alte Herr mir vor die Nase gelegt hatte, sah auf den ersten Blick nicht uninteressant aus. Altes schweres Leder, schwarz gefärbt. Eine Prägung auf dem Titel. Nicht etwa Worte, wie zu erwarten gewesen wäre, sondern ein kreisrundes Symbol. Verflochtene, ineinander verschnörkelte Strukturen, vom dem ich nicht sagen konnte, was genau sie darstellten. Mir kam unverzüglich der Gedanke, dass es sich um eines dieser okkulten Nachschlagewerke handelte, die bei einer gewissen Klientel ziemlich begehrt waren. Mit einer Geste gestattete der Alte mir, das Buch in die Hand zu nehmen. Es wog überraschend schwer für das Format und gemessen an der Seitenzahl, die knapp unter zweihundert lag. Die Bindung war handwerklich einwandfrei und in tadellosem Zustand, auch wenn dem Buch anzusehen war, dass es nicht nur einmal gelesen wurde. Das Papier wies vom Rand her eine starke Vergilbung auf, ein unabwendbarer Prozess des Verfalls, der beim geschätzten Alter des Buchs allerdings irgendwie auch dazugehörte. Außerdem roch es seltsam, wobei der Geruch nicht vom Leim stammte, der es zusammenhielt. Dem Lederumschlag haftete etwas Rauchiges an, was meiner Nase nach zu urteilen nicht darauf zurückzuführen war, dass der Besitzer es regelmäßigem Zigarettenqualm ausgesetzt hatte. Womöglich war das Buch früher einmal nur knapp den Flammen eines Hausbrands entgangen. Bevor meine Fantasie mit mir durchging, suchte ich nach dem Jahr der Veröffentlichung, fand aber nichts dergleichen. Auch im Innenteil war weder ein Titel noch ein Verfasser oder Verlag abgedruckt. Das war äußerst ungewöhnlich und zudem nicht das Einzige, was zu einer wachsenden Irritation führte. Der Drucksatz begann auf der vierten Seite. Eine serifenbehaftete Bleiwüste ohne Absätze. Dieses Schriftbild zog sich durch, egal wie weit ich nach hinten blätterte. Ich war nicht in der Lage, auch nur ein Wort es Textes zu verstehen. Obwohl ich mich des Portugiesischen mittlerweile einigermaßen mächtig fühlte, vermochte ich nicht zu sagen, ob es sich dabei um die Sprache meiner jetzigen Wahlheimat handelte.

»Es ist alt«, sagte der Mann, dem offensichtlich nicht entging, dass ich zunehmend ratloser dreinschaute. Seine Stimme war rau, als würde er sie nur selten benutzen.

»Zumindest sieht es danach aus«, erwiderte ich und warf ihm einen skeptischen Blick zu. Ich war interessiert an dem Werk, ohne dass ich es ihm zeigen wollte. »Woher haben Sie es?«

»Familienerbstück.«

»Es hat weder einen Titel, noch finde ich einen Autor«, beklagte ich mich.

Er sah mich aus trüben Augen an.

»Und die Sprache? Was ist das für eine Sprache?«

Keine Reaktion. Wäre da nicht sein stoischer Blick, der mich fixierte, könnte man meinen, er schliefe im Stehen. Ich blätterte zurück bis zur ersten Seite. Dort hatte jemand eine Widmung hinterlassen, die mir bisher nicht aufgefallen war. Die Tinte war ziemlich verblasst. *Für Eusébio*, glaubte ich entziffern zu können. Und das Datum. *Lisboa, 24 de dezembro 1962.* Offensichtlich war das Buch einst ein Weihnachtsgeschenk gewesen. »Ich gebe Ihnen zwanzig«, sagte ich und hielt das Angebot, kaum dass ich es ausgesprochen hatte, bereits für zu hoch.

Der Alte verzog keine Miene. Er überlegte vielleicht fünf Sekunden, bevor er seine verschrumpelte Hand ausstreckte.

***

Nachdem ich beim Frühstück damit getönt hatte, mich ums Abendessen zu kümmern, wollte ich das Antiquariat rechtzeitig zumachen, damit alles pünktlich auf dem Tisch stand, bevor *sie* nach Hause kam. Da Ladenöffnungszeiten hier ohnehin niemanden interessierten, rechnete ich nicht mit Beschwerden. Ich war bereits auf dem Weg zur Tür, als diese schwungvoll aufgestoßen wurde und der Professor hereinschneite.

Professor Baião wohnte in der Nachbarschaft, und ich konnte ihn als einen meiner treusten Kunden bezeichnen, auch wenn er ein Geizkragen vor dem Herrn war und jede Verkaufsverhandlung führte, als befände er sich in den Souks von Marrakesch.

»Bom dia, Professor.«

»Bom dia, Senhor Falkner. Wie läuft das Weihnachtsgeschäft?«, fragte er und schielte rüber auf mein Angebotsregal, auf dem die Bücherstapel seit seinem letzten Besuch nicht kleiner geworden waren. Bohrte er absichtlich den Stachel noch tiefer in diese Wunde? »Ich baue darauf, dass Sie gekommen sind, um es anzukurbeln«, gab ich leicht sarkastisch zurück. Professor Baião wackelte mit seinem kahlen Kopf. Ich wusste, dass er sich der Achtzig näherte, weshalb er seinen in die Jahre gekommenen Anzug nicht mehr zur Gänze ausfüllte. So wie er aussah, hatte er es diese Woche auch noch nicht geschafft, sich zu rasieren. In seinem Oberlippenbart hingen ein paar Brösel seiner letzten Mahlzeit. Doch ich hatte schnell gelernt, mich von seiner leicht abgerissenen Erscheinung nicht täuschen zu lassen. Sein Verstand war hellwach und beneidenswert schlagfertig. Zu Beginn unserer Kundenbeziehung klärte er mich darüber auf, dass er einst einen Lehrstuhl in der Fakultät der Rechtswissenschaften an der Universidade Nova de Lisboa innehatte. Recht viel persönlicher war er seitdem nicht geworden. Ansonsten drehten sich unsere Gespräche nur um Bücher und das Geld, das ich ihm damit aus der Tasche zu ziehen gedachte.

Er kam zum Verkaufstresen gewackelt und sofort fiel sein suchender Blick auf das schwarze Buch, das ich vorhin erworben hatte. Da ich noch keine Gelegenheit hatte, es mit einem Verkaufspreis zu versehen, wollte ich es unauffällig hinter der Kasse verschwinden lassen. Doch der Professor durchschaute mein Vorhaben und legte schnell seine Hand darauf. Nahezu zärtlich strich er mit seinem dürren Altherrenfinger über die Prägung auf dem Umschlag. »Interessant,« murmelte er und sah mich herausfordernd an. »Darf ich?«

»Bitte!«, gestattete ich, und schon klemmte die Lesebrille auf seinem rot geäderten Zinken. Er blätterte es auf, so vorsichtig, als erwartete er, dass ihm daraus etwas entgegensprang. Kurz warf er mir über den Ledereinband hinweg einen konspirativen Blick zu, dann vertiefte er sich in die vergilbten Seiten, die jedes Mal, wenn er umblätterte, ein vernehmbares Knistern von sich gaben.

»Ist es Lateinisch?«, wagte ich nach einer Minute zu fragen. Er sah mich an, als hätte er sich verhört. »Lateinisch? Keinesfalls, Senhor Falkner!«

Verhalten hakte ich nach, ob er denn wüsste, mit welcher Sprache er sich da auseinandersetzte. Erst reagierte er nicht, brummte nur unvernehmlich vor sich hin und blätterte mehrfach vor und zurück, bis er schließlich nickte. »Vielleicht handelt es sich um eine Interpretation des Voynich-Manuskripts, das man schon seit über hundert Jahren zu entschlüsseln versucht? Wussten Sie, dass sich der Sileo Verlag im nordspanischen Burgos die Rechte daran sicherte und es vor sechs Jahren als Buch auf den Markt brachte? Dreihundert Exemplare wurden gedruckt, zu siebentausend Euro das Stück, als handelte es sich im die original Gutenbergbibel, Himmel noch mal! Wie soll sich ein armer, emeritierter Professor so was je leisten können?«

Ich hatte nicht vor, ihn erneut wegen seiner vermeintlich schmalen Pension zu bedauern. »Und Sie meinen, dass hier könnte was mit diesem Woi-dings-Manuskript zu tun haben?«

»Voynich«, verbesserte er mich. »Ein Weißrusse, wenn ich nicht irre, hat das mittelalterliche Schriftstück, das sich bis dahin im Besitz des böhmischen Königshauses befand, Anfang des letzten Jahrhunderts erworben und versucht, daraus schlau zu werden. Was ihm allerdings nicht gelungen war. Bis heute kann es niemand lesen.«

»Halten Sie wirklich eine Abschrift davon in Händen?«, fragte ich ohne allzu aufgeregt zu klingen. Ich musste mich wirklich beherrschen, äußerlich gelassen zu bleiben, denn innerlich kam ich nicht mehr umhin, mich für den Ankauf dieses Buchs überschwänglich zu beglückwünschen. Womöglich war diese Kladde wie ein Lottogewinn?

Der Professor rollte mit den Augen. Er durchschaute meine Goldrauschvisionen sofort. »Seien Sie nicht enttäuscht, wenn sich herausstellt, dass der Drucker, der dieses Werk hier fabrizierte, nur einen neuen Bleisatz ausprobieren wollte«, erklärte er nüchtern und brachte mich damit auf den Boden antiquarischer Tatsachen zurück. »Dann hätte er es kaum so aufwändig gebunden, ganz abgesehen von dem edlen Ledereinband«, wandte ich ein, nicht gewillt, die Hoffnung gleich wieder fallen zu lassen.

»Auch Buchbinder müssen üben«, konterte er. »Wir werden es nicht herausfinden, außer, sie verkaufen es mir. Ich nehme es für zwölf Euro.«

***

Am nächsten Tag war das Kopfsteinpflaster der Rua do Almada mit Schnee bepudert. Sicher, die letzte Woche war empfindlich kalt gewesen, aber das hatte ich nicht erwartet. Nicht hier, wo in meiner Vorstellung immer die Sonne schien. Was natürlich nicht der Fall war, wie ich sehr bald nach meiner Ankunft in Lissabon feststellte. Die Wintermonate, die ich bislang erleben durfte, waren mitunter immer mal wieder saukalt gewesen. Der Himmel über der Stadt konnte oftmals bleigrau und regnerisch sein. Und dann war da noch der Wind, der vom Atlantik her durch die Häusergassen fegte, schneidend und beißend, je nachdem von welcher Seite er einen erwischte. Aber Schnee? Ein seltenes Phänomen, das man auch sofort im Frühstücksradio diskutierte. Mir schien es, als wusste niemand so genau, wann dieses Wetterphänomen zuletzt vorgekommen war. Sicher, im Sintra-Gebirge, das bis über fünfhundert Meter hoch aufragte, da schneite es gelegentlich. Aber hier an der Küste war die weiße Pracht so selten wie ein Papstbesuch. Ich wagte mich dennoch nach draußen. Als Deutschem konnten einem so ein paar Flocken nichts anhaben. Und auch die Kinder im Viertel waren begeistert, selbst wenn das bisschen Schnee nach zweimal drüber schlittern auch schon wieder verschwunden war.

Der weihnachtliche Lichterglanz im Chiado-Viertel erfuhr durch den überraschenden Wintereinbruch einen neuartigen Zauber. Mit einem Mal fühlte es sich für mich fast wie in der alten Heimat an. Wobei ich auch dort schon kein großer Verfechter dieses christlichen Brauchtums und den damit verbundenen Verpflichtungen war. Entschlossen stopfte ich meine Hände in die Jackentaschen und tat etwas,

was mich Überwindung kostete – ich machte einen Schaufensterbummel.

Durch die Gassen zu schlendern und sich der Stadt und den Leuten auszuliefern, war hierbei nicht das Problem. Nicht einmal bei Temperaturen um den Gefrierpunkt. Es war der selbst auferlegte Druck, ein passendes Weihnachtsgeschenk für *sie* aufzutreiben, der mir den Spaziergang vergrämte. Konnte es tatsächlich so schwierig sein, etwas zu finden, das mich zufriedenstellte, weil ich sicher sein konnte, dass es ihr Herz erwärmte? Offenbar ja! Aber vielleicht machte ich mir auch viel zu viele Gedanken? Sie war nicht der Mensch, der Liebe und Zuneigung mittels materieller Dinge bemaß. Und darüber war ich wirklich glücklich. Trotzdem wollte ich mich dafür erkenntlich zeigen, dass ich sie an meiner Seite hatte. So kam es, dass ich eine Weile mit einer Armbanduhr liebäugelte, ohne mich letztlich entscheiden zu können. Und dann, aufgrund der anhaltenden Dauer meiner Unschlüssigkeit, fand die portugiesische Kälte selbst bei meinen mitteleuropäischen Genen einen Zugang unter die Haut und kroch mir in die Knochen. Schließlich gab ich auf und erreichte bibbernd die Rua do Almada. Dort traf ich auf einen Mann, der durch das verstellte Schaufenster des Antiquariats ins Innere zu spähen versuchte. »Kann ich Ihnen helfen?«

Der mutmaßliche Kunde fuhr herum, und ich erschrak ebenfalls für den Bruchteil einer Sekunde. War das möglich? Aus der Schildkröte war ein Leguan geworden, auch wenn ich mir die erneute, zoologische Assoziation nicht wirklich erklären konnte. »Sie?«, entfuhr es mir, und sogleich folgte der absurde Gedanke, dass dem Alten die zwanzig Euro, die er von mir für sein seltsames Buch erhalten hatte, dazu gereichten, sich dermaßen äußerlich so zu verändern.

»Kennen wir uns?«

»Das will ich doch meinen«, gab ich verwirrt zurück und machte mich daran aufzuschließen. Ich zitterte, als ich den Schlüssel ins Schloss der Ladentür steckte, was weniger daran lag, dass ich immer noch fror, sondern an der Tatsache, dass der Alte diesmal in einem sauberen Mantel und mit durchgestrecktem Rücken erwartungsvoll neben mir stand. Statt der verschlissenen Strickmütze trug er einen nagelneu aussehenden Borsalino über seinen sauber gekämmten Augenbrauen. Auch die sherrybraunen Budapester glänzten trotz des Schmuddelwetters frisch gewienert. In den Augen des Mannes lag kein Nebel mehr, sein Blick war klar wie der Himmel über dem Atlantik an jenen Tagen, an denen man bald darauf mit einem Sturm rechnen konnte. Er schüttelte den Kopf. »Sie verwechseln mich.«

»Gewiss nicht«, antwortete ich, war mir aber plötzlich selbst nicht mehr sicher. Ich betrat den Laden und hielt ihm die Tür auf. Erst als ich Licht machte, folgte er meiner Einladung. Zögerlich, wie viele, die sich erstmals ins Antiquariat wagten. Es war die Enge zwischen den mit Büchern überladenen Regalen und gleichwohl der Geruch, den die Tonnen und Abertonnen uralter, von Pilzen befallenen Papiere und Pergamente ausdünsteten. Je nach Besucher bedurfte es mehr oder weniger Mut, sich dieser beinahe mystischen Atmosphäre freiwillig auszusetzen.

»Er hatte kein Recht, es ihnen zu verkaufen«, sagte der Mann unvermittelt, während er sich hinter mir um die Auslagen und bis vor den Tresen schlängelte.

»Wer?«, fragte ich begriffsstutzig.

»Mein Bruder. Verstehen Sie denn nicht?«

Jetzt verstand ich. Daher die Ähnlichkeit. Sie mussten Zwillinge sein, eine andere Erklärung kam nicht in Frage. Auch wenn der von gestern einem Obdachlosen glich und der von heute durchaus in gewissem Wohlstand zu leben schien. Stand hier jener Eusébio vor mir, für den das Buch 1962 auf dem Gabentisch gelegen hatte?

»Ich brauche es zurück! Noch vor Weihnachten! Wo ist es?«

Noch vor Weihnachten?

»Verkauft«, murmelte ich.

»Was?«

»Verkauft!«, gab ich ihm deutlich zu verstehen, was ihn leicht ins Wanken brachte. Er hielt sich am nächstbesten Regal fest. »Das ist nicht Ihr Ernst?«

»Ich fürchte ja«, gestand ich ein.

»Wie viel?«

»Fünfundzwanzig«, verriet ich, ohne dass ich es wollte. Der Professor hatte gefeilscht bis aufs Blut, und ich bin wieder mal viel zu schnell eingeknickt.

»Absoluter Wahnsinn!«, schrie der Alte. »Wer hat es jetzt?«

»Das darf ich nicht sagen.«

»Selbstverständlich dürfen Sie das!«, zischte er. Seine Augen waren weit aus den Höhlen getreten, das Gesicht puterrot. Das Echsenhafte in seinen Zügen ließ ihn noch gefährlicher aussehen. Außerdem fürchtete ich, er erlitte in den nächsten Sekunden einen Herzinfarkt. Beschwichtigend hob ich die Hände. »Hören Sie, ich werde mit dem Kunden reden.

Und ich bin sicher, ihn dazu bewegen zu können, dass ich es zurückkaufen kann. Geben Sie mir zwei Tage«, bat ich. Während ich auf eine Antwort wartete, kalkulierte ich schon damit, dass der Professor mir mindestens das Doppelte des Preises abknüpfen würde, den er dafür hingeblättert hatte.

Der Atem des Leguans ging keuchend. Der Eindruck, dass er mir jeden Moment an die Gurgel sprang, verflüchtigte sich nur langsam. »Zwei Tage«, knurrte er, machte auf dem Absatz kehrt und stützte hinaus in die Gasse.

***

Die Vereinbarung, ihn zu informieren, falls ich Erfolg hatte, lastete auf mir. Allerdings kannte ich weder seinen Nachnamen, noch wusste ich, wie ich ihn erreichen konnte. Zurück blieb einzig die feste Gewissheit, dass er sein Versprechen wahr machen, in zwei Tagen wieder in den Laden stürmen und die Herausgabe seines Buches verlangen würde. Auf so fordernde Weise, als hinge sein Leben davon ab. Ein Gedanke, den ich nach seinem Auftritt gar nicht so abwegig fand. Natürlich hätte ich auch gerne noch von ihm gewusst, wieso der Schildkrötenbruder es überhaupt verhökert hatte. Es war offensichtlich, dass der arme Mann Geld brauchte. Nur ahnte ich, dass dies nicht der einzige Grund gewesen war. Ebenso wie ich befürchtete, keine ehrliche Antwort darauf zu erhalten. Erst recht nicht, wenn es mir nicht gelang, das Buch wieder zurück ins Antiquariat zu holen.

Leider verfügte ich auch über keine Nummer von Professor Baião, aber ich wusste in etwa, wo er wohnte. Alles Weitere sollte für einen Privatdetektiv, als den ich mich durchaus bezeichnete – auch wenn ich dieses Gewerbe nicht offiziell betrieb – kein Problem darstellen.

Letztlich fragte ich Lurdes, die in der Pastelaria an der Ecke zur Rua do Loreto arbeitete und immer eine probate Anlaufstelle für jedwede Art von Auskünften war. Daher war ich auch wenig überrascht, dass sie mir bereitwillig Professor Baiãos Adresse nannte. Es dunkelte bereits, als ich den Zugang zu seinem Domizil über einen Hinterhof endlich ausmachte und kurz darauf vor der Haustür meines buchvernarrten Stammkunden stand. Zwar erhellte den Eingangsbereich eine Lampe, allerdings brannte sonst nirgendwo Licht und mein Klopfen blieb unbeantwortet. Nicht weiter schlimm, beruhigte ich mich, ich konnte es morgen noch mal versuchen. Bis dahin vermied ich, mir die Konsequenzen auszumalen, die mich ereilen könnten, wenn es mir nicht gelingen sollte, das ominöse Buch wieder seinem rechtmäßigen Besitzer auszuhändigen.

***

Tags darauf entdeckte ich den Professor zufällig, wie er auf seinen kurzen Beinen den Praça Luís de Camões überquerte. Der stets belebte und beliebte Platz galt als Sammelstelle für Touristen, und die hielt selbst die Winterkälte nicht ab. Dementsprechend rüpelhaft musste ich mich durch die Menge arbeiten, um ihn an der Haltestelle der Eléctrico abfangen und mein Anliegen vorbringen zu können. Er weigerte sich, den Kauf des schwarzen Buchs rückgängig zu machen, egal welche Summe ich ihm nannte. Alles in einem abgesteckten, finanziellen Rahmen verstand sich, weshalb er erst recht stur blieb. In meinen Augen benahm er sich wie ein Kleinkind, dem man ein liebgewonnenes Spielzeug abschwatzen wollte. Es fehlte gerade noch, dass er sich die Ohren zuhielt. Tatsächlich wurden wir etwas laut, was uns deutlich zu viel Aufmerksamkeit bei den Leuten verschaffte, die auf die Straßenbahn warteten. Schließlich wurden ihm meine Forderungen zu bunt, und er ließ mich einfach stehen.

Der Beruhigung wegen kehrte ich auf einen Espresso und ein El Aguardente ins Café a Brasileira ein. Eigentlich ein Ort, der mir zu urlauberlastig war, aber nachdem es zu kalt war, um draußen auf der sonst so begehrten Terrasse sitzen zu können, auf der auch Portugals bedeutendster Poet Fernando Pessoa, in Bronze gegossen, seinen ewigen Platz gefunden hatte, war wenig los in dem Traditionslokal.

Auf dem Rückweg kam ich erneut an dem Schmuckgeschäft vorbei. Die Uhr, die ich mir für *sie* ausgespäht hatte, lächelte mich erneut aus dem Schaufenster heraus an. Immer noch hin- und hergerissen betrat ich schließlich den Laden. Die Augen des Verkäufers strahlten beinahe so hell wie die Lichterinstallationen, die seit der Adventszeit über der Rua Garett hingen. Nachdem ich schon mehrfach an seinem Geschäft vorbeigeschlichen war, hatte er vermutlich schon damit gerechnet, dass ich über kurz oder lang in seine Fänge geriet. Doch ich fühlte mich gewappnet, immerhin war ich, Verkaufsverhandlungen betreffend, durch die harte Schule von Professor Baião gegangen. Als ich allerdings nach langem, ausgiebigem Feilschen kaum wieder auf der Straße stand, überkamen mich bereits erste Zweifel, dass ich dennoch über den Tisch gezogen worden war. Dieser Ärger wich allerdings nach und nach einer wohligen Zufriedenheit darüber, endlich ein angemessenes Geschenk für *sie* in der Tasche zu haben. Bedauerlicherweise vermochte mich diese Zufriedenheit nicht allzu lang zu beflügeln. Schon als ich um die nächste Ecke bog, vernahm ich den Tumult. Ich war zurück in der Gasse, in der Professor Baião wohnte. Statt der Weihnachtsbeleuchtung blinkten mir Blaulichter entgegen. Leute waren zusammengelaufen, um an dem Schauspiel teilzuhaben. Mein erster Impuls war es, mir einen anderen Weg zu suchen. Doch dann hielt mich mein Ermittlerinstinkt davon ab. Ich musste erfahren, was hier vorgefallen war.

***

Ein weiteres Mal drängte ich mich unwirsch durch die Menge, nur um die Gewissheit zu erlangen, dass der Einsatz von Polizei und Rettungssanitätern tatsächlich das Wohnhaus betraf, in dessen Hinterhof der Professor residierte. Es war offensichtlich, dass ich im Moment nicht näher rankam, ohne die Aufmerksamkeit der Ordnungshüter auf mich zu ziehen. Etwas, was ich tunlichst vermied, seit ich über keinen Leumund mehr bei den hiesigen Behörden verfügte. Folglich war ich zum Warten verdonnert. Durch die Unterhaltungen der Schaulustigen schnappte ich auf, dass niemand etwas Genaueres wusste. Die Leute, die um mich herumstanden, verloren zudem bald das Interesse, spätestens, nachdem der Krankenwagen ohne Fracht davonfuhr. Augenscheinlich war nicht wirklich etwas Spektakuläres vorgefallen. Es dauerte nicht mehr allzu lang und ich lungerte allein in der kleinen Gasse herum, jetzt schutzlos dem Wind und der Kälte ausgeliefert. Ich drückte mich in eine Gebäudenische schräg gegenüber, auch um den noch verbliebenen Uniformierten nicht aufzufallen. Erst als diese davontuckerten, wagte ich mich steifbeinig aus dem Schatten, erleichtert darüber, nicht festgefroren zu sein. Als ich durch den Lichtkegel der Straßenlaterne hindurchhuschte, bemerkte ich, dass es wieder leicht zu schneien begonnen hatte. Die Gasse war jetzt völlig verwaist. Immer noch eiernd erreichte ich die Wohnungstür des Professors. Meine Zähne klapperten. Ich klopfte mit blaugefrorenen Fingern. Unmittelbar darauf vernahm ich Schritte hinter der Tür, ohne dass diese entriegelt wurde.

»Professor Baião, ich bin's, Ihr Lieblingsantiquar«, rief ich, nachdem mir klar wurde, dass er wohl nicht die Absicht hegte, mir aufzumachen. Daraufhin öffnete sich die Tür einen schmalen Spalt, durch den mich das rechte Auge des Professors kritisch musterte. »Senhor Falkner? Was …?«

»Ich war gerade in der Gegend und hab die Polizei wegfahren sehen. Ist alles in Ordnung?«

»Mitnichten!«, erwiderte er. »Ich wurde überfallen.«

In meinem Kopf entlud sich ein cineastisches Blitzlichtgewitter. Aber das reichte nicht, ich brauchte Bestätigung. »Überfallen! Das ist ja schrecklich! Hat man den Täter gefasst?«

»Teufel, nein!«

»Wissen Sie wenigstens, wer es ist?«

Er zögerte. Beäugte mich noch misstrauischer und schüttelte dann den Kopf.

»Macht es Ihnen was aus, mich reinzulassen, ich friere mir hier draußen den … na ja, Sie wissen schon.«

»Wieso?«

»Ich kann vielleicht Licht in diese Sache bringen.«

»Sie? Muss ich das verstehen?«

»Womöglich, wenn Sie meine Theorie dazu hören. Bitte, Professor, ich bin schon ein Eiszapfen«, flehte ich. »Sie wissen, dass ich auch Privatdetektiv bin«, fügte ich an, obwohl ich davon ausging, dass er darüber informiert war. Jeder im Viertel wusste Bescheid über den Deutschen, sein Antiquariat und die andere Nebentätigkeit, die er gelegentlich ausübte. Trotzdem überlegte er eine weitere Ewigkeit, ob er mir den Gefallen erweisen sollte, mich vorm Erfrierungstod zu bewahren, bevor er mir endlich, von einem tiefen Seufzer begleitet, öffnete. Ich trat durch die Tür und augenblicklich empfing mich wohlige Wärme und der Geruch von offenem Feuer. Dann erst sah ich die Bücher. Es mussten ähnlich viele sein, wie bei mir im Antiquariat. Zu beiden Seiten des Flurs stapelten sie sich fast bis zur Decke. Er schloss hinter mir ab und schob mich durch den Bücherkorridor und hinein in sein Wohnzimmer. Dort prasselte ein Kaminfeuer, das mich magnetisch anzog. Ich streckte meine klammen Finger danach aus, wie ein Ertrinkender nach einem Stück Treibholz.

»Tee?«, fragte der Professor in meinem Rücken. »Oder lieber gleich ein Glas Rum?«

»Tee«, antwortete ich, weil ich vorerst einen klaren Kopf behalten wollte. Er verschwand, und ich wartete darauf, dass mein Zittern nachließ. Währenddessen sah ich mich um. Die Wände rundum waren mit Bücherregalen versehen, was den ohnehin kleinen Raum klaustrophobisch eng werden ließ. Selbst die Sitzmöbel waren von Büchertürmen umstellt und der Esstisch bog sich unter der Last der dort abgelegten Druckwerke.

Der Professor kehrte mit zwei Bechern zurück. Orangenblütentee duftete mir entgegen. Dankbar legte ich meine Hände um die warme Porzellanwandung. Erst jetzt fiel mir der Verband ins Auge, der um seinen sonst kahlen Kopf geschlungen war.

»Ja, mein Schädel dröhnt immer noch«, interpretierte er meinen Blick. »Setzen wir uns«, bot er an und deutete auf die beiden Polstersessel. Während er den nahm, in dem er scheinbar grundsätzlich zu sitzen pflegte, musste ich meinen noch von einem halben Dutzend Bücher befreien. Staub hüllte mich ein, als ich mich endlich hineinfallen ließ.

»Ist nicht leicht, eine Putzfrau zu finden«, kommentierte er mein Räuspern. »Alle stören sich immer an den Büchern, dabei bräuchten sie nur drum herum saugen.«

Es gelang mir nicht, ihn deswegen zu bemitleiden. »Haben Sie eine Ahnung, was passiert ist? Wer sie niedergeschlagen hat?«, fragte ich stattdessen.

»Wer? Nein! Sagte ich bereits. Ich dachte, Sie wissen es, darum habe ich Sie doch überhaupt reingelassen«, erinnerte er mich und schlürfte von seinem Tee. Ich tat es ihm gleich, ehe ich antwortete: »Ich habe einen Verdacht, aber erzählen Sie mir bitte erst, wie es zu dem Überfall gekommen ist.«

Er benutzte einen der Bücherstapel, um den Teebecher abzustellen. »Ich kam vom Einkaufen. Gleich, nachdem ich eine unschöne Begegnung mit einem alemão auf dem Praça Camões hatte ...«

»Habe ich nicht vergessen«, füllte ich die Pause, die er

einlegte, weil er offenbar mit einer Entschuldigung meinerseits hinsichtlich unseres kleinen Disputs rechnete.

»Jedenfalls, er muss mir gefolgt sein«, fuhr er schließlich fort, da diese ausblieb. »Denn kaum hatte ich meine Tür aufgeschlossen, traf mich der Schlag auf den Kopf. Nicht heftig genug, dass die Haut aufgeplatzt wäre, meinte der Sanitäter, der mich vorhin verarztete.«

Ich brannte darauf, nachzuhaken, wieso er einen Verband benötigte, wenn keine Blutung zu stillen war, unterließ es jedoch, um ihn nicht noch zusätzlich zu verärgern. Vermutlich war jener Ersthelfer beim Verarzten des Professors zu der Überzeugung gelangt, dass eine Bandage der Beruhigung des Nervenkostüms dienlich war. Ich versuchte wegen dieser Überlegung nicht zu amüsiert dreinzuschauen, während Baião mit seiner Schilderung fortfuhr.

»Mir hat's jedenfalls gereicht, meine Lichter gingen aus. Als ich wieder wach wurde, lag ich im Flur auf dem Rücken, das Mondgesicht meines Nachbarn António über mir. Dem ist aufgefallen, dass meine Haustür offen stand, weshalb er sich verpflichtet fühlte, nach dem Rechten zu sehen. Ich war noch immer nicht ganz bei mir, da trampelten auch schon die ersten Polizisten herein. Aber denen konnte ich nichts anderes als Ihnen erzählen.«

»Wurde was gestohlen?«, fragte ich, obwohl ich bereits eine Ahnung hatte, wie die Antwort ausfallen würde.

»Ist nicht so, dass ich bis jetzt viel Zeit gehabt hätte, das zu überprüfen. Augenscheinlich fehlt nichts. Das Portemonnaie ist noch da, genau wie das Handy. Aber darauf zielt Ihre Frage nicht ab, richtig? Sie wollen wissen, ob das Buch noch da ist, das ich zuletzt bei Ihnen gekauft habe, stimmt's?«

»Ist es noch da?«, raunte ich angespannt, woraufhin der Professor seinen bandagierten Schädel schüttelte.

***

Der Professor verwettete Stein und Bein darauf, dass er genau wusste, wo in seiner umfangreichen Privatbibliothek er dieses eine Buch abgelegt hatte. Und ich glaubte ihm, auch wenn mir nicht einleuchten wollte, wie der Dieb es unter all diesen Zigtausenden von Büchern hatte finden können, nachdem er sein Opfer ins Land der Träume befördert hatte. Mir wurde zudem klar, dass er mich kurzweilig in Verdacht hatte, den Überfall auf ihn begangen zu haben. Eben weil ich vorhin auf dem Praça Camões so vehement mit ihm um die Herausgabe des Buchs gestritten hatte. Doch zwischenzeitlich leuchtete ihm ein, dass ich danach kaum ein weiteres Mal einen Grund gehabt hätte, bei ihm anzuklopfen.

Nicht zum ersten Mal ärgerte mich darüber, dass ich mir dieses verfluchte Buch nicht näher angesehen hatte, bevor ich es weiterverkaufte. Aber so zu denken, war freilich müßig. Selbst wenn ich es ein Duzend mal durchgeblättert hätte, hätte ich nichts von dem, was dort abgedruckt war, lesen können. Und folglich auch nicht verstehen können, warum man dafür einen Menschen niederschlug. Der Inhalt blieb ein Rätsel. Was mir auch der Professor erneut bestätigte. In der kurzen Zeit, in der es sich in seinem Besitz befand, kam er zumindest nicht dahinter, um was es sich bei diesem Druckwerk handelte. *Vermutlich lässt sich damit der Teufel beschwören*, hatte er nur lapidar dahingesagt, ohne dass ich mir sicher war, ob er einen Scherz machte. Wofür ich es nach dem, was vorgefallen war, auch nicht mehr wirklich hielt. Ich war niemand, der sich von Esoterik und Metaphysischem beeindrucken ließ, aber natürlich wusste ich, dass es dort draußen genug Spinner gab, die dazu eine andere Meinung hatten.

Ich brauche es zurück! Noch vor Weihnachten!

Ja, ich wusste sehr wohl, nach wem ich suchen musste, um meine Antworten zu bekommen.

***

Streng genommen gab es keinen Grund für mich, die Sache weiter zu verfolgen. Der Professor unterließ es jedenfalls, mir einen offiziellen Auftrag zu erteilen, um seinen Angreifer aufzuspüren. Schließlich würde er mit seinen Steuern einen Polizeiapparat finanzieren, wie er mehrfach betonte, der sich darum zu kümmern hatte. Andererseits sah ich ihm an, dass er keine allzu großen Erwartungen an die Aufklärung dieses Überfalls hatte. Als ehemaliger Ermittler pflichtete ich ihm schweigend bei. Ich wusste sehr wohl, wie das bei vergleichbar mittelschweren Delikten ablief. Wenn sich nicht zufällig Indizien oder Zeugen auftaten, würde es bei der Polizei keine großen Ambitionen geben, diese Untersuchung voranzutreiben.

Ich könnte es also ebenfalls dabei belassen. Das schwarze Buch und sein Geheimnis darum einfach vergessen. Mich stattdessen intensiv aufs finale Weihnachtsgeschäft zu fokussieren. Aber ich kannte mich. Ich würde diese ominöse Sache nicht aus dem Kopf bekommen. Erst recht nicht, nachdem sich am nächsten Tag jener Verdacht erhärtete. Eusébio tauchte nicht wie angedroht bei mir im Antiquariat auf, um sein Buch einzufordern. Für mich der eindeutige Beweis, dass er es sich direkt vom Professor zurückgeholt hatte. Offenbar hatte er wenig auf mein Versprechen gegeben und war mir in den vergangenen beiden Tagen gefolgt. So gesehen war ich es selbst, der ihn zum neuen Besitzer des schwarzen Buchs geführt hatte. Darum fühlte ich mich gegenüber dem Professor schuldig und insofern auch verpflichtet, diesen Vorfall nicht einfach so auf sich beruhen zu lassen.

Ich begann, im Viertel herumzufragen. Leider kannte niemand Zwillinge, die zwischen siebzig und achtzig Jahre alt waren und von denen der eine ein armer Schlucker zu sein schien, während der andere, der vermutlich Eusébio hieß, über einen gewissen Wohlstand verfügte. Es sah alles danach aus, als müsste ich meine Suche nach den beiden auf die Stadtteile Bairro Alto, Baixa oder gar rüber ins Alfama ausdehnen.

Es gab einen Wetterumschwung, der einen Temperaturanstieg mit sich brachte, der sich zum Leidwesen aller jedoch in anhaltendem Dauerregen niederschlug. Die kalte Nässe bremste mich in meinem Vorhaben, bis ich schließlich entschied, dass die Ermittlung um die Geheimnisse des schwarzen Buchs auch bis nach den Feiertagen warten konnte. Hinzu kam, dass im Lauf der Woche tatsächlich ein wachsendes Interesse an antiquarischen Büchern zu verzeichnen war. Offensichtlich benötigten einige Leute noch Last-minute-Geschenke und verirrten sich in ihrer Verzweiflung in meinen Laden. Selbst der Professor ließ sich noch einmal blicken, wenn auch eher aus Neugier darüber, ob ich den Übeltäter schon überführt hatte. Die Bandage um seinen Kopf war verschwunden, und ich durfte feststellen, dass der Schlag auf sein Haupt ohne Spätfolgen geblieben war. Zumindest hinsichtlich seines mir vertrauten Zynismus bemerkte ich keinerlei Beeinträchtigung.

Nachdem das Geschäft so gut florierte, beschloss ich, selbst am vierundzwanzigsten zu öffnen, um damit auch den allerletzten Kaufwütigen wenigstens vormittags noch die Chance zu geben, Geschenke zu besorgen. Dass sich mehr als drei Kunden gleichzeitig im Antiquariat umsahen, war ein rarer Anblick. Bei dem ständigen Ein und Aus konnte ich nur spekulieren, wann er in den Laden gekommen war. Während ich mit Beratung, Einpacken und Kassieren beschäftigt war, musste er sich zwischen den Regalen verborgen gehalten haben. Erst in der Sekunde, als die Schellen über der Tür den letzten Kunden samt seiner Einkäufe verabschiedeten, trat er aus seinem Versteck.

Ich hatte nicht erwartet, den Schildkrötenbruder noch einmal wiederzusehen. Sofern meine Erinnerung mich nicht täuschte, trug er dieselben Sachen, wie bei seinem ersten Besuch. Er kam in der gleichen, langsamen Manier auf mich zu gewackelt, streifte die verschlissene Stofftasche von seiner Schulter und holte das schwarze Buch daraus hervor. »Was geben Sie mir dafür?«, fragte er ebenso leise wie schon vor zwei Wochen.

***

Gefangen in diesem Déjà-vu, fand ich zuerst keine Worte.

»Es ist alt«, fuhr er mit seinem einzigen Verkaufsargument fort.

346

»Und es gehört ihrem Bruder«, erinnerte ich ihn. »Der auch diesmal nicht sonderlich erfreut darüber sein wird, dass Sie es ohne seine Zustimmung verscherbeln wollen.« Ich klang vermutlich etwas aufgebracht, denn er zuckte sichtlich zusammen. Ganz die Schildkröte, sackte sein Kopf tiefer in seinen abgetragenen Mantelkragen hinein.

»Er hat es mir gegeben«, murmelte er, in keiner Weise irritiert über meine Vorhaltung.

»Um es zu verkaufen?«, hakte ich scharf nach.

»Um darauf aufpassen«, erwiderte er kleinlaut. »Es war ein Geschenk seiner großen Liebe, Silva. Ein Weihnachtsgeschenk. Silva ist jung verstorben. Ein Autounfall in den Bergen. Davon hat Eusébio sich nie erholt.«

Obwohl er mir heute bewies, dass er in der Lage war, mehr als einen Satz nacheinander zu sprechen, war mir klar, dass er nicht so recht bei Sinnen war. Ich tippte auf Alzheimer oder etwas in diese Richtung. Denn ohne Frage wusste er nicht mehr, dass er mir das schwarze Buch schon einmal verkauft hatte. Und auch wenn es unmoralisch war, wurde mir bewusst, dass ich mitspielen musste. Denn damit eröffnete ich mir quasi die Möglichkeit, dass auch Eusébio demnächst wieder bei mir auftauchte, um zurückzufordern, was sein verarmter Bruder hinter seinem Rücken zu Geld machte. Doch bevor ich ihm zum zweiten Mal ein Angebot unterbreitete, wollte ich mehr über die beiden in Erfahrung bringen.

»Sie sagten, Ihr Bruder hat Sie gebeten, darauf aufzupassen. Das hört sich für mich nicht danach an, als wollte er, dass Sie es verkaufen.«

Aus dem milchigen Grau seiner Augen schimmerte Uneinsichtigkeit. »Es hat ihm ohnehin nie geholfen. Nun, einmal vielleicht. Als alle anderen verbrannten, in dem Haus, in dem er damals wohnte. Da konnte er sich als einziger retten. Nicht eine Brandblase, nicht einmal angesengte Haare, hielt er mir immer vor. Und dass das Buch ebenfalls das Feuer überstanden hat. Er und das Buch sind heil geblieben, während von allem anderen nur noch Asche übrig war. Danach war er besessen davon, dass ihm mit dem Buch an seiner Seite nichts geschehen würde. Doch das war nicht der wahre Grund, warum er es immer mit sich herumschleppte. Er meinte, ich wüsste es nicht, dabei habe ich es von Beginn an durchschaut.«

Längst war ich gebannt von seiner Geschichte und bangte darum, dass nicht noch ein bereits völlig verzweifelter Geschenkloser in den Laden stürmte, getrieben von der leisen Hoffnung, doch noch etwas aufzutreiben, das er unter den Weihnachtsbaum legen konnte. Wir beide, die Schildkröte und ich, wir mussten das hier jetzt ohne Unterbrechung zu Ende bringen. »Was haben Sie durchschaut?«, fragte ich, ohne meine Aufregung noch verbergen zu können. Daraufhin erhellte sich sein Blick und ließ mich darin noch deutlicher die Ähnlichkeit zu seinem Bruder erkennen.

»Er glaubte stets daran, dass er mithilfe des Buches Silva zurückholen konnte. Immer an Heiligabend vollzog er im Verborgenen dasselbe Ritual. Es war sein großes Geheimnis, das er mit niemandem teilte. Auch mich weihte er niemals ein, aber ich wusste es trotzdem. Wusste, was er da trieb, jedes Weihnachten aufs Neue. Es war unmöglich, es vor mir zu verbergen, dieses sinnlose Teufelszeug, dass nie funktionierte. Doch er hörte nicht auf, wollte es nicht wahrhaben. Nicht begreifen, dass er einem Hirngespinst nachhing.

Dass es ihm nie wirklich geholfen hat. Gegen nichts von all dem, was ihn Zeit seines Lebens heimsuchte.«

»Wollen Sie das Buch deshalb verkaufen? Damit er gezwungen ist aufzuhören? Um ihn von dieser Besessenheit zu befreien?«, wollte ich aufgeregt wissen.

Mit einem Blinzeln wich die Klarheit in seinen Augen wieder dem trüben Schleier. Erneut sah er mich an, als hätte er mich eben erst bemerkt. »Er braucht es nicht mehr«, erklärte er tonlos.

»Weil er eingesehen hat, dass man niemanden von den Toten zurückholen kann?«, fragte ich nun vorsichtig nach.

Er schüttelte den Kopf. Zögerte und gab mir dann doch eine Antwort: »Ich denke nicht, dass er es noch vermisst. Eusébio ist schon seit dreißig Jahren tot.«

MIT CHOURIÇO GEFÜLLTE KALMARE

ZUTATEN FÜR 4 PERSONEN

* 12 Kalmare (ca. 12 cm lang)
* 500 g Kartoffeln, geschält und in Stücke geschnitten
* 125 ml Olivenöl
* 1 Zwiebel, fein gehackt
* 100 g Chouriço (Paprikawurst), fein gehackt
* 80 g rote Paprikaschoten, gewürfelt
* 2 Knoblauchzehen, fein gehackt
* 3 EL gehackte Petersilie
* 2 EL Portwein
* 2 Tomaten, enthäutet und geviertelt
* 125 ml Weißwein
* zerstoßene Fenchelsamen, 2 Lorbeerblätter
* Salz, Pfeffer, Paprikapulver

ZUBEREITUNG

Kopf und Tentakeln vorsichtig vom Kalmar-Körper trennen, Eingeweide herausziehen, ohne den Tintenbeutel zu beschädigen. Kauwerkzeug zwischen den Fangarmen herausdrücken. Kopf und Eingeweide abschneiden, den transparenten Schulp aus dem Körper ziehen. Das Fleisch von innen und außen gründlich waschen, dabei die Haut abstreifen. Tentakeln fein hacken.

Kartoffeln in gesalzenem Wasser 10 Minuten vorgaren, abgießen und beiseitestellen.

Backofen auf 180 Grad vorheizen.

2 EL Olivenöl im Topf erhitzen, gehackte Zwiebel darin anschwitzen. Die gehackten Tentakel hinzugeben und goldgelb braten. Chouriço-Hack untermischen, dann die Paprikawürfel und weiterbraten, bis sie weich sind. Knoblauch und Petersilie dazugeben. Wenn der Knoblauch zu duften beginnt, Portwein dazugießen und einige Minuten köcheln lassen. Mit Salz, Pfeffer und Paprikapulver abschmecken und beiseitestellen.

Die Kalmare etwa zu 2 Drittel mit der Mischung füllen und mit Zahnstochern verschließen. In eine große Auflaufform legen und die Kartoffeln und Tomaten dazwischen verteilen. Alles mit Olivenöl beträufeln, Wein dazugießen. Mit Fenchelsamen würzen und Lorbeerblätter hinzugeben.

30 Minuten im Ofen garen, ab und zu vorsichtig durchmischen, Kalmare mit ausgetretenem Saft beträufeln. Temperatur auf 200 Grad erhöhen und etwa 30 Minuten weitergaren, bis die Oberfläche schön gebräunt und der Sud leicht eingedickt ist.